## CHARLES BUKOWSKI
(1920-1994)

CHARLES BUKOWSKI nasceu a 16 de agosto de 1920 em Andernach, Alemanha, filho de um soldado americano e de uma jovem alemã. Aos três anos de idade, foi levado aos Estados Unidos pelos pais. Criou-se em meio à pobreza de Los Angeles, cidade onde morou por cinquenta anos, escrevendo e embriagando-se. Publicou seu primeiro conto em 1944, aos 24 anos de idade, e somente aos 35 anos começou a publicar poesias. Foi internado diversas vezes com crises de hemorragia e outras disfunções geradas pelo abuso do álcool e do cigarro. Durante a sua vida, ganhou certa notoriedade com contos publicados pelos jornais alternativos *Open City* e *Nola Express*, mas precisou buscar outros meios de sustento: trabalhou catorze anos nos Correios. Casou, teve uma filha e se separou. É considerado o último escritor "maldito" da literatura norte-americana, uma espécie de autor beat honorário, embora nunca tenha se associado com outros representantes beats, como Jack Kerouac e Allen Ginsberg.

Sua literatura é de caráter extremamente autobiográfico, e nela abundam temas e personagens marginais, como prostitutas, sexo, alcoolismo, ressacas, corridas de cavalos, pessoas miseráveis e experiências escatológicas. De estilo extremamente livre e imediatista, na obra de Bukowski não transparecem demasiadas preocupações estruturais. Dotado de um senso de humor ferino, autoirônico e cáustico, ele foi comparado a Henry Miller, Louis-Ferdinand Céline e Ernest Hemingway.

Ao longo de sua vida, publicou mais de ~~~~ poesia e prosa. São seis o~ (1971), *Factótum* (1975), (1982), *Hollywood* (1989) ção **L&PM** POCKET. Em

os livros de contos e histórias: *Notas de um velho safado* (1969), *Erections, Ejaculations, Exhibitions, and General Tales of Ordinary Madness* (1972; publicado em dois volumes em 1983 sob os títulos de *Tales of Ordinary Madness* e *The Most Beautiful Woman in Town*, lançados pela L&PM Editores como *Fabulário geral do delírio cotidiano* e *Crônica de um amor louco*), *Ao sul de lugar nenhum* (1973; L&PM, 2008), *Bring Me Your Love* (1983), *Numa fria* (1983; L&PM, 2003), *There's No Business* (1984) e *Miscelânea Septuagenária* (1990; L&PM, 2014). Seus livros de poesias são mais de trinta, entre os quais *Flower, Fist and Bestial Wail* (1960), *O amor é um cão dos diabos* (1977; L&PM, 2007), *Você fica tão sozinho às vezes que até faz sentido* (1986; L&PM, 2018), sendo que a maioria permanece inédita no Brasil. Várias antologias, como *Textos autobiográficos* (1993; L&PM, 2009), além de livros de poemas, cartas e histórias reunindo sua obra foram publicados postumamente, tais quais *O capitão saiu para o almoço e os marinheiros tomaram conta do navio* (1998; L&PM, 2003) e *Pedaços de um caderno manchado de vinho* (2008; L&PM, 2010).

Bukowski morreu de pneumonia, decorrente de um tratamento de leucemia, na cidade de San Pedro, Califórnia, no dia 9 de março de 1994, aos 73 anos de idade, pouco depois de terminar *Pulp*.

# CHARLES BUKOWSKI

# MISTO-QUENTE

Tradução de PEDRO GONZAGA

www.lpm.com.br

**L&PM** POCKET

Coleção **L&PM** POCKET, vol. 481

Texto de acordo com a nova ortografia.

Título original: *Ham on rye*

Primeira edição na Coleção **L&PM** POCKET: 2005
Esta reimpressão: fevereiro de 2025

*Tradução*: Pedro Gonzaga
*Capa*: Ivan Pinheiro Machado sobre ilustração de Robert Crumb
*Revisão*: Luciana Balbueno, Jó Saldanha e Renato Deitos

---

B932m

Bukowski, Charles, 1920-1994
    Misto-quente / Charles Bukowski; tradução de Pedro Gonzaga. – Porto Alegre: L&PM, 2025.
    320 p.; 18 cm. (Coleção L&PM POCKET; v. 481)

    ISBN 978-85-254-1465-6

    1. Ficção norte-americana-romances. I. Título. II. Série.

CDD 813.3
CDU 821.111(73)-3

---

Catalogação elaborada por Izabel A. Merlo, CRB 10/329.

© 1982 by Charles Bukowski
© da tradução, L&PM Editores, 2005

Todos os direitos desta edição reservados a L&PM Editores
Rua Comendador Coruja 314, loja 9 – Floresta – 90220-180
Porto Alegre – RS – Brasil / Fone: 51.3225.5777

PEDIDOS & DEPTO. COMERCIAL: vendas@lpm.com.br
FALE CONOSCO: info@lpm.com.br
www.lpm.com.br

Impresso no Brasil
Verão de 2025

# APRESENTAÇÃO

A juventude do artista, o momento em que se dá sua formação como escritor, o instante em que o indivíduo toma consciência do seu irreversível não pertencimento à comunidade, as agruras e as feridas daqueles que enxergam o mundo com outros filtros que não os das pessoas comuns parecem ser temas inesgotáveis para a literatura. Basta, por exemplo, lembrarmos de obras de altíssima realização como *Tonio Krüger*, de Thomas Mann, *Retrato de um artista quando jovem*, de Joyce, e *Ganhando meu pão*, de Máximo Górki. Creio não ser ousadia incluir entre esses títulos emblemáticos *Misto-quente*, de Charles Bukowski.

Bukowski é, atualmente, autor bastante conhecido do público brasileiro. Pelo menos uma dezena de obras suas estão traduzidas, e boa parte dos títulos disponíveis no mercado faz parte do catálogo da L&PM EDITORES. Ao mesmo tempo, porém, Bukowski ainda não conseguiu se livrar do estigma de autor de segunda linha, de segundo time, um autor cujo mérito só poderia ser encontrado por leitores desajustados, inexperientes ou por jovens que veem na literatura do autor de *A mais linda mulher da cidade*, direta e sem pejos, a oportunidade de encontrar situações e descrições que, em certo aspecto, parecem mais próximas da realidade em que vivem. E assim se estabeleceu um equívoco bastante grave. Equívoco perdoado ao leitor comum, mas que muitas vezes é mantido pelos próprios críticos literários.

Em primeiro lugar, Charles Bukowski não é o personagem-narrador de seus textos. Seus personagens são criações literárias, invenções elaboradas e não simples colagens da vida do autor. O forte caráter autobiográfico que pode, com certeza, ser encontrado ao longo de toda obra é somente meio e nunca fim. Tanto o velho safado como Henry Chinaski, protagonista do livro que o leitor tem em mãos, são *alter egos* ficcionais.

Em segundo lugar, a simplicidade aparente do texto, a narração direta dos eventos (tão cara à ficção americana) é ardilosamente arquitetada por um autor que domina perfeitamente as técnicas do fazer literário. Ou seja, toda a fluência pregada pelos personagens de escritor criados por Bukowski, ainda que espelhos dele próprio – e não há reflexo mais enganoso –, é uma construção elaborada, dissimulada pelo louvor à bebida e à escrita não convencional. Os palavrões, a escatologia, os porres homéricos são mentiras que nos convencem da verdade, mentiras que nos fazem acreditar, mentiras que tornam nossas próprias misérias mais suportáveis, mentiras que são a base primeira da literatura, lembrando a vigorosa ideia de Vargas Llosa.

Há na aparente simplicidade do texto de *Misto-quente* (1982) – talvez a melhor tradução fosse *Pão com mortadela*, visto a pobreza do cenário em que a história se desenvolve – uma profundeza abissal, profundeza que podia ser facilmente perdida com a tradução para o português, ou com a contaminação pelos equívocos já expostos acima, ou com a tentação, muitas vezes irresistível, de temperar o texto com gírias da nossa época. Talvez o efeito imediato seja um texto mais saboroso, mais divertido em certos aspectos, mas certamente será, em seguida, planificador das profundidades. Não vou entrar no mérito de colocar gírias na tradução quando não as há no original.

Tentei estabelecer uma tradução que mantivesse os abismos abertos, que mantivesse o frescor ainda presente no original, mais de vinte anos depois de sua publicação, uma tradução que resistisse o máximo possível ao dobrar de esquina das décadas que ainda hão de vir.

Foi-me de grande valia nessa empreitada o apoio das traduções espanhola e italiana, além da antiga tradução brasileira de Luís Antônio Sampaio Chagas, intitulada *Mistoquente*. Com este último, mantive embates encarniçados e discordâncias significativas, mas também bons momentos de paz.

Por fim, deixo vocês com o jovem Henry Chinaski e o relato de sua infância, adolescência e juventude, essas longas feridas que em alguns nunca cicatrizam plenamente. Ou, como diria o próprio Chinaski: "Que tempos penosos foram aqueles anos – ter o desejo e a necessidade de viver, mas não a habilidade".

*Pedro Gonzaga*

*Para todos os pais*

# 1

A primeira coisa de que me lembro é de estar debaixo de alguma coisa. Era uma mesa, eu via uma das pernas de madeira, via as pernas das pessoas e um tanto da toalha que pendia no ar. Era escuro lá embaixo, eu gostava de ficar por ali. Isto deve ter sido na Alemanha. Eu devia ter um ou dois anos de idade. Era 1922. Eu me sentia bem debaixo da mesa. Ninguém parecia saber onde eu estava. A luz do sol escorria sobre o tapete, sobre as pernas das pessoas. A luz do sol me agradava. As pernas das pessoas eram desinteressantes, diferentemente da toalha que pendia da mesa, diferentemente da perna da mesa, da luz do sol.

Então não havia nada... depois uma árvore de Natal. Velas. Pássaros ornamentais: pássaros com pequenos ramos apinhados de frutinhas em seus bicos. Uma estrela. Duas pessoas enormes lutando, gritando. Pessoas comendo, pessoas sempre comendo. Eu também comia. Minha colher era curva, assim, se eu quisesse comer, precisava pegá-la com a mão direita. Se eu pegasse com a esquerda, o alimento se afastava da minha boca. Eu queria pegar a colher com minha mão esquerda.

Duas pessoas: uma maior com cabelo crespo, um narigão, uma boca grande, sobrancelhas cerradas; a pessoa maior sempre parecia estar furiosa, quando não aos berros; a pessoa menor era quieta, mais pálida, um rosto redondo com olhos graúdos. Eu tinha medo dos dois. Às vezes, havia uma terceira pessoa, que era gorda e usava vestidos com laço no pescoço. Usava também um broche descomunal e tinha muitas verrugas na face, com pequenos pelos que delas brotavam. "Emily", eles a chamavam. Essas pessoas não pareciam felizes em estar juntas. Emily era a avó, a mãe de meu pai. O nome do meu pai era "Henry". O nome da minha mãe era "Katherine". Nunca lhes chamava pelo nome. Eu era "Henry Jr.". Essas pessoas falavam em alemão a maior parte do tempo, assim como eu, no começo.

A primeira coisa que lembro de ouvir minha avó dizer foi:

– Enterrarei *todos* vocês!

Ela disse isso pela primeira vez logo antes da refeição, e voltaria a repeti-lo por diversas vezes ainda, sempre antes de começarmos a comer. Comer parecia muito importante. Comíamos purê com molho de carne, especialmente aos domingos. Também comíamos rosbife, *knockwurst** e chucrute, ervilhas, ruibarbo, cenouras, espinafre, feijão-fradinho, galinha, almôndega e espaguete, algumas vezes misturados com ravióli; havia sopas de cebola e de aspargo; e todos os domingos, torta de morango com sorvete de baunilha. No café da manhã, tínhamos torradas e salsichas, ou então bolinhos, ou waffles servidos com bacon e ovos mexidos. E sempre havia café. Mas a lembrança mais forte que tenho é dos purês com molho de carne e de minha avó Emily dizendo:

– Enterrarei *todos* vocês!

Ela nos visitava com bastante frequência depois que nos mudamos para a América, pegando o bonde vermelho que ia de Pasadena a Los Angeles. Só íamos visitá-la muito raramente, a bordo do Ford Modelo-T.

Eu gostava da casa da minha avó. Era uma casinha rodeada de pimenteiras. Emily mantinha todos os seus canários em gaiolas diferentes. Lembro bem de uma das visitas. Naquela noite ela cobriu as gaiolas com uns panos brancos para que os passarinhos pudessem dormir. As pessoas estavam sentadas e conversavam. Havia um piano, e fui me sentar junto a ele, tocando as teclas e escutando o som

---

* Salsicha alemã curta e grossa, fortemente temperada. Em alemão, no original. (N.T.)

que elas produziam enquanto as pessoas seguiam falando. Eu gostava dos sons das teclas, principalmente os das mais agudas, que quase não tinham som nenhum – pareciam cubos de gelo se chocando uns contra os outros.

– Quer parar com isso? – gritou meu pai.

– Deixe o garoto tocar o piano – disse minha avó.

Minha mãe sorriu.

– Esse garoto... – disse minha avó –, quando tentei tirá-lo do berço para lhe dar um beijo, ele se levantou e me acertou o nariz!

Falaram mais um pouco, e eu voltei a tocar o piano.

– Por que você não afina essa coisa? – perguntou meu pai.

Então fui avisado de que iríamos ver o meu avô. Meus avós não moravam juntos. Foi-me dito que meu avô era um homem mau, que seu hálito fedia.

– Por que o hálito dele fede?

Ninguém respondeu.

– Por que o hálito dele fede?

– Ele bebe.

Entramos no Modelo-T e fomos ver o meu avô Leonard. Enquanto estacionávamos, ele aguardava de pé na entrada da casa. Era velho, mas mantinha uma postura bastante ereta. Tinha sido um oficial do exército alemão e tinha vindo para a América quando ouviu falar que as ruas por aqui eram cobertas de ouro. Justamente por não serem, ele acabou como chefe de uma empreiteira.

As outras pessoas não saíram do carro. Vovô me fez um gesto convidativo com um dedo. Alguém abriu a porta, e eu desci e caminhei na direção dele. Seu cabelo era longo, de um branco puro, assim como sua barba, e, à medida que me aproximava, percebi que seus olhos eram brilhantes, como luzes azuis a me vigiar. Parei a uma certa distância de onde ele estava.

– Henry – ele disse –, você e eu, nós nos conhecemos. Vamos entrar.

Estendeu sua mão. Ao me aproximar, pude sentir o fedor do seu hálito. Era realmente um cheiro forte, mas ele era o homem mais bonito que eu já tinha visto, e não senti medo algum.

Entrei em sua casa com ele. Conduziu-me até uma cadeira.

– Sente-se, por favor. Estou muito feliz em ver você.

Ele foi até uma outra peça. Voltou, logo depois, com uma pequena caixa de latão.

– É pra você. Abra.

Tive dificuldade com a tampa, eu não conseguia abrir a caixa.

– Aqui – ele disse –, deixa que eu dou um jeito.

Abriu a tampa e me devolveu a caixa. Quando a abri, pude ver uma cruz no interior, uma cruz de ferro com uma fita.

– Oh, não – eu disse –, fique com ela.

– É sua – ele disse –, é apenas um velho distintivo.

– Muito obrigado.

– É melhor você ir. Devem estar preocupados.

– Está bem. Até logo.

– Até logo, Henry. Não, espere...

Parei. Ele vasculhou com dois dedos um pequeno bolso na parte da frente das calças e puxou uma longa corrente de ouro com a outra mão. Então, alcançou-me seu relógio de bolso, de ouro, com a corrente.

– Obrigado, vovô...

Lá fora, eles estavam me esperando, e eu entrei no Modelo-T e partimos. Eles falavam sobre assuntos variados enquanto o trajeto era percorrido. Estavam sempre falando, e não calaram a boca até que chegássemos de volta à casa da minha mãe. Falaram de muitas coisas, mas não mencionaram, uma vez sequer, a figura do meu avô.

## 2

Lembro do Modelo-T. Do banco elevado, os frisos laterais pareciam amigáveis, e nos dias frios, pelas manhãs, e também várias outras vezes, meu pai era obrigado a encaixar a manivela no motor da frente e girá-la incessantemente até fazer o carro pegar.

– Um homem pode quebrar o braço fazendo isso. A resposta da manivela é como um coice de cavalo.

Aos domingos, se minha avó não nos visitava, saíamos para passear no Modelo-T. Meus pais gostavam dos laranjais, quilômetros e quilômetros de laranjais, floridos ou carregados de frutas. Meus pais tinham uma cesta de piquenique e uma caixa de metal. Nesta, levavam garrafas de suco refrigeradas em gelo seco. Naquela, salsicha Frankfurt e *liverwurst*\* e sanduíches de salame, batatas fritas, bananas e soda. A garrafa de soda era mudada continuamente da caixa para a cesta de piquenique e vice-versa. Ela congelava rápido demais e então precisava ser degelada.

Meu pai fumava cigarros Camel e sabia fazer com os maços de cigarro muitos truques e jogos, que nos mostrava. Quantas pirâmides tem aqui? Contem. Nós as contávamos e então ele nos mostrava um número maior.

Havia também truques sobre as corcovas e os camelos e sobre as palavras escritas nos maços. Os cigarros Camel eram mágicos.

Há um domingo em especial de que me recordo. A cesta de piquenique estava vazia. Ainda assim, continuávamos cruzando os laranjais, cada vez mais longe do lugar em que vivíamos.

– Paizinho – perguntou minha mãe –, não vamos ficar sem gasolina?

– Não, há o suficiente da maldita gasolina.

---

\* Salsicha feita de fígado. Em alemão, no original. (N.T.)

– Onde estamos indo?

– Estou indo arranjar umas malditas laranjas pra mim!

Minha mãe ficou estática em seu banco enquanto avançávamos pelo caminho. Meu pai dirigiu o carro para o acostamento, estacionou-o perto de uma cerca de arame farpado e ficamos ali sentados, atentos. Então ele deu um chute na porta e saiu.

– Tragam a cesta.

Todos nós passamos por entre os arames da cerca.

– Sigam-me – disse meu pai.

Logo nos encontrávamos entre duas fileiras de pés de laranja, protegidos do sol pelos galhos e pelas folhas deles. Meu pai se deteve e começou a arrancar as frutas dos galhos mais baixos da árvore mais próxima. Parecia irritado, arrancando as laranjas, e os galhos pareciam irritados, chacoalhando para cima e para baixo. Ele jogava as frutas para dentro da cesta que minha mãe segurava. Às vezes ele errava, e eu catava as laranjas do chão e as colocava dentro da cesta. Meu pai seguia de árvore em árvore, colhendo as frutas dos galhos inferiores, jogando-as para dentro da cesta.

– Paizinho, já temos o suficiente – disse minha mãe.

– Uma ova!

E seguia colhendo.

Então um homem se aproximou, um sujeito muito alto. Trazia um rifle nas mãos.

– Tudo bem, cara, o que você pensa que está fazendo?

– Colhendo laranjas. Os pés estão carregados.

– Essas laranjas são minhas! Agora escute: diga para sua mulher esvaziar a cesta.

– Ora, o lugar está cheio dessas malditas laranjas. Você não vai sentir falta de uma meia dúzia...

– Não vou sentir falta de *nenhuma*. Diga para sua mulher esvaziar a cesta.

O homem apontou seu rifle para meu pai.

– Esvazie – meu pai disse para minha mãe.

As laranjas rolaram pelo chão.

– Agora – disse o homem – deem o fora do meu pomar.

– Você não precisa de todas essas laranjas.

– Não venha me dizer do que preciso. Deem o fora daqui! Agora!

– Caras como você deviam ser enforcados!

– A lei aqui sou eu. Circulando!

O homem ergueu novamente o rifle. Meu pai deu meia-volta e começou a se afastar das laranjeiras. Nós o seguimos, acompanhados de perto pelo homem. Entramos no carro, mas este era um daqueles momentos em que a máquina não queria pegar. Meu pai desceu para girar a manivela. Depois de dois giros, o motor continuava apagado. Meu pai começou a suar. O homem ficou junto ao acostamento.

– Faça essa maldita lata-velha funcionar! – ele disse.

Meu pai se preparou para tentar mais um giro da manivela.

– Não estamos na sua propriedade! Podemos ficar aqui o tempo que quisermos!

– Uma ova! Tire essa *coisa* daqui, e depressa!

Meu pai tentou mais uma vez. O motor começou a funcionar, mas logo morreu. Minha mãe se sentou com a cesta de piquenique vazia no colo. Eu tinha medo de olhar para o homem. Meu pai girou outra vez a manivela, e o motor pegou. Saltou para dentro do carro e começou a puxar as alavancas junto ao volante.

– Não volte mais aqui – disse o homem – ou da próxima vez não se safará tão fácil.

Meu pai partiu com o Modelo-T. O homem continuava plantado junto à estrada. Meu pai dirigia em alta velocidade. Em seguida, diminuiu a velocidade do carro e fez um retorno. Dirigiu até o local onde o homem havia ficado. Já não estava lá. Aceleramos pelo caminho de volta, nos afastando dos laranjais.

– Dia desses, volto e pego esse canalha – disse meu pai.

– Paizinho, teremos um jantar maravilhoso essa noite. Que prato você vai querer? – perguntou minha mãe.

– Costelas de porco – respondeu.

Eu nunca tinha visto ele guiar o carro tão rápido.

## 3

Meu pai tinha dois irmãos. O mais novo se chamava Ben e o mais velho, John. Ambos eram alcoólatras e fracassados. Meus pais frequentemente falavam deles.

– Nenhum deles dá bola pra nada – disse meu pai.

– Sua família não presta, paizinho – disse minha mãe.

– E o seu irmão, diabos? Ele também não dá bola pra nada!

O irmão da minha mãe estava na Alemanha. Meu pai seguidamente falava mal dele.

Eu tinha outro tio, Jack, que era casado com a irmã do meu pai, Elinore. Eu nunca tinha visto meu tio Jack ou minha tia Elinore porque eles não se davam bem com meu pai.

– Está vendo essa cicatriz na minha mão? – perguntou meu pai. – Bem, foi aí que Elinore me cravou um lápis afiado quando eu era pequeno. A cicatriz nunca desapareceu.

Meu pai não gostava de gente. Não gostava de mim.

– As crianças foram feitas para serem olhadas e não ouvidas – ele me falou.

Era o começo de uma tarde de domingo em que não veríamos vovó Emily.

– Deveríamos ir ver o Ben – disse minha mãe. – Ele está morrendo.

– Ele pegou todo aquele dinheiro emprestado com Emily. Queimou tudo em jogos e mulheres e bebedeiras.

– Eu sei, paizinho.

– Emily não vai ter nenhum dinheiro para deixar quando morrer.

— Mesmo assim deveríamos ir lá vê-lo. Dizem que só tem duas semanas de vida.

— Tudo bem, tudo bem! Nós vamos!

Assim, nós fomos, a bordo do Modelo-T. Demorou um certo tempo para chegar lá, e minha mãe teve que parar para comprar flores. Era uma longa viagem por entre as montanhas. Atingimos o pé da colina e tomamos uma pequena e tortuosa estrada que subia montanha acima. Tio Ben estava em um sanatório naquelas bandas, morrendo de tuberculose.

— Deve custar uma banana para Emily manter o Ben aqui nesse lugar – disse meu pai.

— Talvez Leonard esteja ajudando.

— Leonard não tem onde cair morto. Bebeu e jogou fora tudo que tinha.

— Gosto do vovô Leonard – eu disse.

— As crianças foram feitas para serem olhadas e não ouvidas – disse meu pai. Então, continuou: – Ah, esse Leonard, quando éramos crianças, só conseguia ser legal conosco se estivesse bêbado. Brincava com a gente e nos dava dinheiro. Mas no dia seguinte, recuperado do trago, era o homem mais cruel da face da terra.

O Modelo-T subia a montanha sem problemas. O ar estava limpo, e o dia, ensolarado.

— Aqui estamos – disse meu pai. Guiou o carro até o estacionamento do sanatório e desembarcamos. Segui meus pais edifício adentro. Ao entrarmos em seu quarto, tio Ben estava sentado na cama, ereto, olhando através da janela. Voltou-se e nos encarou quando entramos. Era um homem muito bonito, magro, cabelos negros, olhos escuros que cintilavam, ainda mais brilhantes sob a luz do dia.

— Olá, Ben – disse minha mãe.

— Olá, Katy – então ele olhou para mim. – Este é o Henry?

— Sim.

— Sentem-se.

Meu pai e eu nos sentamos.

Minha mãe ficou de pé.

– Essas flores, Ben. Não vejo nenhum vaso.

– As flores são bacanas, obrigado, Katy. Não, não há nenhum vaso por aqui.

– Pois vou arranjar um.

Ela saiu do quarto, segurando as flores.

– Onde estão as suas namoradas agora, Ben? – perguntou meu pai.

– Elas aparecem.

– Claro.

– Elas aparecem.

– Estamos aqui porque Katherine queria vê-lo.

– Eu sei.

– Eu também queria ver você, tio Ben. Acho você um homem muito bonito.

– Bonito o caralho – disse meu pai.

Minha mãe entrou no quarto com as flores dentro de um vaso.

– Pronto, vou colocá-lo nessa mesa junto à janela.

– São flores bacanas, Katy.

Minha mãe se sentou.

– Não podemos nos demorar – disse meu pai.

Tio Ben enfiou a mão embaixo do colchão e puxou um maço de cigarros. Tirou um, riscou um fósforo e o acendeu. Deu uma longa tragada e expeliu fumaça.

– Você sabe que não lhe é permitido fumar cigarros aqui – disse meu pai. – Sei muito bem como você os consegue. Essas prostitutas dão um jeito de trazer eles para você. Bem, vou avisar os médicos sobre isso e vou fazer com que impeçam essas prostitutas de virem até aqui!

– Você não vai fazer merda nenhuma – disse meu tio.

– Tenho uma boa razão para arrancar esse cigarro da sua boca! – disse meu pai.

– Você nunca teve razão em nada.

– Ben – interveio minha mãe –, você não deveria fumar. Esses cigarros vão matá-lo.

– Tive uma boa vida – disse meu tio.

– Você nunca teve uma boa vida – disse meu pai. – Sempre mentindo, farreando, tomando dinheiro emprestado, correndo atrás de putas, enchendo a cara. Você nunca trabalhou um dia sequer nessa sua vida! E agora, aos 24 anos, está morrendo!

– Pois eu aproveitei – disse meu tio. Deu mais uma tragada profunda no Camel e então baforou.

– Vamos dar o fora daqui! Esse homem é um insano!

Meu pai se pôs de pé. Então minha mãe fez o mesmo. Por fim, eu me ergui.

– Adeus, Katy – disse meu tio –, e adeus, Henry – olhou para mim para indicar a qual dos Henrys se referia.

Seguimos meu pai pelos corredores do sanatório e até o estacionamento. Lá estava o Modelo-T. Entramos, o carro deu a partida, e começamos a descer a estrada tortuosa da montanha.

– Deveríamos ter ficado um pouco mais – disse minha mãe.

– Você não sabe que a tuberculose é contagiosa? – perguntou meu pai.

– Acho que ele foi um homem muito bonito – eu disse.

– É a doença – disse meu pai. – A doença faz com que eles fiquem com aquela aparência. Além da tuberculose, ele pegou uma série de outras coisas também.

– Que tipo de coisas? – perguntei.

– Não posso lhe dizer – respondeu. Ele guiava o Modelo-T pela estrada cheia de curvas enquanto eu pensava naquilo tudo.

**4**

Foi num outro domingo que saímos no Modelo-T em busca do meu tio John.

— Ele não tem ambição — disse meu pai. — Não sei como ele consegue manter aquela maldita cabeça erguida e olhar as pessoas nos olhos.

— Espero que ele não esteja mascando tabaco — disse minha mãe. — Ele cospe aquela porcaria para todos os lados.

— Se o país estivesse cheio de homens como ele, os chinas estariam no poder, e *nós*, tocando as lavanderias...

— John nunca teve uma chance. Ele saiu de casa cedo. Pelo menos você conseguiu cursar o ensino médio — ela disse.

— Faculdade.

— Onde? — ela perguntou.

— Na Universidade de Indiana.

— Jack me disse que você só tinha feito o ensino médio.

— Foi *Jack* quem só fez o ensino médio. É por isso que ele cuida dos jardins dos ricos.

— Será que um dia vou ver o meu tio Jack? — perguntei.

— Primeiro vamos ver se encontramos o seu tio Jack — respondeu meu pai.

— Os chinas realmente querem assumir o controle do país? — perguntei.

— Aqueles diabos amarelos esperam há séculos pela oportunidade. O que os impediu até agora foi o fato de estarem sempre ocupados lutando com os japas.

— Quem são os melhores combatentes, os chinas ou os japas?

— Os japas. O problema é que há muitos chinas. Quando você mata um, ele se divide ao meio e vira dois.

— Como a pele deles ficou amarela?

— Porque em vez de beberem água eles bebem o próprio xixi.

— Paizinho, *não* diga isso ao garoto!

— Então diga para ele parar de me fazer perguntas.

Seguimos em movimento, cortando o caloroso dia de Los Angeles. Minha mãe vestia um de seus bonitos vestidos e um chapéu vistoso. Quando ela estava bem-vestida, sempre se sentava bastante empertigada, mantendo o pescoço extremamente rijo.

– Gostaria que tivéssemos bastante dinheiro. Assim poderíamos ajudar John e sua família – disse minha mãe.

– Não é minha culpa se eles não têm sequer um penico para mijar – respondeu meu pai.

– Paizinho, John esteve na guerra assim como você. Não acha que ele merece alguma coisa?

– Ele nunca foi promovido. Eu me tornei primeiro-sargento.

– Henry, seus irmãos não podem ser iguais a você.

– Eles não têm a mínima *força de vontade*! Acham que podem viver nas nuvens!

Seguimos um pouco mais adiante. Tio John e sua família viviam num pequeno casebre. Desembarcamos e percorremos uma calçada esburacada até uma varanda irregular, e meu pai tocou a campainha. Não se ouviu nenhum som. Ele bateu na porta, com força.

– Abram! São os tiras! – gritou meu pai.

– Paizinho, não faça assim! – disse minha mãe.

Depois do que pareceu uma longa espera, a porta se entreabriu. Depois um pouco mais. E pudemos ver então minha tia Anna. Ela estava muito magra; suas faces, chupadas, e seus olhos tinham olheiras, olheiras profundas. A voz também lhe saiu magrinha:

– Oh, Henry... Katherine... entrem, por favor...

Nós a seguimos. Havia pouquíssimos móveis. Havia uma mesa de canto com quatro cadeiras para o café da manhã e mais duas camas. Minha mãe e meu pai se sentaram nas cadeiras. Duas garotas, Katherine e Betsy (só soube o nome delas mais tarde), estavam junto à pia, revezando-se na tentativa de extrair os últimos resquícios de manteiga de amendoim de um pote.

– Estávamos almoçando – disse minha tia Anna.

As garotas se aproximaram com as rapas de manteiga de amendoim e as passaram sobre pedaços secos de pão. Elas continuavam olhando para dentro do pote, raspando-o com a faca.

– Onde está o John? – perguntou meu pai.

Minha tia se sentou, exausta. Parecia muito fraca, muito pálida. O vestido que usava estava imundo, o cabelo, desgrenhado, e seu aspecto era de tristeza, cansaço.

– Estamos esperando por ele. Faz algum tempo que ele não dá as caras.

– Aonde ele foi?

– Não sei. Apenas se mandou na moto.

– Só o que ele faz – disse meu pai – é se preocupar com essa moto.

– Este é o Henry Jr.?

– Sim.

– Ele só fica olhando. É tão quietinho.

– É assim que queremos que ele seja.

– As águas paradas são as que têm maior profundidade.

– Não nesse caso. A única profundidade que ele tem são os buracos dos ouvidos.

As duas garotas pegaram suas fatias de pão e foram para a rua e sentaram na varanda para comê-las. Não falaram conosco. Simpatizei bastante com elas. Eram magras como a mãe, mas ainda assim não deixavam de ser bem bonitas.

– Como você está, Anna? – perguntou minha mãe.

– Estou bem.

– Não é o que parece, Anna. Acho que você precisa de comida.

– Por que o garoto não se senta? Sente, Henry.

– Ele gosta de ficar de pé – disse meu pai. – Faz com que fique mais forte. Ele está se preparando para lutar contra os chinas.

– Você não gosta dos chineses? – minha tia me perguntou.

– Não – respondi.

– Bem, Anna – perguntou meu pai –, como vão as coisas?

– Pra falar a verdade, a situação está terrível... O proprietário continua cobrando o acerto do aluguel. Diz coisas horríveis. Ele me assusta. Não sei mais o que fazer.

– Ouvi dizer que a polícia está na cola do John – disse meu pai.

– Ele não fez nada de mais.

– O que ele fez exatamente?

– Falsificou alguns *dimes**.

– *Dimes*? Jesus Cristo, mas que tipo de ambição é *essa*?

– John não queria ser um bandido de verdade.

– Parece que ele não quer ser *nada*.

– Ele seria, se pudesse.

– Claro. Assim como uma cobra não se arrastaria se tivesse asas.

Houve um silêncio, e os três ficaram ali sentados. Me voltei e olhei para o lado de fora. As garotas já estavam na rua, seguindo para algum lugar.

– Vamos, sente-se, Henry – pediu minha tia Anna.

Fiquei no mesmo lugar:

– Obrigado, estou bem aqui.

– Anna – perguntou minha mãe –, tem certeza de que John vai voltar?

– Quando cansar de galinhar, ele volta – disse meu pai.

– John ama suas filhas... – disse Anna.

– Ouvi dizer que os tiras o perseguem por causa de outra coisa.

– Que coisa?

– Estupro.

– Estupro?

– Sim, Anna, foi o que ouvi dizer. Ele estava andando de moto dia desses. Uma jovem pedia carona. Ele a colocou

---

* Moedas de dez centavos de dólar. (N.T.)

na garupa da moto e, enquanto rodavam, John subitamente viu uma garagem vazia. Guiou até lá, fechou a porta e estuprou a garota.

– Como você descobriu isso?

– Como *eu* descobri? Ora, os tiras me procuraram e me contaram. Queriam saber onde andava meu irmão.

– Você disse a eles?

– Pra quê? Para que ele fosse preso e fugisse às suas responsabilidades? Isto é justamente o que ele está esperando.

– Nunca tinha visto as coisas dessa maneira.

– Não que eu seja conivente com um estupro.

– Às vezes um homem não tem controle sobre seus atos.

– O quê?

– Quero dizer, após as crianças terem nascido, e com esse tipo de vida que eu levo, todas as preocupações e tal... sei que não sou mais atraente. Ele viu uma jovem, sentiu-se atraído... ela subiu na sua garupa, você sabe, colocou os braços ao redor do corpo dele...

– O que você está dizendo? *Você* gostaria de ter sido estuprada?

– Acho que não.

– Bem, tenho certeza de que a garota também não gostou.

Uma mosca apareceu e começou a voar ao redor da mesa. Ficamos todos a observá-la.

– Não há nada pra comer aqui – disse meu pai. – A mosca veio ao lugar errado.

A mosca foi ficando mais audaciosa. Os círculos que descrevia se aproximavam cada vez mais de nós, assim como mais presente se fazia seu zumbido.

– Você não vai dizer nada aos tiras sobre a possibilidade do John voltar para casa, certo? – perguntou minha tia a meu pai.

– Não se preocupe. Não vou dar essa moleza a ele.

A mão da minha mãe cortou o ar. Fechou-se e ela a trouxe de volta à mesa.

– Peguei – ela disse.

– Pegou o quê? – perguntou meu pai.

– A mosca – ela sorriu.

– Não acredito...

– Vê a mosca voando por aí? Ela sumiu.

– Vai ver que voou para outro lugar.

– Não, está aqui na minha mão.

– Ninguém tem reflexos tão rápidos assim.

– Garanto que ela está na minha mão.

– Bobagem.

– Não acredita em mim?

– Não.

– Abra a boca.

– Está bem.

Meu pai abriu a boca, e minha mãe empurrou sua mão fechada sobre ela. Meu pai deu um pulo, agarrando o próprio pescoço.

– JESUS CRISTO!

A mosca saiu da boca e recomeçou a voar em círculos ao redor da mesa.

– Basta – disse meu pai –, estamos indo pra casa!

Ele se ergueu e saiu pela porta, seguiu pela calçada e entrou no Modelo-T. Sentou-se muito ereto, com um aspecto ameaçador.

– Trouxemos algumas latas de comida para vocês – disse minha mãe à minha tia. – Lamento que não seja dinheiro, mas Henry tem medo que John gaste tudo em gim ou em gasolina para a moto. Não é lá muita coisa: sopa, carne moída, ervilhas...

– Oh, Katherine, muito obrigada! Muitíssimo obrigada a vo...

Minha mãe se ergueu, e eu a segui. Havia duas caixas com comidas enlatadas no carro. Vi meu pai sentado lá, rígido. Ele continuava furioso.

Minha mãe me alcançou a caixa menor de enlatados e pegou a maior, e eu a segui de volta ao casebre. Ajeitamos as caixas na pequena despensa. Tia Anna se aproximou e pegou uma das latas. Era uma lata de ervilha, cujo rótulo era decorado com uma infinidade de ervilhazinhas redondas e verdes.

— Isso tudo é tão amável — disse minha tia.

— Anna, temos que ir. O orgulho de Henry está ferido.

Minha tia envolveu minha mãe com os braços.

— Tudo tem sido tão horrível. Mas isso parece um sonho. Espere até as garotas voltarem. Esperem até que as garotas vejam todas essas latas de comida.

Minha mãe também abraçou minha tia. Depois se separaram.

— John não é um homem mau — disse minha tia.

— Eu sei — replicou minha mãe. — Até logo, Anna.

— Até logo, Katherine. Até logo, Henry.

Minha mãe se voltou em direção à porta e saiu. Eu a segui. Caminhamos até o carro e embarcamos. Meu pai deu a partida.

Enquanto nos afastávamos, vi que minha tia nos acenava da porta. Mamãe respondeu ao aceno. Meu pai não. Tampouco eu.

## 5

Tinha começado a antipatizar com meu pai. Ele sempre estava zangado com alguma coisa. Onde quer que fôssemos, ele dava um jeito de discutir com as pessoas. Mas a maioria parecia não se assustar com sua figura; as pessoas normalmente o encaravam, calmamente, o que o deixava ainda mais exaltado. Se fôssemos comer fora, o que raramente acontecia, ele sempre encontrava algo de errado na comida e algumas vezes se recusava a pagar.

— Tem cocô de mosca na nata! Que diabo de lugar é este?

— Minhas desculpas, senhor. Não vamos cobrar nada. Apenas faça o favor de se retirar.

— Está certo, estou de saída! Mas voltarei. E voltarei para pôr abaixo esta maldita espelunca!

De outra feita, estávamos numa loja de conveniências, e eu e minha mãe ficamos de lado enquanto meu pai gritava com um atendente. Outro funcionário perguntou a minha mãe:

— Quem *é* esse sujeito horrível? Toda vez que ele vem aqui arranja uma discussão.

— É meu marido – disse minha mãe ao funcionário.

E ainda lembro de mais outra. Ele estava trabalhando como leiteiro e fazia entregas de manhã bem cedo. Certa manhã ele me acordou.

— Vamos, quero lhe mostrar uma coisa.

Fui até a rua com ele. Eu estava de pijama e chinelos. Ainda era noite, e a lua brilhava alta no céu. Caminhamos até o caminhão de leite, que era puxado a cavalo. O animal estava bastante quieto.

— Veja – disse meu pai. Ele pegou um torrão de açúcar, colocou sobre a palma da mão e levou até a boca do cavalo. O animal apanhou o torrão da sua mão. – Agora, tente você...

— Colocou um torrão de açúcar na minha mão. Tratava-se de um enorme cavalo. – Aproxime-se! Mantenha a mão estendida!

Tive medo de que o cavalo me mordesse. A cabeça se curvou; pude ver suas narinas, os lábios se retraíram, vi a língua e os dentes, e então o torrão de açúcar desapareceu.

— Aqui. Tente outra vez...

E eu tentei. O cavalo abocanhou o torrão e balançou a cabeça.

— Agora – disse meu pai –, vou levar você de volta para dentro antes que o cavalo cague em cima de você.

Não me era permitido brincar com outras crianças.

— Essas crianças são más – dizia meu pai –, e os pais delas são pobres.

– É verdade – concordava minha mãe.

Meus pais queriam ser ricos. Por isso, imaginavam-se ricos.

Foi no jardim de infância que conheci as primeiras crianças da minha idade. Elas pareciam muito estranhas, sorriam e conversavam e pareciam felizes. Não gostei delas. Sempre me sentia enjoado e o ar tinha um aspecto estranhamente calmo e puro. Pintávamos com tinta guache. Plantávamos sementes de rabanete no jardim e algumas semanas mais tarde os comíamos com sal. Gostava da senhora que ensinava no jardim de infância, gostava mais dela que dos meus pais. Um problema que eu enfrentava era ir ao banheiro. Estava sempre apertado, mas tinha vergonha de deixar os outros saberem da minha necessidade. Assim, eu segurava. Era realmente terrível conter a vontade. E o ar estava puro, e eu sentia vontade de vomitar, vontade de cagar e de mijar, mas não dizia nada. E quando algumas das outras crianças voltavam do banheiro, eu pensava: vocês estão sujas, vocês fizeram algo lá dentro...

As garotinhas eram bacanas em seus vestidos curtos, com seus cabelos longos e seus belos olhos, mas eu pensava, elas também fazem as coisas lá dentro, mesmo que finjam que não.

O jardim de infância era em grande parte constituído de ar puro...

O ensino fundamental foi diferente, da primeira à sexta série, algumas das crianças tinham doze anos de idade, e todos vínhamos de bairros pobres. Comecei a ir ao banheiro, mas só para mijar. Certa vez, quando eu estava saindo do banheiro, vi um garotinho bebendo água no bebedor. Por trás dele veio um outro, grandalhão, e enfiou a cabeça dele no dispositivo. Quando o garotinho ergueu a cabeça, alguns de seus dentes estavam quebrados, e da boca lhe escorria sangue, havia sangue por todo o bebedor.

– Conte o que aconteceu pra alguém – disse o garoto mais velho –, e eu realmente acabo com a sua raça.

O garotinho tirou um lenço e o pressionou contra a boca. Retornei para a sala de aula onde a professora nos falava sobre George Washington e o Vale Forge*. Ela usava uma elaborada peruca branca. Costumava, com frequência, bater em nossas mãos com a palmatória, sempre que achava que estávamos sendo desobedientes. Acho que ela nunca usou um banheiro na vida. Eu a odiava.

Todas as tardes depois das aulas havia uma briga entre dois alunos mais velhos. Os combates sempre se davam atrás da cerca dos fundos, onde nunca havia um professor por perto. E as lutas nunca eram justas; sempre era um garoto maior contra outro menor. O maior sempre acertava o outro com os punhos, encurralando-o contra a cerca. O garoto menor tentava revidar, mas era inútil. Logo seu rosto estava coberto de sangue, com sangue escorrendo pela camisa. O menor apanhava calado, sem jamais implorar, sem nunca pedir piedade. Por fim, o garoto maior se afastava e tudo estava terminado e todos os outros garotos caminhavam para casa lado a lado com o vencedor. Eu ia para casa sozinho e às pressas, após ter segurado a vontade de cagar durante as aulas e a luta. Normalmente, quando eu chegava em casa, a urgência de aliviar minhas necessidades desaparecia. Isso me preocupava.

## 6

Eu não tinha nenhum amigo na escola, nem queria. Sentia-me melhor estando sozinho. Sentava-me num banco e assistia aos outros nas suas brincadeiras e todos me pareciam um bando de idiotas. Certo dia, durante o almoço, um garoto novo na escola se aproximou de mim. Vestia calças

---

* Local onde George Washington acampou com seu exército durante o rigoroso inverno de 1777-1778. Atualmente um parque histórico no estado da Pensilvânia. (N.T.)

curtas, era vesgo e tinha os pés tortos, virados para dentro. Eu não gostava dele, sua aparência era horrível. Sentou-se ao meu lado no banco.

– Olá, meu nome é David.

Não respondi.

Ele abriu sua lancheira.

– Tenho sanduíches com manteiga de amendoim – ele disse. – O que você tem aí?

– Sanduíches com manteiga de amendoim.

– Também tenho uma banana. E algumas batatas fritas. Quer umas batatas?

Aceitei. Ele tinha uma boa quantidade delas, crocantes e salgadinhas, a luz do sol as atravessava por completo. Eram gostosas.

– Posso pegar mais?

– Claro.

Peguei mais algumas. Tinham até geleia os seus sanduíches de manteiga de amendoim. E ela escorria por seus dedos. David parecia não perceber.

– Onde você mora? – ele perguntou.

– Estrada Virgínia.

– Moro na Pickford. Podemos ir juntos para casa depois da escola. Pegue mais batatas. Quem é sua professora?

– A sra. Columbine.

– A minha é a sra. Reed. Vejo você depois da aula, vamos juntos para casa.

Por que ele usava aquelas calças curtas? O que ele queria? Realmente não fui com a cara dele. Peguei mais de suas batatas.

Naquela tarde, depois da escola, ele me encontrou e começou a caminhar do meu lado.

– Você não me disse o seu nome – ele falou.

– Henry – respondi.

Enquanto percorríamos o caminho, percebi que uma gangue de garotos, todos das primeiras séries, nos seguia.

Num primeiro momento, estavam meia quadra atrás de nós. Logo, porém, essa distância se reduziu a poucos metros.

– O que eles querem? – perguntei a David.

Não respondeu, seguiu apenas caminhando.

– Ei, cagalhão! – um deles gritou. – Sua mãe faz você cagar nas calças?

– Pé torto, ho-ho, pé torto!

– Hoje um vesgo vai ser morto!

Fomos cercados.

– Quem é seu amigo? Ele lhe beija o rabo?

Um deles agarrou David pela gola. Jogou-o sobre um gramado. David se pôs de pé. Outro garoto se posicionou de quatro atrás de David. Um terceiro lhe deu um empurrão e David caiu de costas. Um garoto que até então não participara fez ele rolar no chão e começou a lhe esfregar o rosto na grama. Depois disso se afastaram. David voltou a se levantar. Ele não emitiu um pio, mas as lágrimas lhe molhavam o rosto. O maior dos garotos caminhou em sua direção.

– Não queremos você na nossa escola, seu veadinho. Não apareça mais lá!

Desferiu um soco contra o estômago de David. Sob o impacto do golpe, ele se curvou, e o garoto lhe deu uma joelhada na cara. David caiu. Seu nariz sangrava.

Então os garotos me cercaram.

– Agora é a sua vez!

Eles se moviam em círculo ao meu redor, e eu tentava acompanhá-los, me movendo no centro. Havia sempre algum deles que ficava fora do alcance da minha visão. Lá estava eu, cheio de merda na barriga e tendo que lutar. Eu estava aterrorizado e calmo ao mesmo tempo. Não conseguia entender o que os motivava. Eles continuavam me cercando, e eu continuava girando no meio deles. Aquilo parecia não ter fim. Eles me gritavam coisas, mas eu não ouvia o que diziam. Finalmente recuaram e seguiram seu caminho rua abaixo. David me esperava. Caminhamos pela calçada até o lugar em que ele morava, na rua Pickford.

Estávamos na frente da sua casa.
– Bem, tenho que entrar. Até logo.
– Até logo, David.
Ele entrou e pude ouvir a voz da sua mãe.
– *David*! Veja o estado das suas calças e camisa! Estão rasgadas e cheias de marcas de grama! Você faz isso quase todos os dias! Me diga, por que você faz uma coisa dessas?
David não respondeu.
– Eu fiz uma pergunta! Por que você faz isso com suas roupas?
– Não tenho como evitar, mamãe...
– Não tem como *evitar*? Retardado mental!
Ouvi quando ela lhe bateu. David começou a chorar, e ela começou a espancá-lo. Fiquei parado no pátio da frente, ouvindo. Um pouco depois a surra terminou. Pude ouvir David soluçando. Então ele parou.
Sua mãe disse:
– Agora, quero que pratique violino.
Sentei no gramado e esperei. Depois ouvi o violino. Era um violino muito triste. Não gostava do modo como David tocava. Fiquei sentado por mais algum tempo, mas a música não estava melhorando. A bosta havia se empedrado dentro de mim. Eu não sentia mais vontade de cagar. A luz da tarde feria meus olhos. Senti vontade de vomitar. Levantei e caminhei para casa.

# 7

As lutas seguiam de maneira ininterrupta. Os professores pareciam não saber nada a respeito. E sempre tinha problema quando chovia. Qualquer garoto que trouxesse um guarda-chuva ou viesse com uma capa de chuva era discriminado. Nossos pais, em sua maioria, eram pobres demais para comprar esse tipo de coisa. E caso o fizessem, tratávamos de esconder bem os objetos entre os arbustos. Qualquer um que fosse visto carregando um guarda-chuva ou vestindo uma capa de chuva era tido imediatamente por maricas. Era espancado na saída. A mãe de David fazia com que ele carregasse um guarda-chuva mesmo que o dia estivesse apenas um pouco nublado.

Havia dois períodos de recreio. Os alunos das primeiras séries se reuniam em torno de sua própria quadra de beisebol e escolhiam os times. Eu e David permanecíamos juntos. Era sempre assim. Eu era o penúltimo a ser escolhido, e David, o último. Assim, sempre jogávamos em times diferentes. David conseguia ser pior do que eu. Com seus olhos oblíquos, sequer conseguia ver a bola. No meu caso era falta de prática. Eu nunca jogara com as crianças da vizinhança. Eu não sabia como pegar uma bola ou como rebater. Mas eu queria aprender, era divertido. David tinha medo da bola, eu não. Eu movimentava o bastão com força, com mais força do que qualquer um, mas nunca acertava a bola. Eu sempre era eliminado*. Uma vez rebati uma bola. Aquilo foi bom. Noutra vez, iniciei uma corrida. Quando cheguei à primeira base, o primeiro basista disse:

– Essa é a única maneira de você chegar até aqui.

Parei e o fitei. Ele mascava um chiclete e longos pelos negros saíam de suas narinas. Seu cabelo estava empapado com vaselina. Sempre tinha um sorrisinho de escárnio nos lábios.

– Está me achando bonito? – ele perguntou.

Não sabia o que responder. Eu não estava acostumado a conversar.

– Os caras dizem que você é louco – ele falou –, mas em mim você não mete medo. Dia desses pego você na saída.

Continuei olhando para ele. Seu rosto era horrível. Então o arremessador jogou a bola, e eu corri para a segunda

---

* No beisebol, após três bolas boas, ou seja, que poderiam ser mas não foram rebatidas pelo rebatedor, este é eliminado. (N.T.)

base. Corri como um louco e deslizei em direção à segunda. A bola chegou depois. Eu estava salvo.

– Você está *fora*! – gritou o garoto que servia de árbitro.

Levantei-me, sem acreditar.

– Eu disse: VOCÊ ESTÁ FORA! – gritou o árbitro.

Então eu soube que não seria aceito. David e eu não seríamos aceitos. Os outros queriam que eu recebesse o "fora" porque ali não era meu lugar, porque eu devia *mesmo ficar* de "fora". Eles sabiam da minha amizade com David. Era por causa dele que eu não era aceito. Enquanto me afastava da quadra, pude ver David na terceira base com suas calças curtas. Suas meias azuis e amarelas estavam arriadas e caíam sobre seus sapatos. Por que ele tinha me escolhido? Eu era um homem marcado. Naquela tarde depois da escola eu caminhei apressado para casa, logo que a aula terminou, sem esperar por David. Não queria vê-lo apanhar novamente dos nossos colegas ou da sua mãe. Não queria ouvir o seu triste violino. Mas no dia seguinte, na hora do almoço, quando ele se sentou comigo, comi suas batatas fritas.

Meu dia chegou. Eu era alto e me sentia poderoso sobre a base. Não conseguia acreditar que eu jogasse tão mal quanto eles queriam me fazer crer. Girei meu bastão de modo desordenado, mas com muita força. Eu sabia que era forte, e talvez, como eles mesmos diziam, "louco". No entanto, tinha essa sensação de que havia algo verdadeiro acontecendo aqui dentro. Talvez fosse a merda endurecida, mas era mais do que qualquer um deles tinha. Eu estava a postos.

– Ei, é o REI DOS REBATEDORES! SR. CATA-VENTO!

A bola chegou. Girei e me senti ligado ao bastão como há muito tempo eu esperava que acontecesse. A bola subiu, subiu às alturas, em direção ao campo da esquerda, passando por sobre a cabeça do jogador que estava à esquerda. Seu nome era Don Brubaker, e ele ficou parado vendo a bola passar por sobre sua cabeça. Parecia que ela nunca mais voltaria a tocar a terra. Então Brubaker começou a correr atrás da bola. Ele queria me eliminar. Jamais conseguiu fazê-lo. A bola aterrissou e rolou para uma outra quadra onde jogavam os garotos da quinta série. Corri lentamente para a primeira base, bati no montinho, olhei para o cara que estava ali posicionado, avancei devagar até a segunda, toquei-a, corri até a terceira onde estava David, ignorei-o, bati na terceira e segui para a base final. Nunca houve dia igual. Nunca alguém da primeira série tinha feito um *home run*\*! Ao chegar de volta à posição inicial, ouvi um dos jogadores, Irving Bone, dizer ao capitão do time, Stanley Greenberg:

– Vamos colocá-lo no time titular. (O time titular enfrentava os times de outras escolas.)

– Não – disse Stanley Greenberg.

E ele estava certo. Nunca mais acertei um *home run*. Furava a maior parte do tempo. Mas sempre lhes vinha às mentes o *home run* daquele dia, e, embora ainda me odiassem, era uma forma melhor de ódio, um ódio que já não tinha um *porquê*.

A temporada de futebol americano foi pior. Jogávamos um futebol de toque\*\*. Não me era permitido agarrar ou lançar a bola, mas mesmo assim entrei no jogo. Quando o corredor passou na minha frente, agarrei-o pelo colarinho e o joguei no chão. Quando começou a se levantar, o enchi de chutes. Não gostava dele. Era o cara da primeira base, o de vaselina no cabelo e pelos que saíam do nariz. Stanley

---

\* Quando um rebatedor acerta a bola e esta cai para além das dimensões do espaço da quadra, que envolve o diamante em que estão plantadas as quatro bases, mais as áreas do entorno, dá-se um *home run*. Nessa situação, tanto o rebatedor que está na posição inicial quanto os outros jogadores de seu time – que porventura ocuparem as demais bases – têm o direito de percorrer todo o diamante e completar os pontos. No beisebol, a marcação de um ponto ocorre quando um jogador percorre as quatro bases. (N.T.)

\*\* Variante do futebol americano normalmente jogada sem equipamentos de proteção e também menos violenta, assemelhando-se um pouco ao *rugby*. (N.T.)

Greenberg chegou. Ele era maior do que qualquer um de nós. Poderia ter me matado, se quisesse. Era nosso líder. A palavra final era sua. Ele me falou:

– Você não entende as regras. Basta de futebol pra você.

Fui encaminhado para o voleibol. Jogava com David e com os outros. Era uma chatice. Meus parceiros gritavam e urravam e ficavam eufóricos, mas os *outros* estavam jogando futebol. Eu queria jogar futebol. Só precisava de um pouco de prática. O voleibol era vergonhoso. Meninas jogavam voleibol. Depois de um certo tempo, eu já não jogava mais nada. Ficava apenas parado no meio do pátio onde ninguém estava jogando. Eu era o único que não praticava nenhum esporte. Eu ficava plantado lá, todos os dias, esperando os dois recreios passarem.

Um dia, quando eu estava ali parado, mais problemas apareceram. Uma bola de futebol me pegou desprevenido, atingindo em cheio a minha cabeça. O impacto me nocauteou. Fiquei bastante tonto. Eles se postaram ao meu redor, rindo e fazendo barulhos.

– Oh, vejam, Henry desmaiou! Henry desmaiou como uma donzelinha! Oh, vejam o Henry!

Levantei-me com o sol a girar. Então ele parou. O céu se aproximou e voltou para seu lugar. Era como estar numa jaula. Eles estavam ao meu redor, faces, narizes, bocas e olhos. Como estavam tirando um sarro da minha cara, concluí que tinham me atingido deliberadamente com a bola. Não era justo.

– Quem chutou a bola? – perguntei.
– Quer mesmo saber?
– Sim.
– O que vai fazer quando descobrir?

Fiquei quieto.

– Foi Billy Sherril – alguém disse.

Billy era um garoto gordo, enorme, mais simpático do que a maioria, mas nem por isso deixava de ser um deles. Segui na direção de Billy. Ele ficou parado no mesmo lugar. Quando me aproximei, ele se esquivou. Eu quase não percebi. Acertei-o na orelha esquerda, e quando ele colocou a mão sobre ela, lhe dei um golpe no estômago. Ele caiu no chão. E ali ficou.

– Levante e lute com ele, Billy – disse Stanley Greenberg.

Stanley ergueu Billy e o empurrou em minha direção. Dei-lhe um soco na boca, e ele a cobriu com as duas mãos.

– Certo – disse Stanley –, vou tomar o lugar dele!

Os garotos aplaudiram. Decidi correr, ainda não era minha hora de passar dessa para melhor. Mas então um professor apareceu.

– O que está acontecendo aqui?

Era o sr. Hall.

– Henry bateu no Billy – disse Stanley Greenberg.

– Foi isso mesmo, garotos? – perguntou o sr. Hall.

– Sim – responderam.

O sr. Hall me puxou pela orelha por todo o caminho até a sala do diretor. Forçou-me a sentar numa cadeira em frente a uma mesa vazia e então bateu à porta do diretor. Ficou lá dentro por um tempo considerável e então saiu sem olhar para mim. Fiquei ali sentado por uns cinco ou dez minutos antes que o diretor saísse e fosse ocupar o lado da mesa que estava vazio. Tratava-se de um homem com um aspecto bastante digno, com vastos cabelos grisalhos e uma gravata azul com um belo nó. Parecia um verdadeiro cavalheiro. Seu nome era sr. Knox. O sr. Knox cruzou os dedos e ficou me olhando, sem dizer nada. Quando começou a falar, porém, já não tive tanta certeza de sua cortesia. Seu objetivo parecia ser me humilhar, me tratar como os outros.

– Bem – ele disse por fim –, me conte o que aconteceu.

– Não aconteceu nada.

– Você machucou aquele garoto, Billy Sherril. Os pais dele vão querer saber por quê.

Não respondi.

— Acha que pode resolver seus problemas no braço quando acontece alguma coisa que não o agrada?

— Não.

— Então, por que fez isso?

Novamente me calei.

— Você se acha melhor do que as outras pessoas?

— Não.

O sr. Knox continuou sentado em seu lugar. Tinha um abridor de cartas muito comprido, que ele fazia rolar para lá e para cá sobre o feltro verde que cobria a mesa. Tinha também um enorme tinteiro verde e um porta-canetas com quatro delas dentro. Eu me perguntava se ele iria me bater.

— Diga logo: por que você fez isso?

Não respondi. O sr. Knox continuava movendo o abridor para lá e para cá. O telefone tocou. Ele atendeu.

— Alô? Oh, sra. Kirby? Ele o quê? Quê? Escute, será que a *senhora* não poderia lhe aplicar um castigo? Estou ocupado no momento. Está certo, eu lhe telefono assim que encerrar a questão com esse aqui...

Ele desligou. Com uma das mãos ele afastou uma mecha do seu belo cabelo branco que lhe caía sobre os olhos e me encarou.

— Por que você está me causando todo esse problema?

Não respondi.

— Você se acha durão, né?

Continuei em silêncio.

— Um garoto durão, né?

Uma mosca voava em círculos ao redor da mesa do sr. Knox. Começou a pairar sobre o tinteiro verde. Então ela pousou sobre a tampa negra do tinteiro e ficou ali sentada, esfregando as asas.

— Certo, garoto, você é durão, e eu sou durão. Vamos selar essa descoberta com um aperto de mãos.

Não me considerava um cara durão; por isso, recusei.

— Vamos, me dê sua mão.

Estendi minha mão e ele começou a balançá-la. Então ele parou o movimento e me encarou. Ele tinha olhos de um azul cristalino, ainda mais claros do que o azul da sua gravata. Seus olhos eram quase bonitos. Continuava me encarando e segurando minha mão. Seu aperto começou a ficar mais forte.

– Quero cumprimentá-lo por ser um cara durão.

Estreitou ainda mais o aperto.

– Acha que eu sou um cara durão?

Não respondi.

Esmagou os ossos dos meus dedos. Podia sentir os ossos de cada um dos dedos cortando a carne do dedo seguinte como uma lâmina afiada. Manchas vermelhas me turvaram a visão.

– E agora, me acha um cara durão? – ele perguntou.

– Vou matar você – eu disse.

– Vai o quê?

O sr. Knox apertou ainda mais sua pegada. Sua mão parecia um torno. Eu podia ver cada poro em seu rosto.

– Caras durões não gritam, não é?

Apertou até o limite. Tive que gritar, mas o fiz do modo mais silencioso possível, assim ninguém nas salas de aula poderia me ouvir.

– E agora, sou um cara durão?

Esperei. Era odioso dizer isso. Mas, afinal, deixei escapar:

– Sim.

O sr. Knox soltou minha mão. Tive medo de olhar para ela. Deixei que ela caísse ao lado de meu corpo. Percebi que a mosca tinha ido embora e não pude deixar de pensar que não era tão ruim ser uma mosca. O sr. Knox escrevia num pedaço de papel.

– Agora, Henry, estou escrevendo um bilhete para os seus pais e você vai entregá-lo. Vai entregar direitinho para eles, não vai?

– Sim.

Ele colocou o bilhete dentro de um envelope e me entregou. O envelope estava selado, e eu não tinha nenhum desejo de abri-lo.

## 8

Levei o envelope para casa e o entreguei à minha mãe e segui direto para o quarto. Meu quarto. A melhor coisa que havia ali era a cama. Gostava de ficar deitado por horas, mesmo durante o dia, com as cobertas puxadas até o queixo. Era bom ficar ali, nada acontecia por ali, nenhuma pessoa, nada. Minha mãe com frequência me encontrava enterrado na cama durante o dia.

– Henry, se levante! Não é bom para um garoto da sua idade ficar deitado na cama o dia inteiro! Vamos, levante agora mesmo! Vá fazer alguma coisa!

Não havia, no entanto, nada para fazer.

Não fui para a cama naquele dia. Minha mãe estava lendo o bilhete. Logo a ouvi chorar. E depois começaram as lamentações.

– Oh, meu Deus! Você desgraçou seu pai e a mim! É uma desgraça. Imagine se os vizinhos descobrirem? O que vão pensar?

Eles jamais falavam com seus vizinhos.

Então a porta se abriu, e mamãe entrou correndo no quarto:

– *Como você pôde fazer isso com sua pobre mãe?*

Lágrimas corriam pela sua face. Senti-me culpado.

– *Espere até seu pai chegar em casa!*

Bateu a porta do quarto e se sentou numa cadeira para esperar. De algum modo, eu me sentia culpado...

Escutei meu pai entrar. Ele sempre batia a porta, caminhava pesadamente e falava aos brados. Ele estava em casa. Depois de alguns instantes, a porta do quarto foi aberta. Tinha 1,89 de altura, um homem grande. Tudo mais desapareceu: a cadeira em que eu estava sentado, o papel de parede, as próprias paredes, inclusive meus pensamentos. Ele era como a escuridão encobrindo o sol, a violência que ele exalava aniquilava por completo qualquer outra coisa. Ele era todo orelhas, nariz, boca, eu não podia olhar em seus olhos, havia apenas seu rosto vermelho e enfurecido.

– Ok, Henry. Para o banheiro.

Entrei e ele fechou a porta atrás de nós. As paredes eram brancas. Havia um espelho e uma pequena janela cuja tela estava enegrecida e quebrada. Havia a banheira, a privada e os azulejos. Ele pegou o amolador da navalha que estava pendurado em um gancho. Seria a primeira de uma série de surras que viriam a ocorrer com mais e mais frequência. Sempre, eu sentia, sem qualquer razão evidente para esses espancamentos.

– Certo, baixe as calças.

Baixei.

– Baixe a cueca.

Também baixei.

Então ele me bateu com o amolador. O primeiro golpe me causou mais surpresa do que dor. O segundo doeu mais. Cada lambada que se seguia fazia com que a dor aumentasse. No início, ainda tinha consciência das paredes, da privada, da banheira. Por fim, já não enxergava mais nada. Enquanto me batia, aproveitava para me censurar, mas eu não conseguia entender uma palavra sequer. Pensei nas rosas que ele criava, em como ele as cultivava no pátio. Pensei no automóvel que ele tinha na garagem. Tentei não gritar. Eu sabia que se gritasse talvez o fizesse parar, mas por ter consciência disso, por ter consciência de que era justamente esse o seu desejo, eu me segurava. As lágrimas escorriam dos meus olhos enquanto eu permanecia em silêncio. Depois de um tempo, tudo se tornou um turbilhão, uma confusão, e o que restou foi apenas a terrível possibilidade de que aquilo durasse para sempre. Finalmente, como se um mecanismo tivesse sido acionado, comecei a soluçar, engolindo e me sufocando com a gosma salgada que descia pela garganta. Ele parou.

Ele não estava mais lá. Tomei novamente consciência da pequena janela e do espelho. Lá estava o amolador de navalha, pendurado no seu lugar, comprido e marrom e todo torcido. Não conseguia me dobrar para juntar minhas calças e minha cueca e segui caminhando até a porta, desajeitadamente, as roupas arriadas ao redor de meus pés. Abri a porta do banheiro e minha mãe estava em pé no corredor.

– Isso não está certo – falei para ela. – Por que você não me ajudou?

– O pai – ela disse – está sempre certo.

Então minha mãe se afastou. Fui para o meu quarto, arrastando as roupas nos pés, e me sentei na beirada da cama. O contato com o colchão me doía. Lá fora, através da janela dos fundos, eu podia ver as rosas do meu pai crescendo. Elas eram vermelhas e brancas e amarelas, grandes e viçosas. O sol já ia baixo, mas ainda não havia se posto, e seus últimos raios penetravam ainda pela janela. Tive a impressão de que até mesmo o sol pertencia a meu pai, que eu não tinha nenhum direito sobre ele porque iluminava a casa do meu pai. Eu era como suas rosas, algo que pertencia a ele e não a mim...

9

Na hora em que me chamaram para o jantar eu consegui puxar minhas roupas e caminhar até a pequena mesa em que fazíamos todas as nossas refeições exceto aos domingos. Havia dois travesseiros sobre o assento da minha cadeira. Sentei em cima deles, mas minhas pernas e minha bunda ainda ardiam. Meu pai falava sobre o seu trabalho, como sempre.

— Disse para o Sulivan combinar três rotas em duas e deixar um homem fazer cada deslocamento. Ninguém está dando tudo de si por lá...

— Eles deviam ouvi-lo, paizinho – disse minha mãe.

— Por favor – eu disse –, por favor, me deem licença, mas não sinto vontade de comer...

— Você vai comer sua COMIDA! – disse meu pai. – Sua mãe preparou essa comida!

— Sim – disse minha mãe –, cenouras, ervilhas e rosbife.

— E o purê de batatas com molho de carne – disse meu pai.

— Não sinto fome.

— Você vai comer cada cenoura e cada ervilha em seu prato\*! – disse meu pai.

Ele tentava ser engraçado. Esta era uma de suas observações favoritas.

— PAIZINHO! – disse minha mãe, chocada e espantada.

Comecei a comer. Era terrível. Sentia como se os estivesse comendo, comendo as coisas em que acreditavam, aquilo que eles eram. Não mastiguei os alimentos, engoli-os apenas, como que para me livrar da obrigação. Nesse meio tempo, meu pai falava de como aquela comida estava saborosa, de como tínhamos sorte de ter o que comer enquanto a maior parte das pessoas do mundo, e mesmo muitos americanos, viviam na miséria e passavam fome.

— O que temos para a sobremesa, mamãe? – perguntou meu pai.

Seu rosto estava horrível, os lábios num biquinho, gordurosos e molhados de prazer. Ele agia como se nada tivesse acontecido, como se não tivesse me espancado. Quando voltei ao meu quarto, pensei: essas pessoas não são

---

\* Há aqui um trocadilho. Trata-se das palavras homófonas em inglês *pea* (ervilha) e *pee* (mijar). Assim, a frase também poderia ser traduzida por "Você comerá cada cenoura e mijará no seu prato". (N.T.)

meus pais, devem ter me adotado e agora não estão satisfeitos com o que me tornei.

## 10

Lila Jane era uma garota da minha idade que morava numa casa ao lado da nossa. Eu ainda não tinha autorização para brincar com as crianças da vizinhança, mas ficar sentado no quarto geralmente era uma maçada. Eu saía e caminhava pelo quintal, olhava para as coisas, procurava insetos. Ou então me sentava na grama e deixava a imaginação correr. Uma das coisas que eu imaginava era que eu era um grande jogador de beisebol, tão bom que podia acertar a bola com o bastão quando eu quisesse, capaz de fazer um *home run* sempre que desejasse. Eu deixaria, contudo, de propósito, de rebater algumas bolas, só para enganar os jogadores do outro time, para que sonhassem com minha eliminação. Acertaria as tacadas quando estivesse a fim. Numa temporada, já entrando em julho*, minha média de rebatidas estaria em .139** com apenas um *home run*. HENRY CHINASKI ESTÁ ACABADO, diriam os jornais. Então eu começaria a acertar. E como acertaria! Certa vez, me daria ao luxo de fazer dezesseis *home runs* seguidos. Em outra, 24 corridas em apenas um jogo. Ao final da temporada minha média chegaria a .523.

Lila Jane era uma das garotas bonitas que eu tinha visto na escola. Era uma das mais legais e vivia logo ali ao lado. Um dia, quando eu estava no pátio, ela se aproximou da cerca e ficou parada me olhando.

– Você não joga com os outros garotos, não é?

Olhei para ela. Tinha longos cabelos castanhos e olhos de um marrom escuro.

---

\* Normalmente a temporada de beisebol nos Estados Unidos se estende de março a outubro. (N.T.)

\*\* Número baixíssimo dentro da estatística usada para avaliar os rebatedores. (N.T.)

— Não — respondi —, não jogo.
— Por que não?
— Já vejo eles bastante na escola.
— Eu sou Lila Jane — ela disse.
— Henry.

Ficou me olhando, e eu me sentei sobre a grama e também me pus a olhá-la. Então ela disse:
— Quer ver minha calcinha?
— Claro — respondi.

Ergueu o vestido. A calcinha era cor-de-rosa e estava limpa. Tinha um ótimo aspecto. Continuou com o vestido erguido e então deu meia-volta para que eu pudesse ver a parte de trás. Seu traseiro era bonito. Depois baixou o vestido.
— Até logo — ela disse, de saída.
— Até logo — respondi.

Isto acontecia todas as tardes.
— Quer ver minha calcinha?
— Claro.

As calcinhas quase sempre tinham uma cor diferente e a cada vez elas pareciam mais bonitas.

Uma tarde, após Lila Jane ter me mostrado sua calcinha, eu disse:
— Vamos dar uma caminhada.
— Ok — ela disse.

Encontrei-a na calçada e descemos a rua juntos. Ela era realmente uma graça. Caminhamos lado a lado sem trocar uma palavra até chegarmos a um terreno baldio. O capim crescia alto e verdejante.
— Vamos entrar ali no terreno baldio — eu disse.
— Ok — disse Lila Jane.

Caminhamos por entre o capinzal.
— Me mostre de novo sua calcinha.

Ela ergueu o vestido. Calcinha azul.
— Vamos deitar aqui — eu disse.

Desaparecemos entre o mato e a segurei pelos cabelos e a beijei. Então, puxei o vestido e olhei sua calcinha.

Coloquei minha mão no seu traseiro e a beijei novamente. Segui beijando e passando a mão nela. Fiz isso por um tempo considerável. Então eu disse:

– Vamos fazer.

Não tinha certeza do que ainda havia a ser feito, mas eu sabia que havia algo mais.

– Não, não posso – ela disse.
– Por que não?
– Aqueles homens vão ver a gente.
– Que homens?
– Lá! – apontou.

Olhei por entre os capins. Talvez a meio quarteirão de distância havia alguns homens consertando a rua.

– Eles não podem nos ver!
– Sim, claro que podem!

Ergui-me.

– Que diabos! – eu disse e abandonei o terreno baldio em direção à minha casa.

Por um bom tempo não tornei a ver Lila Jane durante as tardes. Não importa. Estávamos na temporada de futebol americano e eu era – na minha imaginação – um grande *quarterback**. Eu podia lançar a bola a noventa metros e chutá-la a oitenta. Mas nós raramente precisávamos do chute, não se a bola estivesse comigo. Saía-me ainda melhor jogando entre adultos. Eu os aniquilava. Era preciso cinco ou seis homens para me segurar. Às vezes, como no beisebol, me sentia apiedado dos outros e permitia que me derrubassem após ganhar apenas oito ou dez jardas. Então, normalmente, eu sairia lesionado, gravemente lesionado, tendo que ser retirado do campo numa maca. Meu time ficaria muito atrás no placar, digamos 40 a 17, e faltando três ou quatro minutos para terminar a partida eu retornaria, furioso por ter sido lesionado. Toda vez que eu pegava a bola, corria e

---

* Posição mais importante num time de futebol americano. É o jogador responsável pelo comando das jogadas, o cérebro do time, e se posiciona atrás da linha formada pelos outros jogadores da equipe. (N.T.)

cortava o campo todo em direção ao *touchdown**. A multidão ia ao delírio! E quando eu estava na defesa fazia todos os bloqueios, interceptava cada um dos passes do adversário. Eu estava em todos os lugares. Chinaski, o Possesso! Com o jogo prestes a terminar, dei o chute da posição inicial do nosso lado do campo. Corri em frente, para os lados, recuei. Furava todos os bloqueios, saltava sobre os zagueiros caídos, ninguém conseguia me segurar. Meu time era um bando de bunda-moles. Finalmente, com cinco homens agarrados em mim, me recusei a cair e os arrastei até a linha do gol para marcar o *touchdown* vencedor.

Uma tarde, quando um garoto enorme entrou no nosso pátio pela porta dos fundos, eu o olhei desconfiado. Ele entrou e ficou ali, só me encarando. Era mais ou menos um ano mais velho do que eu e não era da minha escola.

– Sou da Escola Primária Marmount – ele disse.

– É melhor você dar o fora daqui – eu falei. – Meu pai logo vai chegar.

– Isso é verdade? – perguntou.

Fiquei de pé.

– O que você está fazendo aqui?

– Ouvi dizer que vocês lá da Desley se acham durões.

– Ganhamos todos os jogos do campeonato interescolar.

– Isso é porque vocês trapaceiam. Na Marmount, não gostamos de trapaceiros.

Ele usava uma velha camisa azul, meio desabotoada na frente. Usava uma pulseira de couro no pulso esquerdo.

– Você se acha um cara durão? – ele me perguntou. – O que você guarda ali na garagem? Estou pensando em levar alguma coisa da sua garagem.

---

* Após percorrer todas as jardas do campo, o jogador de futebol americano chega à área do gol, que, se ultrapassada, representa um *touchdown*. Cada lado do campo tem uma dessas áreas, que é o objetivo final dos times, pois quando um jogador alcança o *touchdown* seu time marca seis pontos e tem direito a dar um chute que vale, se convertido, mais um ponto. (N.T.)

– Fique longe dali.

A porta da garagem estava aberta, e ele passou por mim. Não havia muito o que levar. Achou uma bola de praia murcha e a pegou.

– Acho que vou levar isto aqui.

– Ponha a bola no chão.

– Vou é lhe enfiar esta bola goela abaixo! – ele disse, jogando-a na direção da minha cabeça.

Desviei. Saiu da garagem e veio para cima de mim. Recuei.

Ele me seguiu pelo pátio.

– Trapaceiros fracassam na vida – ele disse.

Tentou me acertar um soco. Desviei. Pude sentir o deslocamento de ar provocado por seu golpe. Fechei meus olhos e me lancei em cima dele, dando socos para todos os lados. De vez em quando eu acertava alguma coisa. Sentia que ele também me atingia, mas eu não sentia dor. Eu estava mesmo era assustado. Não havia nada a fazer senão continuar socando. Então ouvi uma voz:

– Parem com isso!

Era Lila Jane. Ela estava no pátio nos fundos da minha casa. Nós dois paramos de lutar. Ela pegou uma lata velha e arremessou. O objeto acertou o garoto da Marmount bem no meio da testa e voou para longe. O garoto ficou parado por um momento e depois saiu correndo, gritando e uivando. Foi embora pelo portão pelo qual entrara, desceu correndo rua abaixo e desapareceu. Uma latinha. Eu estava surpreso. Um brutamontes daqueles chorando assim. Em Delsey tínhamos um código de honra. Nunca emitíamos um som sequer. Mesmo os maricas apanhavam em silêncio. Aqueles caras da Marmount não eram de nada.

– Você não precisava me ajudar – falei para Lila Jane.

– Ele estava batendo em você!

– Mas não estava me machucando.

Lila Jane cruzou o pátio correndo, atravessou o portão, entrou no seu terreno e foi para dentro de casa.

Lila Jane ainda gosta de mim, pensei.

# 11

Durante a segunda e a terceira séries eu continuava sem receber uma chance de jogar beisebol, mas sabia que de alguma maneira estava melhorando minhas habilidades como jogador. Se, por um acaso, eu voltasse a ter um bastão nas mãos, rebateria a bola acima do prédio da escola. Certo dia, eu estava parado, e um professor se aproximou.

– O que você está fazendo?

– Nada.

– Isto é uma aula de Educação Física. Você deveria estar participando. Você é incapacitado?

– Como?

– Há algo errado com você?

– Não sei.

– Venha comigo.

Levou-me até um grupo. Eles jogavam *kickball*. *Kickball* era parecido com o beisebol, com a exceção de que eles usavam uma bola de futebol. O arremessador rolava a bola para a base e você tinha que chutá-la. Se ela saísse do chão e fosse pega, você estava fora. Se ela rolasse dentro das marcas do campo ou subisse acima dos jogadores, você avançava quantas bases conseguisse.

– Qual é seu nome? – o professor me perguntou.

– Henry.

Nos aproximamos dos outros.

– Agora – ele disse –, Henry jogará de *shortstop*\*.

Os garotos estavam no mesmo ano que eu. Todos me conheciam. *Shortstop* era a posição mais difícil. Fui para o meu lugar. Sabia que eles se uniriam contra mim. O arremessador rolou a bola bem devagar, e o cara que estava na primeira base a chutou bem em cima de mim. Ela veio com força, na altura do peito, mas não houve problema. A

---

\* Posição localizada entre a segunda e a terceira base. O *shortstop* deve receber as bolas rebatidas. No caso da variante que está sendo jogada, ele deve segurar as bolas chutadas. (N.T.)

bola era grande, e estiquei minhas mãos e a apanhei. Lancei a bola de volta ao arremessador. O próximo cara fez a mesma coisa. Dessa vez, a bola veio um pouco mais alta. E um pouco mais rápida. Sem problemas. Então Stanley Greenberg caminhou para a base. Era isso. Eu estava sem sorte. O arremessador rolou a bola, e Stanley deu-lhe um bico. Veio em minha direção como se fosse uma bala de canhão, na altura da cabeça. Quis me abaixar, mas não o fiz. A bola estourou contra minhas mãos e a segurei. Peguei-a e rolei ela de volta até o montinho de terra do arremessador. Três foras. Corri devagar para a linha lateral. Enquanto estava em movimento, um dos garotos passou por mim e disse:

– Chinaski, o grande pegador de merda*!

Era o garoto com vaselina no cabelo e pelos negros que saíam das narinas. Dei meia-volta.

– Ei – eu disse.

Ele parou. Olhei para ele:

– Nunca mais me diga uma palavra.

Percebi o medo em seus olhos. Caminhou para sua posição, e eu me encostei na cerca enquanto meu time se colocava na primeira base. Ninguém se aproximava de mim, mas eu não dava a mínima. Eu estava ganhando terreno.

Era difícil de entender. Éramos as crianças na escola mais pobre, com os pais mais pobres e menos educados da região, vivíamos na maioria dos casos com restrições alimentares e ainda assim, numa comparação garoto por garoto, éramos muito maiores que as crianças de outras escolas primárias da cidade. Nossa escola era famosa. Éramos temidos.

Nosso time da sexta série vencia de lavada os times das outras sextas séries da cidade. Especialmente no beisebol. Os escores eram algo como 14 a 1, 24 a 3, 19 a 2. Era uma barbada.

Um dia, o time de juniores campeão da cidade, o Miranda Bell, veio nos desafiar. De alguma maneira, se

---

* *Shitstop* no original. Trocadilho com *shortstop*. (N.T.)

arranjou um pouco de dinheiro e os nossos jogadores receberam um boné azul novo, com um "D" branco na frente. Nosso time ficou bacana com aqueles bonés. Quando os garotos do Miranda Bell apareceram, com seus campeões que já estavam na sétima série, nossos garotos da sexta apenas olharam para eles e caíram na gargalhada. Éramos maiores, parecíamos mais durões, caminhávamos de modo diferente, sabíamos algo que eles desconheciam. Nós, os mais jovens, também ríamos. Sabíamos que eles estavam onde queríamos que eles estivessem.

Os garotos do Miranda pareciam bastante educados. Eram muito silenciosos. Seu arremessador era a estrela do time. Eliminou nossos três primeiros rebatedores, três dos nossos melhores. Mas nós tínhamos Johnson "bola-baixa". "Bola-baixa" fez o mesmo com eles. O jogo seguiu dessa maneira, os dois lados perdendo jogadores, algumas rebatidas curtas, alguns avanços de base, nada de mais. Então, estávamos com o bastão no final da sétima entrada*. Cappalletti "bolo de carne" acertou uma em cheio. Deus, deu para ouvir o estouro da batida! Parecia que a bola iria atingir o prédio da escola e quebrar uma das vidraças. Nunca na vida tinha visto uma bola decolar daquele jeito! Acertou o mastro da bandeira perto da parte mais alta e caiu de volta. Um *home run* fácil. Cappalletti correu as bases e os nossos garotos pareciam *ótimos* em seus novos bonés azuis com o "D" branco.

Os caras do Miranda praticamente desistiram depois daquilo. Não tiveram força para voltar ao jogo. Vinham de um bairro rico, não tinham ideia do que era revidar. Nosso jogador seguinte repetiu a façanha. Como gritamos! Estava terminado. Não havia mais nada que eles pudessem fazer. O próximo rebatedor fez uma nova corrida completa. Eles trocaram os arremessadores. Ganhamos uma base. O próximo rebatedor conseguiu outra base. Antes que a entrada terminasse, tínhamos feito nove voltas.

O Miranda nem teve chance de rebater na oitava entra-

---

* A partida de beisebol tem nove entradas. (N.T.)

da. Os garotos da nossa quinta série os desafiaram para uma briga. Inclusive um dos nossos que estava na quarta série correu para tentar comprar briga com um deles. Os garotos do Miranda pegaram seus equipamentos e se mandaram. Fomos atrás deles, até mandá-los para a rua.

Não havia mais nada para fazer. Assim, dois dos nossos começaram a brigar entre si. Que bela luta! Ambos estavam com seus narizes arrebentados, ensanguentados, mas continuavam lutando bem, até que um professor que tinha assistido ao jogo interveio. Acho que ele nunca soube o quão perto esteve de apanhar.

## 12

Uma noite meu pai me levou com ele na entrega do leite. Não havia mais carroça puxada a cavalo. Os caminhões de leite agora eram movidos a motor. Após carregar a caçamba lá na companhia de leite, seguimos o trajeto das entregas. Era bom já estar na rua antes do amanhecer. A lua ainda estava no céu, e eu podia ver as estrelas. Fazia frio, mas era excitante. Perguntava-me por que meu pai me convidara para vir com ele uma vez que dera para me bater com o amolador da navalha uma ou duas vezes por semana e não havia entre nós qualquer intimidade.

A cada parada, ele saltava e entregava uma ou duas garrafas de leite. Às vezes era queijo *cottage*, ou coalhada, ou manteiga e, de vez em quando, uma garrafa de suco de laranja. A maioria das pessoas deixava bilhetes nas garrafas vazias explicando o que queriam.

Meu pai ia guiando, parando e dando a partida no motor, fazendo entregas.

– Bem, garoto, em que direção estamos indo agora?
– Norte.
– Você está certo, estamos indo pro norte.

Percorríamos as ruas, parando e seguindo adiante.

– Bem, e agora? Em qual direção?
– Oeste.
– Não, estamos indo pro sul.
Seguimos mais um tempo, em silêncio.
– Vamos supor que eu expulse você do caminhão agora e o deixe no meio da calçada. O que você faria?
– Não sei.
– Quero dizer, como você sobreviveria?
– Bem, acho que voltaria até a última casa e pegaria o leite e o suco de laranja que você deixou nos degraus.
– E depois disso? O que faria?
– Encontraria um policial e contaria a ele o que você fez comigo.
– Contaria, hein? E o que é que você iria contar?
– Diria a ele que você quis que eu me perdesse afirmando que o "oeste" era o "sul".

O dia começava a raiar. Logo todas as entregas haviam sido feitas e paramos para tomar café numa lancheria. A garçonete se aproximou.

– Olá, Henry – ela disse a meu pai.
– Olá, Betty.
– Quem é o garoto?
– Este é o pequeno Henry.
– É a sua cara.
– Mas não tem meus miolos, acho.
– Espero que não.

Fizemos o pedido. Ovos com bacon. Enquanto comíamos, meu pai disse:

– Agora vem a parte mais difícil.
– Qual?
– Tenho que recolher o dinheiro que as pessoas me devem. Algumas delas não querem pagar.
– Mas elas têm que pagar.
– É o que sempre lhes digo.

Terminamos de comer e voltamos ao trabalho. Meu pai descia e batia nas portas. Eu podia ouvi-lo reclamar aos berros:

– COMO, DIABOS, PENSA QUE EU VOU TER O QUE COMER? VOCÊ JÁ SECOU O LEITE, AGORA É HORA DE CAGAR O DINHEIRO!

Usava um discurso diferente a cada cobrança. Às vezes voltava com o dinheiro, em outras não.

Então o vi entrar numa espécie de cortiço. Uma porta se abriu, e uma mulher ficou ali parada, vestida num quimono de seda desatado. Ela fumava um cigarro.

– Escute, boneca, preciso receber o dinheiro. Você é minha maior devedora!

Ela riu na cara dele.

– Veja, boneca, me dê a metade, me pague alguma coisa, dê algum sinal.

Ela fez um anel de fumaça e em seguida o rompeu com o dedo.

– Escute, você precisa me pagar – disse meu pai. – Esta é uma situação desesperadora.

– Entre. Falaremos sobre isso – disse a mulher.

Meu pai entrou, e a porta se fechou. Ficou lá dentro por uma eternidade. O sol já ia alto. Quando meu pai saiu, o cabelo lhe caía sobre o rosto e ele colocava a barra da camisa para dentro das calças. Subiu no caminhão.

– A mulher deu o dinheiro? – perguntei.

– Esta foi a última parada – disse meu pai. – Estou exausto. Vamos devolver o caminhão e voltar para casa...

Eu voltaria a ver aquela mulher. Um dia voltei para casa depois da escola, e ela estava sentada numa cadeira na nossa sala da frente. Minha mãe e meu pai também estavam sentados ali, e minha mãe chorava. Quando me viu, correu em minha direção e me agarrou. Levou-me para o quarto e fez com que eu sentasse na cama.

– Henry, você ama sua mãe?

Eu na verdade não a amava, mas ela parecia tão triste que respondi:

– Sim.

Ela me levou de volta para a sala.

— Seu pai está dizendo que ama essa mulher — ela me disse.

— Amo vocês *duas*! Agora, tire esse garoto daqui!

Senti que meu pai estava fazendo minha mãe muito infeliz.

— Vou matar você — eu disse a meu pai.

— Tire esse garoto daqui!

— Como você pode amar essa mulher? — perguntei. — Veja o nariz dela. O nariz parece uma tromba de elefante!

— Cristo! — exclamou a mulher. — Não sou obrigada a ouvir isso! — Olhou para o meu pai: — *Escolha*, Henry! Uma ou outra! Agora!

— Mas não consigo! Amo vocês *duas*!

— Vou matar você! — eu disse a meu pai.

Ele veio em minha direção e me deu um tapa no ouvido, me derrubando no chão. A mulher se levantou e saiu correndo da casa, e meu pai foi atrás dela. A mulher saltou para dentro do carro do meu pai, deu a partida e seguiu. Tudo se deu de maneira muito rápida. Meu pai sai correndo rua afora atrás dela e do carro.

— EDNA! EDNA, VOLTE!

Meu pai conseguiu alcançar o carro, pôs a mão no banco da frente e agarrou a bolsa de Edna. Então o carro acelerou e meu pai ficou para trás com a bolsa.

— Eu sabia que algo estava acontecendo — me disse minha mãe. — Então, me escondi no porta-malas e peguei os dois juntos. Seu pai me trouxe até aqui na companhia daquela mulher horrível. Agora ela levou o carro dele.

Meu pai retornou com a bolsa de Edna.

— Todo mundo pra dentro de casa!

Entramos, e meu pai me trancou no quarto. Os dois começaram a discutir. Gritavam e se diziam coisas pavorosas. Então meu pai começou a bater na minha mãe. Ela gritava e ele seguia lhe dando uma surra. Pulei pela janela e tentei entrar pela porta da frente. Estava trancada. Tentei a porta dos fundos, as janelas. Tudo estava trancado. Fiquei plantado no pátio dos fundos, ouvindo os gritos e a pancadaria.

Então os gritos e a pancadaria cessaram e tudo o que eu podia ouvir era minha mãe soluçando. Soluçou por um longo tempo. Gradualmente, os espasmos foram diminuindo e diminuindo, até que ela silenciou.

## 13

Eu estava na quarta série quando descobri sobre *aquilo*. Eu era provavelmente o último a saber, porque continuava não falando com os outros. Um garoto se aproximou de mim enquanto eu vagava durante o recreio.

– Você não sabe como aquilo acontece? – perguntou.

– Aquilo o quê?

– Foder.

– O que é isso?

– Sua mãe tem um buraco... – ele juntou o polegar e o indicador da mão direita e fez um círculo – e seu pai tem um pinto... – pegou o indicador esquerdo e começou a enfiá-lo para frente e para trás dentro do buraco. – Então o pinto do seu pai espirra um suco e às vezes sua mãe tem um bebê e às vezes não.

– Deus faz os bebês – eu disse.

– Assim como a merda – disse o garoto e se afastou.

Era difícil para mim acreditar. Quando o recreio terminou, me sentei na sala de aula e fiquei pensando no assunto. Minha mãe tinha um buraco e meu pai tinha um pinto que espirrava suco. Como eles podiam ter coisas como essas e continuar caminhando como se tudo fosse normal, conversando sobre banalidades, e então fazer aquilo e não contar nada para ninguém? Sentia realmente vontade de vomitar quando encarava a ideia de ter começado a partir do suco do meu pai.

Naquela noite, após as luzes se apagarem, fiquei acordado na cama, escutando. Com certeza, comecei a ouvir sons. A cama deles começou a ranger. Podia ouvir o barulho das molas. Levantei-me e fui, na ponta dos pés, até junto à porta do quarto deles e fiquei escutando. A cama seguia produzindo ruídos. Então parou. Corri de volta pelo corredor para dentro do meu quarto. Ouvi minha mãe entrar no banheiro. Escutei a descarga e depois seus passos se afastando.

Que coisa terrível! Não importava que fizessem aquilo em segredo! E pensar que todo mundo fazia isso! Os professores, o diretor, todo mundo! Era algo realmente estúpido. Então pensei em fazê-lo com Lila Jane, e a estupidez que era evidente já não me pareceu tão evidente assim.

No dia seguinte, durante a aula, passei o tempo todo com isso na cabeça. Olhava para as garotinhas e me imaginava fazendo com elas. Faria com todas elas e teríamos bebês, eu encheria o mundo de caras como eu, grandes jogadores de beisebol, marcadores de *home runs*. Naquele dia, logo antes da aula terminar, a professora, sra. Westphal, disse:

– Henry, você poderia ficar mais um pouco?

A sineta tocou, e as outras crianças foram embora. Fiquei sentado e esperei. A sra. Westphal corrigia uns papéis. Pensei: talvez ela queira fazer comigo. Me imaginei erguendo o vestido dela e olhando para o seu buraco.

– Tudo bem, sra. Westphal, estou pronto.

Ela ergueu os olhos das folhas.

– Está certo, Henry. Em primeiro lugar, apague todos os quadros-negros. Depois leve os apagadores até a rua e tire o pó deles.

Fiz o que me mandou, então voltei a sentar na minha classe. A sra. Westphal continuava lá, corrigindo os papéis. Ela estava com um vestido azul apertado, grandes argolas douradas nas orelhas, tinha um nariz pequeno e usava óculos sem armação. Esperei e esperei. Então, eu disse:

— Sra. Westphal, por que a senhora me manteve aqui depois da aula?

Ergueu o rosto e me encarou. Seus olhos eram verdes e profundos.

— Mantive-o até mais tarde porque às vezes você é mau.

— Ah, é? — sorri.

A sra. Westphal me olhou. Tirou seus óculos e continuou me encarando. Suas pernas estavam ocultas pela mesa. Eu não podia ver seu vestido.

— Você estava *muito* desatento hoje, Henry.

— É?

— E não fale comigo desse jeito. Você está se dirigindo a uma dama!

— Oh, claro...

— Não seja insolente comigo!

— Como a senhora quiser.

Ela se levantou e saiu detrás de sua mesa. Caminhou por entre as classes e sentou-se sobre a mesa à minha frente. Tinha pernas maravilhosas, longas, cobertas por meias de seda. Sorriu para mim, esticou uma das mãos e tocou num dos meus pulsos.

— Seus pais não lhe dão muito amor, não é verdade?

— Não preciso desse tipo de coisa — respondi.

— Henry, todos precisam ser amados.

— Não preciso de nada.

— Pobre garoto.

Ficou de pé, veio até minha classe e tomou devagar minha cabeça entre suas mãos. Curvou-se e me estreitou contra os seios. Estiquei-me e enlacei suas pernas.

— Henry, você precisa parar de brigar com todo mundo! Queremos ajudá-lo.

Agarrei as pernas da sra. Westphal com mais força.

— Tudo bem — eu disse —, vamos trepar!

— *O que você disse?*

— Eu disse vamos trepar!

Olhou-me por um longo tempo.

– Henry, *nunca* vou dizer para ninguém o que você me disse, nem para o diretor, nem para seus pais, para ninguém. Mas eu nunca mais, *nunca* mais quero que você me diga isso outra vez, entende?

– Entendo.

– Tudo bem. Você pode ir para casa agora.

Levantei e caminhei em direção à porta. Quando a abri, a sra. Westphal disse:

– Boa tarde, Henry.

– Boa tarde, sra. Westphal.

Segui pela rua pensando no acontecido. Senti que ela estava a fim de trepar, mas tinha medo por eu ser jovem demais para ela, medo de que meus pais e o diretor pudessem descobrir. Tinha sido excitante ficar sozinho com ela na sala vazia. Essa coisa de trepar era bacana. Dava às pessoas mais coisas em que pensar.

Eu precisava cruzar uma grande avenida para chegar em casa. Peguei a faixa de pedestres. Subitamente, um carro veio para cima de mim. Não diminuiu a velocidade. Vinha selvagemente desgovernado. Tentei sair do caminho, mas o carro parecia me seguir. Vi os faróis, as rodas, o para-choque. O carro me acertou e depois foi tudo escuridão...

## 14

Mais tarde, no hospital, eles esfregavam meus joelhos com pedaços de algodão embebido em alguma coisa. Queimava. Meus cotovelos ardiam também.

O médico se curvava sobre mim, junto com uma enfermeira. Eu estava na cama, e a luz do sol entrava através da janela. Parecia muito agradável. O médico sorriu para mim. A enfermeira se endireitou e também me sorriu. Era legal estar ali.

– Você tem um nome? – perguntou o médico.

– Henry.

– Henry do quê?
– Chinaski.
– Polonês, não é?
– Alemão.
– Por que ninguém quer ser polonês?
– Nasci na Alemanha.
– Onde você mora? – perguntou a enfermeira.
– Com meus pais.
– Sério? – perguntou o médico. – E onde fica isso?
– O que aconteceu com meus joelhos e cotovelos?
– Um carro o atropelou. Por sorte, as rodas não o pegaram. As testemunhas dizem que o motorista parecia bêbado. Atropelou e fugiu. Mas eles anotaram o número da placa. Dessa ele não escapa.

– O senhor tem uma enfermeira muito bonita... – eu disse.

– Bem, obrigada – ela disse.

– Você quer marcar um encontro com ela? – perguntou o médico.

– Como assim marcar um encontro?

– Você quer sair com ela?

– Não sei se conseguiria fazer com ela. Sou muito jovem.

– Fazer o quê?

– Você sabe.

– Bem – sorriu a enfermeira –, venha me ver depois que seus joelhos sararem e veremos o que podemos fazer.

– Me perdoe – disse o médico –, mas tenho que ver um outro caso de acidente.

Ele saiu do quarto.

– Agora – disse a enfermeira –, em que rua você mora?

– Na Estrada Virgínia.

– Preciso do número, doçura.

Eu disse a ela o número da casa. Ela perguntou se lá havia telefone. Falei que não sabia o número.

– Tudo bem – ela disse –, vamos dar um jeito de conseguir. E não se preocupe. Você teve sorte. Levou apenas uma pancada na cabeça e se arranhou um pouco.

Ela era bacana, mas eu sabia que depois que meus joelhos sarassem ela não ia querer me ver outra vez.

– Quero ficar aqui – falei.

– O quê? Está dizendo que não quer voltar para casa com seus pais?

– Não. Deixa eu ficar aqui.

– Não podemos fazer isso, doçura. Precisamos desses leitos para as pessoas que estão realmente doentes ou machucadas.

Sorriu e deixou o quarto.

Quando meu pai chegou, seguiu direto para meu quarto e, sem uma palavra, me arrastou para fora da cama. Carregou-me pelo corredor em direção ao hall.

– Seu pequeno desgraçado! Não lhe ensinei a olhar para os DOIS lados antes de atravessar a rua?

Ele me levou até a recepção. Passamos pela enfermeira.

– Adeus, Henry.

– Adeus.

Entramos num elevador com um velho numa cadeira de rodas. Tinha uma enfermeira parada atrás dele. O elevador começou a descer.

– Acho que vou morrer – disse o velho. – Não quero morrer. Tenho medo de morrer...

– Você já viveu o bastante, velho cretino! – resmungou meu pai.

O velho olhou, espantado. O elevador parou. A porta continuou fechada. Então percebi o ascensorista. Estava sentado num banquinho. Era um anão vestido num resplandecente uniforme vermelho com um boné da mesma cor.

O anão olhou para meu pai.

– Cavalheiro – ele disse –, o senhor é um sujeito repugnante!

— Tampinha — replicou meu pai —, abra já essa merda de porta ou vou abrir é o seu cu.

A porta se abriu. Passamos pelo saguão. Meu pai me arrastou pelo gramado do hospital. Eu ainda usava o camisolão do hospital. Ele levava minhas roupas numa sacola. O vento soprou, erguendo meu camisolão, e pude ver meus joelhos esfolados, sem ataduras, apenas cobertos por iodo. Meu pai estava quase correndo pelo gramado.

— Quando eles pegarem aquele filho da puta — ele disse —, vou processá-lo! Vou tirar até o último centavo! Ele vai me sustentar pelo resto da vida! Estou cansado daquele maldito caminhão de leite! *Leiteria Golden State!* Golden State o meu rabo cabeludo! Vamos nos mudar para os Mares do Sul. Vamos viver de cocos e abacaxis!

Meu pai chegou no carro e me colocou no assento da frente. Então ele entrou pelo lado do motorista. Deu a partida.

— Odeio bêbados! Meu pai era um bêbado. Meus irmãos são bêbados. Bêbados são *fracos*. Bêbados são *covardes*. E esses que atropelam e fogem deveriam receber a prisão perpétua!

Enquanto seguíamos para casa ele continuava a falar comigo.

— Você sabe que nos Mares do Sul os nativos moram em cabanas de palha? Eles se levantam pela manhã e a comida cai das árvores. Eles só pegam e comem, cocos e abacaxis. E os nativos acham que os homens brancos são deuses! Eles pescam, assam javalis, e as garotas dançam e vestem saias de palha e acariciam os homens atrás das orelhas. Leiteria Golden State o meu *rabo* cabeludo!

Mas o sonho do meu pai não iria se realizar. Eles pegaram o homem que me atropelou e o colocaram atrás das grades. Tinha mulher e três filhos e estava desempregado. Era um bêbado que não tinha nem onde cair morto. O homem ficou preso durante algum tempo, mas meu pai não apresentou queixa. Como ele disse:

— Não se pode tirar leite de uma maldita pedra!

## 15

Meu pai sempre expulsava da nossa casa os garotos da vizinhança. Me diziam para não brincar com eles, mas eu caminhava pela rua e os via, de qualquer modo.

– Ei, Henrizinho! – eles gritavam. – Por que você não volta pra Alemanha?

De alguma maneira, tinham descoberto sobre o meu local de nascimento. O pior é que todos eles tinham a mesma idade que eu e não andavam juntos apenas porque moravam na mesma vizinhança, mas porque frequentavam o mesmo colégio católico. Eram garotos durões, jogavam futebol americano de verdade por horas a fio e quase que diariamente dois deles brigavam a socos. Os quatro cabeças da turma eram Chuck, Eddie, Gene e Frank.

– Ei, Henrizinho, volte pra Chucrutlândia!

Não tinha como me enturmar com eles...

Então um garoto ruivo se mudou para a casa vizinha à de Chuck. Frequentava uma espécie de escola especial. Certo dia, eu estava sentado na beira da calçada quando ele saiu de casa. Sentou-se ao meu lado no cordão.

– Olá, meu nome é Red.
– Me chamo Henry.

Ficamos sentados, olhando os garotos jogar futebol. Olhei para Red.

– Por que você usa uma luva na mão esquerda? – perguntei.

– Só tenho um braço – respondeu.
– Essa mão parece de verdade.
– É falsa. O braço todo é falso. Toque-o.
– O quê?
– Toque-o. É falso.

Toquei-o. Era duro, duro como pedra.

– Como isso aconteceu?

– Nasci assim. O braço é artificial até a altura do cotovelo. Preciso prendê-lo. Tenho pequenos dedos ao final no meu cotovelo, com unhas e tudo, mas os dedos não servem para nada.

– Você tem algum amigo? – perguntei.

– Não.

– Nem eu.

– Esses caras não jogam com você?

– Não.

– Tenho uma bola de futebol.

– Você consegue agarrá-la?

– Moleza – disse Red.

– Vá buscá-la.

– Beleza...

Red entrou na garagem do pai e saiu com a bola. Lançou-a para mim. Então recuou no pátio em frente à sua casa.

– Vamos lá, jogue...

Mandei. Ergueu seu braço bom e logo também o ruim e pegou o arremesso. O braço produziu um ruído baixo agudo quando ele agarrou a bola.

– Bela pegada – eu disse. – Agora lance uma para mim!

Ele ergueu o braço e fez a bola voar; veio como uma bala e tive que dar um jeito de segurá-la depois que bateu no meu estômago.

– Você está muito perto – falei. – Recue um pouco mais.

Finalmente, pensei, um pouco de prática em pegadas e arremessos. Era realmente muito bom.

Então era minha vez de lançar. Recuei, afastei um marcador invisível e lancei uma bola com efeito. Red correu para frente, pegou a bola, rolou três ou quatro vezes no chão e continuou de posse dela.

– Você é bom, Red. Como consegue jogar tão bem?

– Meu pai me ensinou. Nós treinamos bastante.

Em seguida Red recuou e fez a bola voar. Parecia que ela ia me encobrir enquanto eu recuava para apanhá-la. Havia uma cerca entre a casa de Red e a de Chuck, e eu tropecei nela. A bola pegou no topo da cerca e caiu para o outro lado. Dei a volta ao redor do quintal do Chuck para buscá-la. Chuck me alcançou a bola.

– Quer dizer que você arranjou um amigo esquisito, hein, Henrizinho?

Dois dias se passaram, e Red e eu estávamos jogando no gramado em frente à sua casa, passando e chutando a bola. Chuck e seus amigos não estavam nas redondezas. Red e eu melhorávamos a olhos vistos. Treinar era tudo o que era preciso. Tudo que um cara precisava era de uma chance. Alguém estava sempre controlando quem merecia ou não essa chance.

Peguei um arremesso por sobre o ombro, girei e mandei a bola de volta a Red, que saltou bem alto e tocou o chão com ela. Talvez um dia jogássemos pela U.S.C.*. Então avistei cinco garotos avançando pela calçada em nossa direção. Não era nenhum dos rapazes da escola primária. Tinham a nossa idade e pareciam estar em busca de confusão. Red e eu continuamos passando a bola e eles ficaram nos observando.

Logo um dos garotos pisou no gramado. O maior de todos.

– Me jogue a bola – ele disse ao Red.
– Por quê?
– Quero ver se consigo pegá-la.
– Não dou a mínima se você consegue pegá-la ou não.
– Ele só tem um braço – eu disse. – Deixe-o em paz.
– Fique fora disso, cara de macaco! – Então olhou para Red. – Joga a bola.
– Vá pro inferno!
– Peguem a bola! – o grandalhão disse aos outros.

---

* Universidade do Sul da Califórnia. (N.T.)

Correram para cima de nós. Red se voltou e jogou a bola para cima do telhado da sua casa. Era inclinado, e a bola rolou de volta, mas ficou presa numa calha. Então se lançaram sobre nós. Cinco contra dois, pensei, não temos nenhuma chance. Tomei um soco na cabeça e revidei sem sucesso. Alguém me deu um chute na bunda. Foi um dos bons, e a dor subiu pela minha espinha. Foi quando ouvi um estouro, quase como um tiro de espingarda, e um deles estava no chão, com a mão na testa.

– Oh, merda – ele disse –, quebraram meu crânio!

Olhei para Red e ele estava no meio do gramado. Segurava seu braço postiço com a mão do braço bom. Era como um taco. Desferiu mais um golpe. Houve mais um estouro e outro deles desabou no gramado. Comecei a me encher de coragem e acertei um direto na boca de um dos caras. Vi o lábio se abrir e o sangue jorrar sobre o queixo. Os outros dois saíram correndo. Então o grandalhão, que havia sido o primeiro a cair, se ergueu, juntamente com o outro. Tinham as mãos nas cabeças. O garoto com a boca arrebentada continuava ali. Em seguida, os três recuaram até a rua e foram embora juntos. Quando já estavam a uma boa distância, o grandalhão se virou e disse:

– Vamos voltar!

Red começou a correr na direção deles e eu o segui. Eles começaram a correr e Red e eu desistimos da perseguição assim que viraram a esquina. Caminhamos de volta, encontramos uma escada na garagem. Pegamos a bola e começamos novamente com os passes...

Um sábado Red e eu decidimos ir nadar na piscina pública da rua Bimini. Red era um cara estranho. Não era de falar muito, mas como falar também não era minha especialidade nos dávamos bem. De qualquer modo, não havia muito a ser dito. A única coisa que realmente lhe perguntei foi sobre a escola que frequentava, ao que ele me respondeu de modo sucinto que se tratava de uma escola especial e que custava a seu pai uma grana considerável.

Chegamos na piscina no início da tarde, fomos até os armários e tiramos a roupa. Estávamos com nossos calções de banho por baixo. Então vi Red desatar o braço e colocá-lo dentro do armário. Era a primeira vez desde o dia da luta que o via sem seu braço postiço. Tentei não olhar para seu braço, que terminava no cotovelo. Caminhamos até um lugar em que você era obrigado a enfiar os pés numa solução de cloro. Fedia, mas evitava a proliferação de frieiras ou coisas do tipo. Depois caminhamos até a piscina e entramos. A água também fedia, e, logo que a água me cobriu, mijei. Havia pessoas de todas as idades tomando banho, homens e mulheres, meninos e meninas. Red realmente gostava da água. Saltitava dentro dela. Em seguida mergulhava, desaparecendo e em seguida voltando à superfície. Cuspia a água que tinha dentro da boca. Tentei nadar. Não podia deixar de notar o braço deformado de Red, não podia deixar de olhá-lo. Procurava sempre observá-lo quando me parecia que ele estava distraído com outra coisa. O braço terminava no cotovelo, numa espécie de curva, e então vi os dedinhos. Não quis olhar muito fixamente, mas acho que eram três ou quatro deles, pequeninos e curvos. Eram muito *vermelhos* e cada um deles tinha uma unha. Nenhum continuaria a crescer; ficariam assim. Não queria pensar naquilo. Mergulhei. Ia dar um susto em Red. Agarraria suas pernas por trás. Bati em alguma coisa mole. Era a bunda de uma gorda. Senti quando ela me agarrou pelos cabelos e me puxou para fora d'água. A gorda usava uma toca de banho azul, amarrada sob o queixo, formando um sulco na papada. Seus dentes da frente eram cobertos de prata e seu hálito fedia a alho.

– Seu pervertidozinho imundo! Aproveitando para passar a mão à vontade, não?

Desvencilhei-me dela e comecei a recuar. À medida que me afastava ela me seguia pela água, seus seios flácidos provocando uma onda à sua frente.

– Seu espertinho imundo! Quer chupar meus peitinhos? Você só pensa em sacanagens, hein? Quer comer minha merda? Que tal um pouquinho da merda que sai do meu rabo, hein, espertinho?

Fugi para a parte mais funda da piscina. Estava agora na ponta dos pés, tentando me afastar ainda mais. Engoli um pouco de água. Ela continuava em meu encalço, um navio a vapor em forma de mulher. Foi diretamente para cima de mim. Seus olhos eram pálidos e esbranquiçados, não havia nenhuma cor neles. Senti o corpo dela tocando o meu.

– Toque a minha boceta – ela disse. – Eu sei que você quer tocar nela, então, vá em frente, toque minha boceta. Toque! Toque!

Ela esperou.

– Se você não fizer isso, vou dizer ao salva-vidas que você me molestou e ele vai colocá-lo na cadeia! Agora, me toque!

Eu não podia fazer aquilo. De súbito, ela invadiu meu calção, agarrou minhas partes e puxou. Ela quase arrancou meu pinto. Lancei-me para trás, mergulhando nas águas profundas, lutando para me afastar ao máximo. Quando emergi, estava a uns dois metros dela e comecei a nadar em direção à água rasa.

– Vou dizer ao salva-vidas que você me molestou! – ela gritou.

Então um homem se interpôs entre nós, nadando.

– Esse pequeno filho da puta! – ela berrou para o homem, apontando para mim. – Ele agarrou minha *boceta*!

– Minha senhora – disse o homem –, o garoto provavelmente pensou que se tratasse da grade do ralo.

Nadei até onde estava Red.

– Escute – eu disse –, temos que dar o fora daqui! Aquela gorda vai dizer ao salva-vidas que toquei a boceta dela!

– E por que você fez uma coisa dessas?

– Queria ver como era a sensação.

– E como foi?

Saímos da piscina, tomamos uma ducha. Red colocou de volta o braço postiço e nos vestimos.

– Você realmente tocou a boceta dela?

— Ora, algum dia um garoto tem que começar a fazer isso.

Cerca de um mês depois, a família de Red se mudou. De um dia para o outro. Simples assim. Red nunca tinha me falado sobre essa possibilidade. Ele se foi, a bola de futebol se foi e se foram também aqueles pequeninos dedos vermelhos com suas unhas minúsculas. Ele era um cara bacana.

## 16

Nunca soube exatamente por que, mas Chuck, Eddie, Gene e Frank deixaram que me juntasse a alguns dos seus jogos. Acho que isso começou quando outro cara apareceu e eles precisavam de três para cada lado. Eu ainda precisava treinar mais para me tornar realmente bom, mas estava melhorando. Sábado era o melhor dia. Era quando disputávamos nossos maiores jogos, outros garotos entravam nos times, e jogávamos futebol na rua. Sobre o gramado, jogávamos o futebol de verdade, com bloqueios e tudo. Na rua, jogávamos o de toque. Nessa modalidade, havia mais passes, porque não podíamos ir muito longe numa corrida.

Lá em casa a coisa estava feia, meus pais não paravam de brigar e, como consequência, quase que se esqueceram de mim. Eu ia jogar futebol todos os sábados. Durante um dos jogos, rompi pelo espaço aberto atrás do último defensor e vi Chuck me lançar a bola. Era um arremesso longo e com efeito e eu continuei correndo. Olhei por sobre o ombro, vi a bola chegando, ela caiu bem nas minhas mãos e eu a segurei, chegando à linha do *touchdown*.

Então ouvi a voz do meu pai gritar:

— HENRY!

Ele estava parado na frente de casa. Passei a bola para um dos caras do meu time para que eles pudessem dar o chute de finalização e caminhei até onde meu pai estava. Ele parecia furioso. Eu quase podia sentir sua raiva. Ele sempre parava com um dos pés um pouco mais à frente que o outro, o rosto vermelho, e eu podia ver como sua barriga subia e descia no compasso da sua respiração. Ele tinha 1,89 metro de altura e, como eu disse, parecia ser constituído apenas de orelhas, boca e nariz quando estava furioso. Eu não podia olhar nos seus olhos.

— Muito bem — ele disse —, você já tem idade suficiente para cortar a grama agora. Já está bem crescidinho para cortá-la, apará-la e regá-la, além de molhar também as flores do jardim. Já está mais do que na hora de você fazer alguma coisa pela casa. Está na hora de você mexer esse rabo!

— Mas estou jogando futebol com os garotos. Sábado é o único dia em que tenho uma chance de verdade.

— Você está me retrucando?

— Não.

Pude ver minha mãe assistindo a tudo por detrás das cortinas. Sábado era o dia em que faziam uma faxina completa na casa. Aspiravam os tapetes e lustravam a mobília. Retiravam os tapetes e passavam cera no chão, para depois recolocar os tapetes. Nem dava para ver o local que eles haviam encerado.

O cortador de grama e o podador estavam na entrada da garagem.

— Agora você vai pegar o cortador e vai percorrer todo o gramado, sem deixar de passar em nenhum lugar. Esvazie o saco de grama aqui, cada vez que ele ficar cheio. Agora, depois que você tiver percorrido o gramado em uma direção e terminado, pegue o cortador e passe na direção contrária, entendeu? Primeiro, você faz o sentido norte-sul; depois, leste-oeste. Entendeu bem?

— Sim.

— E não me olhe com esse olhar tão cheio de infelicidade ou lhe darei realmente uma razão para se sentir *infeliz*! Depois que você terminar de cortar, pegue os podadores. Corte as extremidades do gramado com a pequena tesoura.

Corte até *debaixo* da sebe, corte *cada* pedacinho de grama! Então... você pega essa lâmina circular e *corta* rente à borda. É preciso que a borda do gramado fique absolutamente *perfeita*! Entendeu?

– Sim.

– Depois que você tiver terminado essa tarefa, você pega isso aqui...

Meu pai me mostrou um tesourão.

– ...e se ajoelha e vai percorrendo o gramado em busca de *pontas* que não foram cortadas. Depois você pega a mangueira e rega as sebes e os canteiros de flores. Então você liga o irrigador e deixa a água correr por uns quinze minutos em cada parte do gramado. Você faz tudo isso no gramado da frente e também nos canteiros, e depois repete no gramado e nos canteiros dos fundos. Alguma pergunta?

– Não.

– Muito bem, agora quero lhe dizer uma coisa. Virei aqui fora conferir o seu trabalho quando estiver terminado, e depois de encerrado, NÃO QUERO VER UM FIAPINHO DE GRAMA SOBRANDO NEM NO GRAMADO DA FRENTE NEM NO DOS FUNDOS! NEM UM FIAPINHO! AI DE VOCÊ SE...

Deu a volta, passou pela entrada da garagem, cruzou a varanda, abriu a porta, bateu-a, e entrou em casa. Peguei o cortador, percorri a distância até o gramado e comecei a passá-lo no primeiro sentido, norte-sul. Podia ouvir os garotos jogando futebol rua abaixo...

Terminei de cortar, podar e aparar o gramado da frente. Reguei os canteiros, ajeitei o irrigador e me dirigi para o gramado dos fundos. Havia uma faixa de grama no caminho que levava para o pátio de trás. Cuidei da faixa também. Não sabia se estava infeliz. Sentia-me miserável demais para ser infeliz. Era como se o mundo inteiro houvesse se transformado num gramado e minha missão fosse abrir caminho nele. Segui me esforçando e trabalhando, mas subitamente desisti. Levaria horas, o resto do dia, e o jogo teria terminado. Os garotos teriam ido jantar, o sábado teria acabado, e eu continuaria cortando grama.

Quando comecei a cortar a grama dos fundos, percebi meu pai e minha mãe parados na porta dos fundos me observando. Ficaram lá em silêncio, sem se mover. Numa das vezes em que passei empurrando o cortador, ouvi minha mãe dizer para meu pai:

– Veja só, ele não sua como você quando corta a grama. Veja como ele parece *calmo*.

– CALMO? ELE NÃO ESTÁ CALMO, ELE ESTÁ É MORTO!

Quando voltei a passar na frente deles, ouvi-o:

– EMPURRE ESSA COISA MAIS DEPRESSA! VOCÊ SE ARRASTA COMO UMA LESMA!

Empurrei o cortador mais depressa. Era difícil, mas a sensação era boa. Empurrei-o mais e mais depressa. Estava quase correndo com o cortador. A grama cortada voava com tanta força que grande parte dela caía fora do saco. Sabia que isso ia irritá-lo.

– SEU FILHO DA PUTA! – ele gritou.

Vi quando ele saiu correndo porta afora em direção à garagem. Voltou com um pedaço de madeira de uns cinco por dez centímetros. Com o canto do olho o vi jogar o objeto contra mim. Percebi a madeira vindo, mas não fiz nenhum esforço para evitar o impacto. O pedaço me acertou na parte de trás da perna direita. A dor foi terrível. A perna inchou, e tive dificuldade em continuar caminhando. Continuei empurrando o cortador, tentando não mancar. Quando me virei para cortar outra seção do gramado, o toco de madeira estava no caminho. Peguei-o, jogando-o para um dos lados e segui adiante. A dor estava piorando. Então meu pai parou bem junto de mim.

– PARE!

Parei.

– Quero que você refaça o trajeto nos locais em que você deixou os pedaços de grama cortada caírem fora do saco! Está me *entendendo*?

– Sim.

Meu pai caminhou de volta até a casa. Pude vê-lo, ao lado de minha mãe, me espreitando da porta dos fundos.

A parte final do trabalho era varrer todas as gramas que tinham caído na calçada e em seguida lavá-la com a mangueira. Eu estava quase terminando, faltava apenas acionar o irrigador por quinze minutos em cada seção do gramado dos fundos. Quando eu arrastava a mangueira até o local para ajeitar o irrigador, meu pai saiu da casa.

– Antes de você começar com o irrigador, quero ver se não ficou nenhum fiapinho nesse gramado.

Meu pai caminhou até o centro do pátio, ficou de quatro e baixou bem a cabeça até quase roçar a grama com o lado do rosto, procurando pela mínima pontinha que pudesse sobressair. Ficou procurando, movendo o pescoço para lá e para cá, revisando com cuidado. Esperei.

– A-HA!

Deu um pulo e correu na direção da casa.

– MAMÃE! MAMÃE!

Lançou-se desabalado porta adentro.

– O que houve?

– Encontrei um *fiapo*!

– Sério?

– Venha, deixa eu lhe mostrar!

Saiu da casa apressado com minha mãe a segui-lo.

– Aqui! Aqui! Vou lhe mostrar!

Ficou novamente de quatro.

– Estou vendo! Vejo *dois* fiapinhos!

Minha mãe se pôs ao seu lado.

– Sim, paizinho, também os vejo...

Ambos se ergueram. Minha mãe foi para dentro de casa. Meu pai olhou para mim.

— Pra dentro...

Caminhei até a porta e entrei. Meu pai veio atrás de mim.

— Pro banheiro.

Meu pai fechou a porta.

— Baixe as calças.

Ouvi-o pegar o amolador de navalha. Minha perna direita continuava doendo. De nada ajudava conhecer o castigo, tantas vezes já aplicado. Para o mundo inteiro lá fora era indiferente o que se passava aqui dentro, e pensar nisso também não me ajudava. Havia milhões de pessoas espalhadas por aí, assim como cachorros e gatos e ratos, prédios, ruas, mas nada disso importava. Havia apenas meu pai e a correia e o banheiro e eu. Ele usava aquela correia de couro para afiar sua navalha, e logo cedo pelas manhãs costumava odiá-lo com sua cara branca pela espuma de barbear, plantado na frente do espelho, a navalha na mão. Então a primeira lambada da correia me atingiu. O golpe soou plano e alto, o próprio som era quase tão terrível quanto a dor. Mais uma lambada. Era como se meu pai fosse uma máquina, girando aquela correia. Eu tinha a sensação de estar numa tumba. Outro golpe me atingiu e pensei, este é certamente o último. Mas não era. Houve ainda outro. Eu não o odiava. Simplesmente não podia acreditar que houvesse alguém como ele, só queria me afastar da sua presença. Eu não conseguia chorar. Estava nauseado demais para chorar, confuso demais. A correia me acertou mais uma vez. Então ele parou. Fiquei de pé e esperei. Ouvi-o pendurar seu amolador.

— Da próxima vez, não quero encontrar nenhum fiapo.

Escutei seus passos ecoando para fora do banheiro. Fechou a porta atrás de si. As paredes eram lindas, a banheira era linda, a pia e a cortina do chuveiro eram lindas, e até mesmo a privada era linda. Meu pai se fora.

# 17

De todos os caras que ainda moravam na vizinhança, Frank era o mais bacana. Acabamos nos tornando amigos, começamos a sair juntos, não precisávamos muito dos outros garotos. De qualquer modo, eles tinham meio que expulsado Frank do grupo. Assim, ficamos amigos. Ele não era como David, cuja única atividade era voltar da escola junto comigo. Frank tinha muito mais compromissos que David. Cheguei inclusive a frequentar a igreja católica pela simples razão de que Frank frequentava. Meus pais gostavam que eu fosse à igreja. As missas de domingo eram bastante aborrecidas. E nós tínhamos que assistir às aulas de catecismo. Tínhamos que estudar o catecismo. Era apenas um jogo chato de perguntas e respostas.

Certa tarde, estávamos sentados na varanda lá de casa e eu lia em voz alta o catecismo para Frank. Li a seguinte frase:

– Deus tem olhos que tudo veem e enxerga todas as coisas.

– Olhos que tudo veem? – perguntou Frank.

– Sim.

– Você quer dizer assim?

Fechou os punhos e colocou sobre os olhos.

– Ele tem garrafas de leite no lugar dos olhos – disse Frank, empurrando os punhos contra os olhos e se voltando em minha direção. Então começou a rir. Comecei a rir também. Rimos por um longo tempo. Até que Frank parou.

– Você acha que Ele nos ouviu?

– Acho que sim. Se Ele pode ver tudo, provavelmente pode ouvir tudo também.

– Estou com medo – disse Frank –, pode ser que Ele nos mate. Você acha que Ele vai nos matar?

– Não sei.

– É melhor ficarmos sentados aqui e esperar. Não se mova. Fique sentado.

Sentamos nos degraus e esperamos. Esperamos um longo tempo.

– Talvez Ele não vá fazer isso agora – eu disse.

– É... Vai ser quando Ele quiser.

Esperamos por mais uma hora, então fomos até a casa de Frank. Ele estava montando um aeromodelo, e eu queria dar uma olhada...

Caía a tarde quando decidimos fazer nossa primeira confissão. Caminhamos até a igreja. Conhecíamos um dos padres, o mais importante da paróquia. Nós o tínhamos conhecido numa sorveteria e ele falara conosco. Tínhamos ido inclusive à sua casa certa vez. Ele vivia na casa paroquial ao lado da igreja com uma velha senhora. Ficamos lá por um bocado de tempo e fizemos todo tipo de perguntas sobre Deus. Tais como: Qual era a altura Dele? Ele ficava o dia inteiro sentado numa cadeira? E Ele ia ao banheiro como todo mundo? O padre nunca respondia diretamente às nossas perguntas, mas parecia ser um cara legal, tinha um sorriso simpático.

Seguimos até a igreja pensando em nossas confissões, pensando em como seria. Ao chegarmos perto da igreja, um vira-lata começou a nos acompanhar. Era muito magro e parecia faminto. Paramos e lhe fizemos festa, acariciando suas costas.

– É uma pena que os cachorros não possam ir pro céu.

– Por que não?

– Você precisa ser batizado para entrar no céu.

– Precisamos batizá-lo, então.

– Acha que devemos?

– Ele merece uma chance de ir pro céu.

Peguei-o e entramos com ele dentro da igreja. Levamos o cachorro até a pia de água benta e eu o segurei ali, enquanto Frank aspergia a água sobre a testa do bicho.

– Desta forma eu o batizo – disse Frank.

Nós o levamos para fora e o soltamos outra vez na calçada.

– Até o aspecto dele mudou – eu disse.

O cachorro perdeu o interesse pela gente e seguiu pela calçada. Voltamos para dentro da igreja, parando primeiro junto à água benta, molhando nossos dedos nela e fazendo o sinal da cruz. Nós dois nos ajoelhamos em um banco perto do confessionário e ficamos esperando. Uma gorda saiu de trás da cortina. Seu corpo fedia a suor velho. Pude sentir sua forte catinga quando ela passou. Seu cheiro se misturava com o da igreja, que cheirava a mijo. Todos os domingos as pessoas vinham à missa e sentiam aquele cheiro de mijo e ninguém dizia nada. Eu gostaria de falar com o padre a respeito disso, mas não conseguia. Talvez fossem as velas.

– Vou entrar – disse Frank.

Levantou-se, atravessou a cortina e sumiu. Ficou uma eternidade lá dentro. Ao sair, tinha os dentes arreganhados num sorriso.

– É sensacional! Simplesmente sensacional! Agora é a sua vez.

Fiquei de pé, afastei a cortina e entrei. Estava escuro. Ajoelhei-me. Tudo que eu podia ver à minha frente era uma tela tramada. Frank dizia que Deus estava ali atrás. De joelhos, tentei lembrar de alguma má-ação que eu tivesse cometido, mas não me ocorria nada. Permaneci ajoelhado, tentando, com insistência, lembrar de alguma coisa, mas não conseguia. Não sabia o que fazer.

– *Vamos* – disse a voz. – *Fale alguma coisa!*

A voz parecia zangada. Achei que não haveria nenhuma voz. Pensei que Deus tivesse tempo de sobra. Fiquei assustado. Decidi mentir.

– Está bem – eu disse. – Eu... chutei meu pai. Eu... praguejei contra minha mãe... Roubei dinheiro da bolsa dela.

Gastei tudo em doces. Murchei a bola de futebol de Chuck de propósito. Olhei debaixo da saia de uma garotinha. Chutei minha mãe. Comi meleca do nariz. Acho que é tudo. Exceto que hoje batizei um cachorro.

– *Você batizou um cachorro?*

Eu estava condenado. Um pecado mortal. Não tinha sentido em continuar com aquilo. Levantei para ir embora. Não sei se a voz me recomendou rezar uma Ave-Maria ou se a voz não disse uma palavra sequer. Afastei a cortina, e lá estava Frank me esperando. Saímos da igreja e estávamos mais uma vez na rua.

– Me sinto purificado – disse Frank. – E você?

– Não.

Nunca mais me confessei. Esse negócio conseguia ser pior do que a missa das dez.

## 18

Frank gostava de aviões. Emprestava-me todos os seus gibis sobre a Primeira Guerra Mundial. O melhor era *Azes Voadores*. Os combates aéreos eram fantásticos, os Spads e os Fokkers misturados. Eu lia todas as histórias. Não gostava do fato dos alemães sempre perderem, mas fora isso eram muito bacanas.

Gostava de ir até a casa do Frank para pegar emprestado ou devolver as revistinhas. A mãe dele usava saltos altos e tinha pernas fantásticas. Sentava-se na cadeira com as pernas cruzadas, e sua saia subia bastante. Os pais dele estavam sempre bebendo. Seu pai havia sido um aviador na Primeira Guerra Mundial e havia sido abatido. Tinha um pino num dos braços no lugar do osso. Conseguira uma pensão. Mas ele estava bem. Quando entrávamos, ele sempre falava com a gente.

– Como estão, garotos? Como vão as coisas?

Então descobrimos sobre o show aéreo. Seria um dos

grandes. Frank conseguiu um mapa e resolvemos chegar até lá pedindo carona. Achei que provavelmente nunca chegaríamos ao show aéreo, mas Frank garantiu que sim. Seu pai nos deu dinheiro.

Descemos a avenida com nosso mapa e conseguimos uma carona logo de saída. Era um cara velho, e seus lábios eram muito úmidos. Ficava lambendo os lábios com a língua e usava uma camisa xadrez que estava abotoada até o pescoço. Estava sem gravata. Tinha sobrancelhas estranhas que lhe chegavam aos olhos.

– Meu nome é Daniel – ele disse.

Frank respondeu:

– Este é Henry. E eu sou Frank.

Daniel seguiu dirigindo. Então puxou um cigarro Lucky Strike e o acendeu.

– Vocês moram com seus pais, garotos?

– Sim – disse Frank.

– Sim – eu disse.

O cigarro de Daniel já estava úmido do contato com sua boca. Parou o carro num semáforo.

– Ontem eu estava na praia e pegaram um casal de rapazes debaixo do píer. Os policiais os prenderam e os mandaram para a cadeia. Um dos rapazes estava chupando o pau do outro. O que os guardas têm a ver com isso? Isso me deixa louco.

O sinal mudou e Daniel prosseguiu.

– Vocês não acham, garotos, que isso foi uma estupidez? Os policiais impedirem os caras de se chupar?

Não respondemos.

– Bem – disse Daniel –, não acham que dois rapazes têm o direito de receber um bom boquete?

– Acho que sim – disse Frank.

– Claro – disse eu.

– Pra onde vocês estão indo, garotos?

– Ao show aéreo – respondeu Frank.

– Ah, o show aéreo! Gosto dos shows aéreos! Escutem

o que faremos: vou com vocês ao show e depois os levo de volta pra casa.

Ficamos quietos.

– Bem, o que acham da minha proposta?

– Tudo certo.

O pai de Frank nos dera dinheiro para os ingressos e para o transporte, mas havíamos decidido economizar pegando carona.

– Talvez vocês prefiram ir nadar, garotos – disse Daniel.

– Não – disse Frank –, queremos ver o show aéreo.

– Nadar é mais divertido. Podemos fazer uma competição pra ver quem nada mais rápido. Conheço um lugar onde podemos ficar sozinhos. Nunca vou pra debaixo do píer.

– Queremos assistir ao show aéreo – disse Frank.

– Tudo bem – disse Daniel –, iremos ao show aéreo.

Quando chegamos ao estacionamento do show aéreo, saímos do carro e, enquanto Daniel estava trancando o automóvel, Frank disse: CORRA!

Corremos na direção do portão de entrada, e Daniel percebeu que estávamos fugindo.

– EI, SEUS PEQUENOS PERVERTIDOS! VOLTEM JÁ AQUI! VOLTEM!

Continuamos correndo.

– Cristo – exclamou Frank –, aquele filho da puta é louco!

Estávamos quase no portão de entrada.

– VOU PEGAR VOCÊS, GAROTOS!

Pagamos e corremos para dentro. O show ainda não tinha começado, mas uma grande multidão já se aglomerava no local.

– Vamos nos esconder debaixo da arquibancada, assim ele não vai nos encontrar – disse Frank.

A arquibancada era construída com placas removíveis de madeiras para as pessoas se sentarem. Entramos debaixo dela. Vimos dois rapazes parados bem debaixo do centro da arquibancada, olhando para cima. Tinham entre treze e catorze anos, cerca de dois ou três anos mais velhos que a gente.

– O que eles estão olhando ali? – perguntei.

– Vamos lá ver – disse Frank.

Caminhamos para onde estavam os caras. Um deles notou nossa aproximação.

– Ei, seus merdas, deem o fora daqui!

– O que vocês estão olhando, rapazes? – Frank perguntou.

– Já disse pra vocês darem o fora daqui, seus merdas!

– Ah, mas que diabos, Marty, deixe eles darem uma olhada!

Fomos até onde eles estavam. Olhamos para cima.

– O que é isso? – perguntei.

– Mas que diabos, não está *vendo*? – perguntou um dos caras mais velhos.

– Vendo o quê?

– É uma xoxota.

– Uma xoxota? Onde?

– Olhe, está bem ali! Vê?

Ele apontou.

Havia uma mulher sentada com a parte de baixo da saia amarrotada, sobre a qual se sentava. Não usava calcinha, e se você olhasse por entre as tábuas podia ver a xoxota dela.

– Vê?

– Sim, estou vendo. É uma xoxota – disse Frank.

– Muito bem, garotos, agora deem o fora daqui e fiquem de bico calado.

– Mas queremos olhar um pouquinho mais – disse Frank. – Deixa a gente olhar só mais um pouquinho.

– Tudo bem, mas não abusem.

Ficamos lá, olhando para ela.

– Posso vê-la – eu disse.

– É uma xoxota – disse Frank.

– Uma xoxota de verdade – repliquei.

– Sim – disse um dos caras mais velhos –, é isso aí mesmo.

– Tudo bem, está na hora de ir, garotos.

– Por quê? – perguntou Frank. – Por que não podemos ficar olhando?

– Porque – disse um dos caras mais velhos – tenho que fazer uma coisa. Agora, caiam fora!

Nos afastamos.

– O que será que ele vai fazer? – perguntei.

– Não sei – disse Frank –, talvez ele jogue uma pedra nela.

Saímos debaixo das arquibancadas e olhamos em volta para ver se avistávamos Daniel. Nenhum sinal dele.

– Talvez tenha ido embora – eu disse.

– Um cara desses não gosta de aviões – disse Frank.

Subimos na arquibancada e esperamos pelo início do show. Olhei para todas as mulheres que estavam nas proximidades.

– Fico pensando, qual delas é a dona? – perguntei.

– Acho que não dá pra saber olhando apenas a parte de cima – disse Frank.

Então o show aéreo começou. Havia um cara num Fokker fazendo acrobacias. Ele era bom, fazia *loopings* e curvas, diminuía a velocidade, acelerava, dava rasantes e fez uma *Immelmann*\*. Seu melhor truque era feito com um gancho em cada asa. Dois lenços vermelhos estavam atados a duas hastes que ficavam a um metro e oitenta centímetros do chão. O Fokker mergulhava, inclinava uma das asas e arrancava o lenço com o gancho preso à asa. Então fazia a volta, inclinava a outra asa e capturava o outro lenço.

---

\* Manobra desenvolvida pelo aviador alemão Max Immelmann que consiste em fazer uma meia-volta e então um giro para que o avião possa ganhar novamente altitude. (N.T.)

Depois houve uns números bastante idiotas de aviões que escreviam palavras no ar e uma corrida de balões das mais imbecis. Logo, porém, houve algo bacana – uma corrida ao redor de quatro mastros, bem próxima ao chão. Os aviões tinham que circular os mastros doze vezes, e o primeiro que fizesse o percurso levava o prêmio. O piloto era automaticamente desqualificado se ele fizesse as voltas acima dos mastros. Os aviões de corrida estavam aterrissados, esquentando os motores. Todos tinham constituições diferentes. Um tinha um corpo comprido, quase sem asas. Outro era gordo e arredondado, parecia uma bola de futebol. Outro era quase que todo asas e pouquíssimo corpo. Todos eram diferentes e muito coloridos. O prêmio para o vencedor era de cem dólares. Os pilotos estavam nas cabines, aquecendo as máquinas, e dava para saber por antecipação que você iria ver algo excitante. Os motores rugiam como se quisessem se desprender dos aviões, e então o juiz deu a bandeirada, e eles partiram. Eram seis aviões e quase não havia espaço para que todos dessem a volta ao redor dos mastros. Alguns dos aviadores contornavam o objetivo voando baixo, outros mais alto, outros numa altura intermediária. Alguns entravam para o contorno em alta velocidade e acabavam perdendo terreno na hora de fazer a volta; outros entravam mais devagar e faziam curvas mais fechadas. Era ao mesmo tempo maravilhoso e terrível. Então um dos aviões perdeu uma asa. O avião deslizou pelo chão, o motor cuspindo fumaça e fogo. A aeronave acabou de cabeça para baixo, e a ambulância e o caminhão de bombeiros se dirigiram a toda velocidade para o local. A corrida continuou. Então o motor de um dos aviões simplesmente explodiu, desprendeu-se, e o que sobrou do avião caiu como se fosse algo inerte. A carcaça se chocou contra o chão se desfazendo em pedaços. Mas uma coisa estranha aconteceu. O piloto conseguiu escapar do *cockpit* e ficou esperando pela ambulância. Gesticulou para a multidão, que o saudou, aplaudindo enlouquecidamente. Era algo miraculoso.

De súbito, porém, o pior aconteceu. Dois aviões engancharam suas asas quando circulavam um dos mastros. Ambos foram girando até o chão e pegaram fogo ao se chocar contra o solo. Novamente foram acionados a ambulância e o carro de bombeiros. Vimos eles retirarem os dois pilotos e os colocarem em macas. Era triste, aqueles dois caras eram sujeitos corajosos, provavelmente ficariam aleijados, isso se não estivessem mortos.

Restaram apenas dois aviões, o número 5 e o número 2, disputando o grande prêmio. O número 5 era o avião comprido quase sem asas e era muito mais rápido que seu adversário. O número 2 era aquele com formato de bola de futebol, não tinha muita velocidade, mas ganhava bastante terreno nas curvas. Isto, porém, não ajudava muito. O número 5 continuava dando voltas no número 2.

– O avião número 5 – disse o locutor – está duas voltas à frente e está apenas a duas voltas do final.

Parecia que o número 5 ia levar o grande prêmio. Então ele se chocou contra um dos mastros. Em vez de fazer a curva, ele foi diretamente de encontro ao mastro, derrubando-o. O avião seguiu em movimento, em direção ao campo, voando cada vez mais baixo, o motor na potência máxima, até que tocou o chão. As rodas quebraram, e o avião deslizou no ar, capotou e ficou estendido de barriga para cima. Dessa vez, a ambulância e o caminhão de bombeiros teriam um longo trajeto até o local da queda.

O número 2 continuou circulando os três mastros que faltavam e o que havia sido derrubado. Depois disso, aterrissou. Ele havia ganhado o grande prêmio. Saiu da cabine. Era um cara gordo, assim como seu avião. Eu estava esperando um cara durão e elegante. Este apenas tivera sorte. Quase ninguém aplaudiu.

Para fechar o show, eles fizeram uma competição de paraquedismo. Havia um círculo pintado no chão, com um grande alvo no meio, e aquele que aterrissasse mais próximo ao alvo seria o vencedor. Para mim aquilo parecia uma tolice.

Não havia muito barulho nem ação. Os saltadores apenas se lançavam do avião e miravam no círculo.

– Esse negócio é bem sem graça – eu disse a Frank.

– Falou tudo – ele disse.

Eles continuavam caindo na direção do círculo. Mais paraquedistas saltaram de aviões que sobrevoavam a área. Então a multidão começou a emitir gritos de surpresa e horror.

– Veja! – disse Frank.

Um dos paraquedas tinha se aberto apenas parcialmente. Quase não estava inflado. Ele caía bem mais rápido que os outros. Dava para vê-lo a se debater, tentando a todo custo livrar as pernas e os braços das cordas que impediam o paraquedas de abrir.

– Jesus Cristo – disse Frank.

O cara continuava caindo sem parar, dava para vê-lo cada vez melhor. Seguia lutando contra as cordas, tentando abrir de algum modo o paraquedas, mas nada funcionava. Chocou-se contra o solo, quicou apenas um pouco, então caiu de costas e ficou imóvel. O paraquedas semiaberto murchou sobre ele.

Os saltos restantes foram cancelados.

Saímos junto com o resto da multidão, atentos à possibilidade de Daniel aparecer.

– Não vamos voltar de carona – eu disse a Frank.

– Tudo bem.

Caminhando ao lado das outras pessoas, eu não sabia o que havia sido mais excitante: a corrida de aviões, o paraquedas que não tinha aberto ou a xoxota.

## 19

A quinta série era um pouco melhor. Os outros estudantes pareciam menos hostis, e eu crescia fisicamente. Ainda não era escolhido para os times da escola, mas já não sofria ameaças frequentes. David e seu violino tinham partido. Sua família se mudara. Agora eu caminhava sozinho para casa. Muitas vezes, um ou dois caras me seguiam, dentre os quais Juan era o pior, mas não chegavam a me fazer nada. Juan fumava cigarros. Caminhava atrás de mim fumando um cigarro e sempre tinha consigo um parceiro diferente. Jamais me seguia sozinho. Isso me assustava. Queria que eles sumissem. Contudo, por outro lado, eu não dava muita bola. Não gostava de Juan. Não gostava de ninguém naquela escola. Creio que eles sabiam disso. Devia ser por isso que não simpatizavam comigo. Não gostava do jeito que eles caminhavam, de sua aparência, do modo como falavam, mas também não gostava dessas coisas em meu pai e minha mãe. Continuava com a sensação de estar cercado por um grande espaço em branco, um vazio. Havia sempre uma sombra de náusea em meu estômago. Juan tinha a pele morena e usava uma corrente de metal em vez de cinto. As garotas tinham medo dele, assim como os rapazes. Ele e um dos seus capangas me seguiam quase todos os dias. Eu entrava em casa, e eles ficavam parados lá fora. Juan fumaria seu cigarro, bancando o durão, e seu parceiro ficaria ali parado. Eu os observava através das cortinas. Finalmente, depois de um tempo, eles acabavam partindo.

A sra. Fretag era nossa professora de Inglês. No primeiro dia de aula ela perguntou o nome de cada um de nós.

– Quero conhecer cada um de vocês – ela disse.
Sorriu.

– Bem, cada um de vocês tem um pai, estou certa. Penso que seria interessante se descobríssemos o que eles fazem para viver. Começaremos pelo primeiro da fila e iremos adiante, até que todos na sala tenham falado. E então, Marie, o que seu pai faz da vida?

– Ele é jardineiro.

– Ah, mas que legal! Carteira número dois... Andrew, o que seu pai faz?

Foi terrível. Os pais de todos os meus colegas das redondezas tinham perdido seus empregos. Meu pai havia perdido o emprego. O pai de Gene ficava o dia inteiro sentado na varanda. Todos estavam desempregados com exceção do pai de Chuck, que trabalhava num matadouro. Ele dirigia o carro que entregava as carnes, um carro vermelho com o nome do matadouro gravado nos lados.

– Meu pai é bombeiro – disse o número dois.

– Ah, isso é interessante – disse a sra. Fretag. – Carteira número três.

– Meu pai é advogado.

– Carteira quatro.

– Meu pai é... policial...

O que eu iria dizer? Talvez apenas os pais da minha vizinhança estivessem sem emprego. Tinha ouvido falar do *crack* da bolsa. Significava algo ruim. Talvez o mercado só tivesse entrado em colapso na nossa vizinhança.

– Carteira dezoito.

– Meu pai é ator de cinema...

– Dezenove...

– Meu pai toca violino em concertos...

– Vinte...

– Meu pai trabalha num circo...

– Vinte um...

– Meu pai é motorista de ônibus...

– Vinte e dois...

– Meu pai é cantor de ópera...

– Vinte e três...

Vinte e três. Era eu.

– Meu pai é dentista – eu disse.

A sra. Fretag prosseguiu até que chegou no número 33.

– Meu pai não tem emprego – disse o número 33.

Merda, pensei, queria ter pensado nisso.

Um dia, a sra. Fretag nos passou uma tarefa.

– Nosso ilustríssimo senhor presidente, Herbert Hoover, virá visitar Los Angeles no sábado e fará um discurso.

Quero que todos vocês vão até lá ouvir o nosso presidente. E quero que escrevam um ensaio sobre a experiência e sobre o que vocês acharam do discurso do presidente Hoover.

Sábado? Não havia a mínima chance de que eu pudesse ir. Era dia de cortar a grama. Eu tinha que cuidar dos fiapinhos. (Eu nunca conseguia eliminá-los por completo.) Praticamente todos os sábados eu apanhava com o amolador de navalha porque meu pai encontrava um fiapo. (Também apanhava durante a semana, uma ou duas vezes, por outras coisas que eu deixava de fazer ou não fazia corretamente.) Não tinha como dizer a meu pai que eu iria assistir ao presidente Hoover.

Assim, não fui. No dia seguinte, peguei um jornal dominical e me sentei para escrever sobre a aparição do presidente. Seu carro aberto, abrindo caminho entre as bandeiras tremulantes, tinha entrado no estádio de futebol. Um carro, cheio de agentes do serviço secreto, lhe abria caminho, enquanto outros dois seguiam o carro presidencial de perto. Os agentes eram homens de coragem, armados para proteger nosso presidente. A multidão se levantou quando o carro presidencial entrou na arena. Nunca acontecera anteriormente nada parecido. Era o presidente. Era ele. Acenou. Nós aplaudimos. Uma banda começou a tocar. Gaivotas sobrevoavam em círculos, como se soubessem que se tratava do presidente. E havia ainda aviões que escreviam mensagens de fumaça no céu. Escreviam no ar frases como: "A prosperidade está logo ali na esquina". O presidente se pôs de pé em seu carro, e, assim que ele fez esse movimento, as nuvens se afastaram e os raios de sol incidiram diretamente em seu rosto. Era quase como se Deus também soubesse quem ele era. Então os carros pararam, e nosso grande presidente, rodeado pelos agentes do serviço secreto, caminhou até o palanque. Ao se posicionar junto ao microfone, um pássaro desceu do céu e pousou sobre a bancada em que estava o microfone. O presidente acenou para o pássaro e riu e todos nós rimos com ele. Então ele começou a falar, e as pessoas passaram a ouvi-lo com atenção. Eu quase não conseguia ouvir o discurso porque estava sentado muito próximo a uma máquina de pipocas que fazia muito barulho estourando os grãos, mas creio ter escutado ele falar que os problemas na Manchúria não eram muito sérios e que aqui no país as coisas logo entrariam nos eixos, que não devíamos nos preocupar, tudo o que precisávamos fazer era acreditar na América. Haveria empregos para todo mundo. Haveria bastante dentistas e dentes suficientes para arrancar, bastante incêndios e bombeiros bastantes para apagá-los. As fábricas e as indústrias reabririam. Nossos amigos na África do Sul pagariam suas dívidas. Logo todos dormiríamos tranquilamente, com os estômagos cheios e os corações pacificados. Deus e nosso grande país nos envolveriam em seu amor, nos protegendo do mal, dos socialistas, nos despertando de nosso pesadelo nacional, para sempre...

O presidente ouviu os aplausos, acenou, então voltou para o carro, entrou e partiu seguido pelos carros apinhados de agentes do serviço secreto enquanto o sol mergulhava no horizonte e o entardecer se fazia noite, vermelho, dourado e maravilhoso. Havíamos visto e ouvido o presidente Herbert Hoover.

Entreguei meu ensaio na segunda-feira. Na terça, a sra. Fretag se dirigiu à classe:
– Li os ensaios de todos vocês sobre a visita do nosso ilustríssimo presidente a Los Angeles. Eu estava lá. Alguns de vocês, pelo que pude notar, não puderam comparecer ao evento por uma ou outra razão. Para aqueles entre vocês que não puderam estar lá, gostaria de ler o ensaio escrito por Henry Chinaski.

Um terrível silêncio se abateu sobre a turma. Eu era de longe o aluno mais impopular da classe. Era como se todos eles tivessem levado uma facada no coração.

– Este é um texto muito criativo – disse a sra. Fretag e começou a ler meu ensaio.

As palavras me soavam bem. Todos escutavam. Minhas palavras enchiam a sala, corriam de um lado a outro pelo quadro-negro, ricocheteavam no teto e cobriam os sapatos da sra. Fretag, se amontoando no chão. Algumas das garotas mais lindas da classe começaram a me lançar olhares furtivos. Os caras durões estavam putos da cara. Seus ensaios não valiam merda nenhuma. Eu bebia de minhas próprias palavras como se fosse um homem sedento. Comecei, inclusive, a acreditar que elas representassem a verdade. Vi Juan sentado ali como se eu lhe tivesse esmurrado a cara. Estiquei minhas pernas e me recostei na cadeira. Logo, porém, estava tudo terminado.

– Com essa grande redação – disse a sra. Fretag –, encerro a aula...

Todos se levantaram e começaram a guardar seus materiais.

– Você não, Henry.

Sentei-me na cadeira, e a sra. Fretag ficou ali, me encarando. Então disse:

– Henry, você estava lá?

Tentei encontrar uma resposta. Nada me ocorreu. Eu disse:

– Não, eu não estava lá.

Ela sorriu.

– Isto faz com que seu ensaio seja ainda mais notável.

– Sim, madame...

– Você já pode ir, Henry.

Levantei-me e deixei a sala. Fui para casa. Então era isso que eles queriam: mentiras. Mentiras maravilhosas. Era disso que precisavam. As pessoas eram idiotas. Seria fácil para mim. Olhei em volta. Juan e seu comparsa não estavam me seguindo. As coisas estavam melhorando.

## 20

Às vezes, Frank e eu estabelecíamos relações amigáveis com Chuck, Eddie e Gene. Mas algum incidente sempre acabava acontecendo (normalmente provocado por mim), e eu era excluído do grupo, fazendo com que Frank também sofresse represálias pelo fato de ser meu amigo. Era legal andar por aí com Frank. Pegávamos carona em qualquer lugar. Um de nossos lugares favoritos era um estúdio de cinema. Nos arrastávamos por debaixo de uma cerca coberta de mato para entrar. Víamos o grande muro e as pegadas usadas na filmagem de *King Kong*. Víamos as ruas e as construções cenográficas. Os prédios tinham apenas a fachada e nada atrás. Caminhávamos pelo terreno do estúdio por um bom tempo até que um dos guardas nos perseguisse e nos expulsasse. Então, pegávamos uma carona até a praia e íamos até a Casa de Diversões\*. Ficávamos lá dentro por três ou quatro horas. Memorizamos cada parte do lugar. Não era lá grande coisa. As pessoas mijavam e cagavam por ali, e o lugar estava atulhado de garrafas vazias. Havia camisinhas espalhadas pela latrina, endurecidas e enrugadas. Mendigos costumavam dormir na Casa de Diversões assim que ela fechava. Não havia, de fato, nada com o que se divertir na Casa de Diversões. A Casa de Espelhos tinha sido bacana no começo. Ficamos lá dentro até que decorássemos o caminho por entre o labirinto de espelhos, e então ela perdeu toda a graça. Frank e eu jamais brigávamos. Tínhamos curiosidade a respeito das coisas. No píer, estava passando um filme sobre uma operação de cesariana e nós fomos assisti-lo. Era sangrento. Cada corte que eles davam na mulher fazia o sangue jorrar, aos borbotões, e então eles puxaram o bebê. Às vezes íamos pescar no píer e se pegávamos algum peixe podíamos vendê-lo para as velhas senhoras judias que sentavam nos bancos ali perto. Levei algumas surras de meu pai por sair com Frank, mas percebi que iria apanhar de qualquer jeito. Assim, pelo menos, eu me divertia.

Eu continuava, no entanto, tendo problemas com os

---

\* No original, *Fun House*. Atração comum em parques de diversões americanos que consiste de uma casa cheia de atrações cômicas, surpreendentes ou aterrorizantes. (N.T.)

outros garotos da vizinhança. Meu pai não ajudava. Por exemplo, ele me comprava uma fantasia de índio com arco e flecha enquanto todos os outros garotos ganhavam fantasias de caubói. Dessa forma, o mesmo que acontecia na escola acontecia ali: aliavam-se contra mim. Cercavam-me com suas roupas de caubóis e com suas armas, mas quando a coisa ficava feia bastava que eu colocasse uma flecha no arco, puxasse a corda e esperasse. Eles sempre se afastavam. Jamais usava aquela fantasia de índio, a não ser quando meu pai me obrigava.

Continuava me desentendendo com Chuck, Eddie e Gene e então nós fazíamos as pazes para logo romper relações novamente.

Certa tarde, eu me encontrava ali pelas redondezas. Não estava, para ser exato, nem de bem nem de mal com o pessoal do bando, esperava apenas que eles esquecessem a última coisa que eu fizera para deixá-los irritados. Não havia nada mais a se fazer. Apenas o ar puro e a minha espera. Fiquei cansado de estar por ali e resolvi subir a colina até a avenida Washington, seguir para leste até o estúdio de cinema e depois voltar pela avenida West Adams. Talvez passasse pela igreja. Comecei a caminhar. Foi quando ouvi Eddie:

– Ei, Henry, venha até aqui!

Os caras estavam parados na entrada de carros entre duas casas. Eddie, Frank, Chuck e Gene. Estavam olhando alguma coisa. Inclinavam-se sobre um grande arbusto para acompanhar a ação mais de perto.

– Venha aqui, Henry!

– O que é?

Caminhei até onde eles estavam.

– É uma aranha pronta pra comer uma mosca! – disse Eddie.

Olhei. A aranha havia tecido uma teia entre os galhos do arbusto e uma mosca ficara presa ali. A aranha estava muito excitada. A mosca balançava toda a teia tentando se libertar. Zumbia desesperada e inutilmente enquanto a aranha a envolvia ainda mais em novas teias. A aranha seguia dando voltas e mais voltas, cobrindo por completo a mosca que não parava de zumbir. A aranha era enorme e horrorosa.

– Agora vai terminar de enrolá-la! – gritou Chuck. – Logo vai cravar as presas!

Enfiei-me entre eles, dei um chute e lancei a aranha e a mosca para longe da teia com meu golpe.

– Mas que diabos você fez? – perguntou Chuck.

– Seu filho da puta! – gritou Eddie. – Você *estragou* tudo!

Recuei. Até mesmo Frank olhava para mim de um modo estranho.

– Vamos dar um pau nele! – gritou Gene.

Eles estavam entre eu e a rua. Corri pela entrada de carros até o quintal de uma casa desconhecida. Eles me perseguiam. Atravessei todo o quintal e me esgueirei por trás de uma garagem. Nos fundos havia uma cerca de arame de um metro e oitenta de altura coberta por trepadeiras. Segui direto para a cerca e a escalei. Corri pelo quintal seguinte e depois pela entrada de carro e enquanto continuava correndo olhei para trás e pude ver Chuck alcançando o topo da cerca. Então ele escorregou e caiu de bunda no chão do lado de cá.

– Merda! – ele exclamou.

Saí pela direita e segui correndo. Corri por umas sete ou oito quadras e então me sentei no gramado de alguém e descansei. Não havia ninguém por perto. Perguntava-me se Frank seria capaz de me perdoar. Perguntava-me se os outros seriam capazes de me perdoar. Decidi sair de circulação por uma semana ou mais...

E assim eles esqueceram. Por algum tempo, nada de significativo aconteceu. Dias inteiros se passavam em branco. Então o pai de Frank cometeu suicídio. Ninguém sabia por quê. Frank me disse que ele e sua mãe teriam que se mudar para um lugar menor em outro bairro. Disse que escreveria para mim. E realmente o fez. Só que não trocávamos cartas escritas. Desenhávamos cartuns. Sobre canibais. Seus cartuns eram sobre problemas com canibais e então eu continuava a história de onde ele havia parado, histórias envolvendo problemas com canibais. Minha mãe encontrou um dos cartuns de Frank e mostrou-o a meu pai. Nossa correspondência foi extinta.

A quinta série se transformou em sexta e comecei a pensar em fugir de casa, mas me dei conta de que se a maioria de nossos pais não conseguia arrumar emprego como, diabos, poderia um cara com menos de um metro e cinquenta arranjar um? John Dillinger era o herói do momento, dos adultos e das crianças. Ele tomava dinheiro dos bancos. E também havia o Floyd "bonitinho" e Ma Barker e Kelly "metralhadora*".

As pessoas começaram a ir a terrenos baldios onde o mato crescia solto. Descobriram que algumas das ervas podiam ser cozidas e comidas. Havia brigas de soco entre homens nos terrenos baldios e nas esquinas. Todos estavam furiosos. Os homens fumavam Bull Durham e não levavam desaforo para casa. Deixavam o rótulo arredondado do fumo Bull Durham pendurado no bolso da frente de suas camisas e eram capazes de fechar um cigarro com apenas uma mão. Quando você via um homem com um rótulo daqueles balançando, significava "tome cuidado". As pessoas falavam de segundas e terceiras hipotecas. Certa noite, meu pai voltou para casa com um braço quebrado e os dois olhos roxos. Minha mãe conseguira um trabalho pessimamente remunerado em algum lugar. Cada garoto do bairro tinha uma calça para os domingos e outra para o resto da semana. Quando os sapatos gastavam, não havia outros para substituí-los. As lojas de departamento vendiam solas e saltos avulsos juntamente com a cola por quinze ou vinte centavos. Esses eram colados aos sapatos gastos. Os pais de Gene tinham um galo e algumas galinhas no seu quintal, e se uma galinha não botava ovos suficientes eles a comiam.

Quanto a mim, tudo continuava na mesma – na escola

---

* Bandidos lendários da época da Grande Depressão americana. (N.T.)

e com Chuck, Gene e Eddie. Não somente os adultos, mas os garotos e até mesmo os animais se tornaram cruéis. Era como se os bichos assumissem o estado de espírito das pessoas.

Um dia eu estava por ali parado, esperando como de costume, de mal com o pessoal, mas a fim de fazer as pazes com eles, quando Gene se aproximou de mim correndo:

– Ei, Henry, venha cá!

– O que é?

– VENHA DUMA VEZ!

Gene começou a correr e fui atrás dele. Seguimos até o quintal dos Gibson. Os Gibson tinham um muro alto de tijolo ao redor de todo o pátio dos fundos.

– VEJA! ELE ESTÁ COM O GATO ENCURRALADO! ELE VAI MATÁ-LO!

Havia um gatinho branco com as costas voltadas para um dos cantos do muro. Não podia subir pelos tijolos nem fugir em qualquer outra direção. Suas costas estavam arqueadas e ele bufava, as garras prontas. Era, no entanto, pequeno demais para dar conta do buldogue de Chuck, Barney, que rosnava e se aproximava mais e mais. Tive a impressão de que aquele gato havia sido colocado ali pelos garotos e de que somente depois o buldogue fora levado até ali. Sentia isso intensamente pelo modo como Chuck e Eddie e Gene acompanhavam a cena: o aspecto deles os incriminava.

– Caras, vocês armaram essa – eu disse.

– Não – rebateu Chuck –, a culpa é do gato. Ele veio até aqui. Deixe que ele se vire agora pra escapar.

– Odeio vocês, seus desgraçados – eu disse.

– Barney vai matar o gato – disse Gene.

– Barney vai fazer picadinho do bichano – disse Eddie.
– Ele está com medo das unhas do gato, mas quando avançar tudo estará encerrado.

Barney era um buldogue grande e marrom com as bochechas flácidas e cheias de baba. Ele era gordo e meio abobalhado e tinha olhos castanhos inexpressivos. Rosnava constantemente e ia avançando devagar, os pelos do pescoço e das costas eriçados. Eu sentia vontade de lhe dar um chute no seu rabo estúpido, mas percebi que ele me arrancaria a perna fora. O cão estava completamente tomado por um espírito assassino. O gato branco sequer tinha terminado de crescer. O bichinho soltava um silvo agudo e esperava, comprimido contra o muro, uma criatura belíssima, tão limpa.

O cachorro avançou lentamente. Por que esses caras precisavam disso? Não era uma questão de coragem, era apenas um jogo sujo. Onde estavam os adultos? Onde estavam as autoridades? Para me acusar de alguma coisa estavam sempre por perto. Onde tinham se enfiado agora?

Pensei em intervir na cena, apanhar o gato e sair correndo, mas eu não tinha forças. Tinha medo de que o buldogue me atacasse. A consciência de que me faltava coragem para fazer o que era necessário fez com que me sentisse péssimo. Comecei a ficar enjoado. Estava fraco. Eu não queria que aquilo acontecesse, ainda que eu não conseguisse encontrar nenhuma maneira de evitar o massacre.

– Chuck – eu disse –, deixe o gato ir, por favor. Chame o seu cachorro.

Chuck não respondeu. Continuou apenas observando. Então disse:

– Vai, Barney, pegue ele! *Pegue* o gato!

Barney avançou e de súbito o gato deu um salto. O bichano se transformara numa furiosa mancha branca, toda silvos, garras e dentes. Barney recuou e o gato voltou novamente para o muro.

– Pegue ele, Barney – disse Chuck novamente.

– Cale a boca, maldito! – gritei para ele.

– Não fale comigo desse jeito – retrucou.

Barney começava a avançar novamente.

– Caras, vocês armaram tudo isso aqui – eu disse.

Ouvi um leve ruído atrás de nós e voltei a cabeça. Vi o velho sr. Gibson a nos observar de trás da janela de seu quarto. Ele também queria que o gato fosse morto, assim como os garotos. Por quê?

O velho sr. Gibson era nosso carteiro. Usava dentadura. Tinha uma esposa que passava o tempo inteiro em casa. Ela saía apenas para botar o lixo na rua. A sra. Gibson sempre usava uma rede sobre os cabelos e sempre trajava uma camisola, roupão de banho e chinelos.

Então apareceu a sra. Gibson, vestida como de costume, e se postou ao lado do marido, esperando pela carnificina. O velho sr. Gibson era um dos poucos homens na vizinhança que tinha um emprego, mas ainda assim ele precisava ver o gato ser morto. Gibson era como Chuck, Eddie e Gene.

Havia muitos deles.

O buldogue se aproximou. Eu não podia ver aquele crime. Senti uma vergonha profunda por abandonar o gato à própria sorte. Havia sempre a chance de que o bichano pudesse escapar, mas eu sabia que os garotos não deixariam isso acontecer. Aquele gato não enfrentava apenas o buldogue, ele enfrentava a Humanidade inteira.

Dei meia-volta e me afastei, para fora do quintal, passando pela entrada do carro e chegando à calçada. Caminhei em direção ao local onde eu morava e lá, no pátio em frente à sua casa, meu pai estava plantado, me esperando.

– Onde você estava? – ele perguntou.

Não respondi.

– Já pra dentro – ele disse. – E pare de parecer tão infeliz ou lhe darei algo para que você *realmente* sinta o que é infelicidade!

## 21

Então comecei a frequentar o colégio Mt. Justin Jr. Pelo menos metade dos caras da escola fundamental Delsey tinham se transferido para lá, a metade composta pelos maiores e mais durões. Outra turma de gigantes viera de outras escolas. Nossa sétima série era composta de caras mais altos do que os da nona. Quando nos enfileirávamos para a ginástica era engraçado, pois muitos de nós ultrapassavam em altura os professores de educação física. Ficávamos ali esperando a chamada, desleixados, as barrigas soltas, as cabeças baixas, os ombros caídos.

– Pelo amor de Deus – disse Wagner, o professor de ginástica –, ergam os ombros, fiquem eretos!

Ninguém mudava de postura. Éramos como éramos, e não queríamos ser nada além disso. Todos vínhamos de famílias vítimas da Depressão e a maioria entre nós era mal-alimentada, embora tivéssemos crescido a ponto de nos tornar grandes e fortes. Em grande parte, creio eu, recebíamos pouco amor de nossas famílias e não pedíamos amor ou gentileza a quem quer que fosse. Éramos uma piada, mas as pessoas tomavam cuidado para não rir na nossa cara. Era como se tivéssemos crescido rápido demais e estivéssemos de saco cheio de ser crianças. Não tínhamos qualquer respeito pelos mais velhos. Éramos como tigres com sarna. Um de nossos companheiros, Sam Feldman, um judeu, tinha uma barba negra e era obrigado a se barbear todas as manhãs. Depois do almoço seu queixo já estava praticamente escuro. Ele tinha tufos de cabelo por todo o peito e tinha sovacos horrivelmente fedorentos. Outro cara se parecia bastante com Jack Dempsey*. Outro cara, Peter Mangalore, tinha um pau de 25 centímetros, mole. E quando todos nós fomos para o chuveiro, descobri que eu tinha o maior saco de todos.

– *Ei! Olhem pras bolas daquele cara!*

– *Puta merda! De pau está meio mal, mas vejam só o tamanho das bolas!*

– *Puta merda!*

Não sabia qual era nosso segredo, mas éramos diferentes, e podíamos sentir isso. Dava para ver pelo modo como caminhávamos e andávamos. Não falávamos muito, deixávamos tudo *subentendido*, e isso deixava as outras pessoas malucas, o modo como aceitávamos as coisas tacitamente.

---

* Famoso lutador de boxe que fez enorme sucesso no final dos anos 1920. (N.T.)

O time da sétima ia jogar futebol de toque depois da aula contra os times da oitava e da nona. Não davam nem para a saída. Vencíamos fácil, derrubávamos os caras no chão, fazíamos isso com estilo, quase sem esforço. No futebol de toque, a maioria dos times faz passes em cada jogada, mas nosso time jogava só no ataque. Desse modo, ajustávamos um bloqueio enquanto nossos outros jogadores se lançavam sobre o time adversário, derrubando quem estivesse pela frente. Tudo era apenas uma boa desculpa para exercermos nossa violência, não dávamos, de fato, nenhuma importância para o atacante. Os adversários sempre ficavam felizes quando fazíamos um passe.

As garotas ficavam depois da aula para nos assistir. Algumas delas já saíam com caras do ensino médio, não queriam se envolver com a escória do colégio, mas elas ficavam para assistir a sétima série jogar. Éramos famosos. As garotas ficavam depois da aula para nos assistir e se maravilhar. Eu não estava no time, mas ficava junto à linha lateral e fumava às escondidas, me sentindo uma espécie de treinador ou algo assim. Vamos todos conseguir uma foda, pensávamos, olhando as garotas. Na verdade, a maioria de nós só se masturbava.

Masturbação. Lembro de como aprendi a respeito disso. Numa manhã, Eddie bateu na minha janela.

– O que é isso? – perguntei.

Ele trazia um tubo de ensaio que tinha uma coisa esbranquiçada no fundo.

– O que é isso?

– Porra – disse Eddie –, minha própria porra.

– Sério?

– Sério. Tudo o que você tem que fazer é dar uma cuspida na mão e começar a mexer no seu pau. A sensação é boa e logo esse suquinho branco sai pela cabeça do pau. Essa coisa é chamada de "porra".

– Sério?

– Sério.

Eddie foi embora com seu tubo de ensaio. Pensei um pouco sobre a questão e então resolvi tentar. Meu pau ficou duro e a sensação era realmente boa, ficava cada vez melhor, e eu seguia mexendo e nunca tinha experimentado nada parecido. Então o suco espirrou da cabeça do meu pau. Depois disso, passei a tocar uma com frequência. Ficava melhor se você imaginasse que estava fazendo isso com uma garota.

Certo dia, eu estava parado junto à lateral do campo, assistindo ao nosso time dar de vareio num time adversário qualquer. Fumava escondido e olhava a partida. Havia uma garota em cada um dos meus lados. Enquanto nossos rapazes rompiam uma barreira, vi o treinador de ginástica, Curly Wagner, caminhar em minha direção. Esmaguei o cigarro e bati palmas.

– Vamos cagar eles a pau, galera!

Wagner se aproximou de mim. Apenas permaneceu de pé, me encarando. Eu tinha desenvolvido um jeito maligno de olhar.

– Vou acabar com *todos* vocês! – vociferou Wagner. – Especialmente com você!

Voltei minha cabeça e o encarei, com um olhar casual, então a virei para o outro lado. Wagner ficou ali plantado me olhando. Então se afastou.

Senti-me bem por ter feito aquilo. Gostava de ser tomado por um dos caras maus. Gostava de ser mau. Qualquer um podia ser um cara bonzinho, para isso não era preciso ter colhões. Dillinger tinha colhões. Ma Barker era uma grande mulher, ensinando aqueles a utilizar uma submetralhadora. Eu não queria ser como meu pai. Ele apenas fingia ser mau. Quando se é mau de verdade não é preciso fingir, o sujeito apenas é. Eu gostava de ser mau. Tentar ser bonzinho me embrulhava o estômago.

A garota que estava mais próxima me disse:

– Você não devia deixar que o Wagner te dissesse essas coisas. Tem medo dele?

Voltei-me e olhei para ela. Encarei-a por um longo tempo, sem me mexer.

– O que há de errado com você? – perguntou.

Virei o rosto, cuspi no chão e me afastei. Cumpri vagarosamente a extensão completa do campo, saí pelo portão dos fundos e tomei o caminho de casa.

Wagner sempre usava um abrigo completamente cinza. Ele tinha uma barriguinha. Algo o aborrecia o tempo inteiro. Sua única vantagem era a idade. Isso permitia que tentasse nos intimidar, mas funcionava cada vez menos. Tinha sempre alguém me incomodando, alguém que não tinha esse direito. Wagner e meu pai. Meu pai e Wagner. O que eles queriam, afinal? Por que eu estava no caminho deles?

## 22

Um dia, semelhante ao que acontecera na escola fundamental com David, um garoto se apegou a mim. Era pequeno e magro e não tinha quase nenhum fio de cabelo no topo da cabeça. Os caras o chamavam de Carequinha. Seu nome verdadeiro era Eli LaCrosse. Eu gostava de seu nome real, mas não gostava da sua pessoa. Ele se grudara em mim. Era uma figura tão lastimável que não podia dizer a ele simplesmente que sumisse. Era como um cachorro vira-lata, faminto, cansado de ser expulso a patadas. Ainda assim, era desagradável tê-lo à minha volta. Contudo, desde que eu percebera sua aura de vira-lata, deixei que ficasse por perto. Usava uma praga em quase todas as frases que saíam de sua boca, no mínimo uma praga, mas era tudo pose, estava longe de ser um cara durão, era medo puro. Eu não tinha medo, mas era um sujeito confuso. Assim, talvez formássemos um par adequado.

Acompanhava-o até em casa todos os dias depois das aulas. Vivia com sua mãe, seu pai e seu avô. Tinham uma casinha do lado de lá um pequeno parque. Eu gostava do lugar, tinha grandes árvores que davam sombra, e desde que algumas pessoas haviam me dito que eu era feio, sempre preferi a sombra ao sol, a escuridão à luz.

Durante nossas caminhadas para casa, Carequinha tinha me falado de seu pai. Ele fora médico, um cirurgião de sucesso, mas tinha perdido sua licença em função da bebida. Um dia conheci o pai do Carequinha. Estava sentado numa cadeira debaixo de uma árvore, sem fazer nada.

– Pai – ele disse –, esse é o Henry.

– Olá, Henry.

Lembrei-me de quando vira meu avô pela primeira vez, parado nos degraus em frente à sua casa. A diferença é que o pai do Carequinha tinha a barba e o cabelo pretos, mas seus olhos eram iguais – brilhantes e luminosos, tão estranhos. E ali estava Carequinha, o filho, sem qualquer tipo de brilho.

– Vamos – disse Carequinha –, venha comigo.

Entramos em uma adega, debaixo da casa. Era escura e úmida e ficamos parados até que nossos olhos se acostumassem à escuridão. Então pude ver uma porção de barris.

– Esses barris estão cheios de diferentes qualidades de vinho – disse Carequinha. – Cada barril tem uma torneira. Quer experimentar algum deles?

– Não.

– Vamos lá, apenas tome um maldito gole.

– Pra quê?

– Mas que maldição, você se considera um homem ou não?

– Sou durão – eu disse.

– Então experimenta, caralho!

Ali estava o Carequinha querendo me desafiar. Nenhum problema. Fui até um barril e abaixei a cabeça.

– Abra a maldita torneira! Abra essa maldita boca!

– Há alguma aranha por aqui?

– Vá em frente, desgraçado!

Abri a boca e a torneira. Um líquido malcheiroso jorrou para dentro da minha goela. Cuspi tudo.

— Não seja um veadinho! Engula, caralho!

Abri novamente a torneira e minha boca. O líquido malcheiroso entrou e eu o engoli. Fechei a torneira e fiquei ali parado. Pensei que fosse vomitar.

— Agora é a sua vez de beber um pouco – eu disse ao Carequinha.

— Claro – ele disse –, não estou me cagando de medo!

Abaixou-se na frente de um barril e deu uma boa golada. Um merdinha daqueles não ia me superar. Fui até outro barril, abri a torneira e dei um gole. Fiquei de pé. Começava a me sentir bem.

— Ei, Carequinha – eu disse –, gostei desse negócio.

— Então, caralho, beba um pouco mais.

E foi o que fiz. O gosto estava melhorando. Eu estava melhorando.

— Esse negócio é do seu pai, Carequinha. Eu não devia beber tudo.

— Ele não se importa. Parou de beber.

Nunca me sentira tão bem. Era melhor do que masturbação.

Fui de barril em barril. Era mágico. Por que ninguém havia me falado a respeito disso? Com a bebida, a vida era maravilhosa, um homem era perfeito, nada mais poderia feri-lo.

Fiquei de pé, ereto, e encarei o Carequinha.

— Onde está a sua mãe? Vou foder sua mãe!

— Mato você, seu filho da puta, fique longe da minha mãe!

— Você sabe que eu posso lhe dar uma surra, Carequinha?

— Sim.

— Tudo bem, vou deixar sua mãe em paz.

— Vamos embora então, Henry.

— Mais um trago...

Fui até um barril e dei uma longa talagada. Depois subimos a escada da adega. Quando saímos, o pai do Carequinha ainda estava sentado na sua cadeira.

– Vocês estavam na adega, não?
– Sim – respondeu o Carequinha.
– Começando um pouco cedo, não acham?

Não respondemos. Caminhamos até a avenida e Carequinha e eu fomos até uma loja que vendia chicletes. Compramos várias caixas e enfiamos todos os chicletes em nossas bocas. Ele estava preocupado que sua mãe descobrisse. Eu não me preocupava com nada. Sentamos num banco de parque e mascamos nossos chicletes. Pensei: bem, agora descobri alguma coisa, alguma coisa que irá me ajudar nos tantos dias que ainda hão de vir. A grama do parque parecia mais verde, os bancos do parque se tornaram mais bonitos, e as flores se esforçavam nesse sentido. Talvez essa coisa não fosse boa para cirurgiões, mas alguém que escolhia essa carreira já devia ter algo de errado na cabeça desde o princípio.

## 23

No Mt. Justin, a aula de biologia era agradável. Tínhamos o sr. Stanhope como nosso professor. Era um cara velho, duns 55 anos, e nós praticamente o dominávamos. Lilly Fischman estava na turma e ela realmente já tinha se desenvolvido. Seus peitos eram enormes, e ela possuía um rabo maravilhoso que rebolava sem parar enquanto caminhava sobre os saltos altos. Ela era fantástica, falava com todos os caras e roçava neles durante as conversas.

Todos os dias na aula de biologia acontecia a mesma coisa. Não aprendíamos nada da matéria. O sr. Stanhope falava por uns dez minutos, e então Lilly dizia:

– Oh, sr. Stanhope, vamos fazer um *show*!
– Não!
– Ah, sr. *Stanhope*!

Então ela caminhava até a mesa dele, inclinava-se na direção dele derramando doçura e lhe sussurrava algo.

– Oh, está bem, tudo certo... – ele dizia.

Em seguida, Lilly começava a cantar e a rebolar. Seu número de abertura era sempre *A canção de ninar da Broadway*\* e depois seguia com outras atrações. Ela era incrível, era tesuda, botava fogo em tudo, nos incendiava. Era como uma mulher feita, excitando Stanhope, excitando a gente. Era uma maravilha. O velho Stanhope ficava ali, sentado, gemendo e babando. Ríamos de Stanhope e, com aplausos, incentivávamos Lilly a continuar. Nossa alegria acabou quando certo dia o diretor, sr. Lacefield, entrou correndo na sala.

– O que está acontecendo aqui?

Stanhope ficou imóvel em seu lugar, incapaz de pronunciar uma palavra sequer.

– A turma está dispensada – gritou Lacefield.

Enquanto saíamos, enfileirados, Lacefield disse:

– E *você*, srta. Fischman, compareça à minha sala!

Logicamente que, depois do ocorrido, ninguém se preocupou em fazer as lições de casa e tudo ia bem até o dia em que o sr. Stanhope nos aplicou a primeira prova.

– Merda – disse Peter Mangalore em voz alta –, o que vamos fazer?

Peter era o dos 25 centímetros, mole.

– Você nunca vai precisar trabalhar pra viver – disse o cara que se parecia com Jack Dempsey. – Isto é problema nosso.

– Talvez a gente devesse botar fogo no colégio – disse Red Kirkpatrick.

– Merda – disse um cara lá do fundo da sala. – Cada vez que eu recebo um "F" meu pai me arranca uma das unhas.

Olhamos todos para as folhas da prova. Pensei em *meu* pai. Depois, em Lilly Fischman. Lilly Fischman, pensei, você é uma prostituta, uma mulher diabólica, rebolando seu corpo

---

\* Canção de Warren e Dubin que ficou muito famosa por volta de 1935 nos Estados Unidos. (N.T.)

na frente da gente e cantando daquele jeito, graças a você vamos todos para o inferno.

Stanhope nos observava.

– Por que ninguém está escrevendo? Por que ninguém responde às questões? Todos têm lápis?

– Sim, sim, todos temos lápis – um dos caras respondeu.

Lilly sentou bem na frente, perto da mesa do sr. Stanhope. Vimos ela abrir o livro de biologia em busca da resposta para a primeira questão. Era isso. Todos abrimos nossos livros. Stanhope ficou lá sentado, olhando para a gente. Não sabia o que fazer. Começou a tartamudear. Ficou ainda uns cinco minutos sentado, então se ergueu num salto. Percorria a sala em todas as direções, por entre as fileiras de classes.

– O que vocês pensam que estão fazendo? Fechem esses livros! Fechem esses livros!

Quando ele se aproximava, os alunos fechavam rapidamente os livros, somente para tornar a abri-los assim que ele se afastava.

O Carequinha estava na carteira ao lado da minha, rindo.

– Ele é um *otário!* Oh, mas que velho *otário!*

Sentia um pouco de pena por Stanhope, mas era ele ou eu. Stanhope voltou para sua mesa e de lá gritou:

– *Todos os livros devem ser fechados ou vou reprovar a turma inteira!*

Então Lilly Fischman se pôs de pé. Ergueu a saia e puxou uma de suas meias de seda. Ajeitou a liga, vimos sua carne branca. Depois trocou de perna e arrumou a outra meia. Nunca havíamos tido uma visão daquelas, nem mesmo Stanhope testemunhara nada parecido com aquilo. Lilly se sentou e todos concluímos a prova com nossos livros abertos. Stanhope ficou no seu lugar, completamente derrotado.

Outro cara que enrolávamos era Pop Farsworth. Tudo começou logo no primeiro dia de oficina mecânica. Ele disse:

– Aqui aprendemos fazendo. E vamos começar agora. Cada um de vocês vai desmontar um motor e depois montá-lo novamente, até que ele esteja funcionando, ao longo do semestre. Há mapas explicativos nas paredes e eu vou responder às dúvidas que vocês tiverem. Vocês também assistirão a filmes sobre como funciona um motor. Mas agora, por favor, comecem a desmontar os seus motores. As ferramentas estão nos armários.

– Ei, Pop, que tal assistirmos aos filmes primeiro? – sugeriu um dos rapazes.

– Eu disse: comecem seus trabalhos!

Não sei onde é que eles arranjaram todos aqueles motores. Eles estavam cobertos de graxa e pretos e enferrujados. Tinham um aspecto realmente funesto.

– Caralho – disse um dos rapazes –, esse aqui parece um cagalhão endurecido.

Ficamos em frente aos nossos motores. A maioria dos rapazes pegou as chaves inglesas. Red Kirkpatrick pegou uma chave de fenda e raspou devagar a parte de cima do motor, criando, cuidadosamente, uma tira negra de graxa com mais de meio metro.

– Vamos lá, Pop, que tal um filminho? Acabamos de chegar da ginástica, estamos pregados! Wagner nos fez saltar e pular como um bando de sapos!

– Comecem suas tarefas!

Começamos. Aquilo não fazia nenhum sentido. Conseguia ser pior do que Iniciação Musical. Os ruídos das ferramentas se faziam ouvir, entremeados por suspiros profundos.

– CARALHO! – berrou Harry Henderson –, ACABO DE ESFOLAR A PORRA DO MEU DEDO! ISSO TUDO NÃO PASSA DE UMA FODIDA ESCRAVIDÃO BRANCA!

Com cuidado, enrolou um lenço em volta da mão direita e ficou olhando o sangue empapar o tecido.

– *Merda* – ele disse.

O resto de nós seguiu tentando.

– Preferia enfiar minha cabeça na boceta de uma elefanta – disse Red Kirkpatrick.

Jack Dempsey jogou sua chave inglesa no chão.

– Desisto – ele disse –, faça o que quiser comigo. Desisto. Me mate. Corte minhas bolas fora. Desisto.

Saiu andando e se encostou contra a parede. Cruzou os braços e ficou olhando para o chão.

A situação parecia realmente terrível. Não havia nenhuma garota. Quando se olhava para a porta dos fundos da oficina dava para ver o amplo pátio do colégio, todo o calor dos raios de sol e o ar livre, lá, onde não havia nada para se fazer. Já aqui, nos debruçávamos sobre motores estúpidos que sequer estavam conectados aos carros, motores inúteis. Apenas pedaços estúpidos de aço. Era uma tolice, mas uma tolice das mais duras. Precisávamos de compaixão. Nossas vidas já eram suficientemente idiotas. Alguma coisa tinha que nos salvar. Tinham nos dito que Pop pegava leve, mas isso em nada se assemelhava à verdade. Ele era um filho da puta, enorme, com uma barriga de cerveja, usando seu macacão encardido, o cabelo lhe caindo sobre os olhos e o queixo sujo de graxa.

Arnie Whitechapel jogou longe sua chave inglesa e se dirigiu até o sr. Farnsworth. Arnie tinha um sorriso sarcástico no rosto.

– Ei, Pop, que porra é essa?

– Volte pro seu lugar, Whitechapel!

– Ah, qual é, Pop, chega dessa merda!

Arnie era alguns anos mais velho do que nós. Ele passara algum tempo num reformatório. Mas apesar de ser o mais velho, era também o mais baixinho. Tinha um cabelo muito escuro, alisado para trás com vaselina. Ficava na frente do espelho no banheiro masculino espremendo suas espinhas. Falava sacanagens para as garotas e carregava camisinhas Sheik nos bolsos.

– Tenho uma boa pra você, Pop!

– É? Volte pro seu motor, Whitechapel.

– É uma das boas, Pop.

Ficamos ali parados assistindo ao Arnie contar uma piada suja ao Pop. Suas cabeças estavam próximas. Então a piada chegou ao fim. Pop começou a rir. Aquele corpanzil se curvou de tanto gargalhar.

– Puta merda, oh, meu Deus, puta merda! – ele ria. Então parou. – Ok, Arnie, agora volte pro seu motor!

– Não, espere, Pop, tenho mais outra!

– Sério?

– Claro, escute só...

Todos abandonamos nossos postos e nos aproximamos. Fizemos um círculo ao redor deles, para escutar Arnie contar sua nova piada. Quando ele terminou, Pop se dobrou de tanto rir.

– Puta merda, oh, Senhor, puta merda!

– E tem ainda mais outra, Pop. O cara estava dirigindo o carro pelo deserto. Percebeu que tinha um outro pulando no meio da estrada. Ele estava pelado, os pés e as mãos amarrados. O cara do carro parou e perguntou: "Ei, camarada, o que aconteceu?". E o cara respondeu: "Bem, eu vinha dirigindo e aí vi um cretino pedindo carona. Então, eu parei e o filho da puta apontou uma arma para mim, me obrigou a tirar a roupa e me amarrou. Depois o filho da puta, o sujo, me comeu o rabo!". "É mesmo?", perguntou o outro, saindo do carro. "Sim, foi isso que aquele maldito filho da puta fez!", disse o homem. "Bem", disse o cara abrindo as calças, "acho que hoje não é o seu dia de sorte!"

Pop começou a rir, se curvando.

– Oh, não! Oh, NÃO! OH... PUTA... MERDA, CRISTO... PUTA MERDA...

Finalmente ele parou.

– Infernal – ele disse baixinho –, oh, meu Deus...

– Que tal um filme agora, Pop?

– Oh, tudo certo, tudo bem.

Alguém fechou a porta dos fundos e Pop puxou uma tela branca imunda. Ligou o projetor. O filme era vagabundo, mas era dez vezes melhor do que ficar trabalhando naqueles motores. A gasolina entrava em combustão sob a ação das velas de ignição e a explosão atingia os pistões que eram impelidos para baixo e esse movimento girava o virabrequim e as válvulas se abriam e se fechavam e os pistões continuavam subindo e descendo e o virabrequim girava um pouco mais. Nada muito interessante, mas estava fresco dentro da sala e você podia se recostar na cadeira e pensar naquilo que lhe desse na telha. Você não tinha que ficar esfolando os dedos naquele aço imbecil.

Nunca terminamos de desmontar aqueles motores nem tampouco voltamos a montá-los e não sei quantas vezes assistimos ao mesmo filme. Whitechapel continuou contando novas piadas e nós ríamos desbragadamente, ainda que a maioria das piadas não tivesse graça nenhuma, exceto para Pop Farnsworth, que continuava se dobrando de tanto rir.

– Puta merda! Oh, não! Oh, não, não, não, não!

Ele era um cara bacana. Todos nós gostávamos dele.

## 24

Nossa professora de Inglês, srta. Gredis, era indiscutivelmente a melhor. Era uma loira com o nariz comprido e fino. Seu nariz não era lá essas coisas, mas você nem reparava nele quando olhava o resto. Ela usava vestidos apertados com profundos decotes em V, sapatos negros de salto alto e meias de seda. Movia-se como uma serpente, sinuosa, com suas longas pernas. Só se sentava atrás de sua mesa quando fazia a chamada. Ela mantinha uma carteira vazia na primeira fila e, depois de chamar o último nome, seguia até ali e se sentava sobre o tampo, nos encarando. A srta. Gredis ficava como que empoleirada, as pernas cruzadas e a saia que não parava de subir. Nunca tínhamos visto tornozelos como aqueles, pernas como aquelas, coxas como aquelas. Bem, havia Lilly Fischman, mas Lilly era uma menina, um projeto de mulher, enquanto a srta. Gredis exalava uma feminilidade plena. E dizer que nós éramos obrigados a olhar para ela todos os dias durante uma hora. Não havia um garoto na classe que não ficasse triste quando a sineta tocava no final do período de Inglês. Falávamos muito sobre ela.

— Você acha que ela quer ser comida?

— Não, acho que ela quer apenas nos provocar. Ela sabe que está nos deixando loucos, é tudo de que precisa, é tudo o que ela quer.

— Sei onde ela mora. Vou até lá uma noite dessas.

— Você não teria coragem!

— É? Acha mesmo? Vou fodê-la até o cuzinho dela fazer bico! Ela está pedindo!

— Um cara da oitava série disse que foi até lá uma noite.

— Sério? O que aconteceu?

— Ela veio até a porta com uma camisola, as tetas praticamente saltando pra fora. O cara disse que tinha esquecido o tema de casa do dia seguinte e ficou se perguntando qual era. Ela o convidou a entrar.

— Tá falando sério?

— Sim. Nada aconteceu. Ela lhe ofereceu um pouco de chá, disse a ele qual era o tema e ele foi embora.

— Se eu estivesse lá, *isto* teria se transformado *naquilo*!

— É? O que você teria feito?

— Primeiro meteria no cuzinho dela, depois comeria sua boceta, depois meteria meu pau entre suas tetas e a obrigaria a me pagar um boquete.

— Vai sonhando, menininho. Você já trepou alguma vez?

— Não fode, claro que sim. Trepei um montão de vezes.

— E como foi?

— Nojento.

— Não conseguia gozar, né?

— Que nada, espalhei porra por tudo. Pensei que nunca fosse parar de sair.

— Bem na palma da sua mão, né?

– Ha, ha, ha, ha!
– Ah, ha, ha, ha, ha, ha!
– Ha, ha!
– Mas que gozada, hein? Sujou toda mão!
– Fodam-se vocês todos!
– Acho que nenhum de nós aqui trepou de verdade – disse um dos caras.

Houve um silêncio.
– Não fode. Trepei quanto tinha sete anos de idade.
– Grande merda. Trepei com quatro anos.
– Claro. Na árvore do seu quintal!
– Fiz com uma garotinha debaixo da casa.
– Conseguiu ficar de pau duro?
– Claro.
– Você gozou?
– Acho que sim. Espirrou alguma coisa do meu pau.
– Claro. Você mijou na bocetinha da menina, Red.
– Não enche!
– Qual era o nome dela?
– Betty Ann.
– Porra – disse o cara que reivindicava a foda de quando tinha sete anos. – O nome da minha também era Betty Ann.
– Aquela puta – disse Red.

Num belo dia de primavera, estávamos assistindo à aula de Inglês, e a srta. Gredis estava sentada na carteira da frente, nos encarando. Ela tinha a saia erguida mais alto do que nunca, era aterrador, maravilhoso, surpreendente e obsceno. Aquelas pernas, aquelas coxas, estávamos como que enfeitiçados. Era inacreditável. Carequinha estava sentado na carteira ao lado da minha, mas nos separava o corredor entre as colunas. Ele se inclinou e começou a cutucar minha perna com o dedo:
– *Ela tá batendo todos os recordes!* – ele sussurrou. – *Veja! Veja!*

– Meu Deus – eu disse –, cale a boca ou ela vai baixar a saia!

Carequinha recolheu a mão e esperou. Ele não tinha assustado a srta. Gredis. Sua saia permaneceu onde estava, mais alto do que nunca. Era realmente um dia para ser lembrado. Não havia nenhum garoto na classe que não estivesse de pau duro, e a srta. Gredis continuava falando. Tenho certeza de que nenhum dos garotos estava ouvindo uma palavra sequer do que ela dizia. As garotas, no entanto, viravam-se e encaravam umas às outras, como que a dizer: "Esta piranha está indo longe demais". A srta. Gredis não tinha como ir longe demais. Era quase como se não houvesse uma boceta entre suas coxas, mas algo muito melhor. Aquelas pernas. O sol penetrava pela janela e banhava de luz aquelas pernas e coxas, brincando nos fios da meia de seda tão quente, tão apertada. A saia estava tão *alta*, puxada para trás, que todos rezávamos por um mínimo vislumbre que fosse da calcinha, um vislumbre de *algo*, Jesus Cristo, era como o fim do mundo e o recomeço e o novo término, tudo era ao mesmo tempo realidade e fantasia: o sol, as coxas, e a seda, tão macia, tão quente, tão sedutora. A sala inteira vibrava. A visão ficava nublada e depois se desanuviava, e a srta. Gredis continuava sentada ali como se nada estivesse acontecendo, continuava a falar como se aquilo tudo fosse normal. Era justamente isso que fazia com que a situação fosse tão boa e tão terrível: o fato dela fingir que não estava acontecendo nada. Olhei para o tampo da minha classe por um momento e vi os veios da madeira ampliados, como se cada um fosse um lago formado por um líquido revolto. Então rapidamente voltei meus olhos para as pernas e coxas, furioso comigo mesmo por ter desviado minha atenção por um só instante, instante que poderia ter me privado de alguma coisa nova.

Então o som começou: *tump, tump, tump, tump...*

Richard Waite. Ele sentava na última fila. Tinha orelhas enormes e lábios grossos – inchados e monstruosos –, e uma cabeça descomunal. Seus olhos praticamente não tinham cor, não refletiam interesse ou inteligência. Tinha os pés gigantescos, e sua boca sempre pendia aberta. Quando falava, as palavras saíam uma a uma, hesitantes, com longas pausas entre elas. Não era nem mesmo um veadinho. Ninguém chegava a falar com ele. Ninguém sabia o que ele estava fazendo ali no nosso colégio. Dava a impressão de que algo importante estava faltando em sua constituição. Ele usava roupas limpas, mas sua camisa sempre escapava pela parte de trás das calças, sempre lhe faltavam um ou dois botões. Richard Waite. Morava em algum lugar e vinha ao colégio todos os dias.

*Tump, tump, tump, tump, tump...*

Richard Waite estava batendo uma punheta em homenagem às pernas e às coxas da srta. Gredis. Ele havia finalmente sucumbido. Talvez não entendesse os mecanismos de funcionamento da sociedade. Agora todos nós o ouvíamos. A srta. Gredis o ouvia. As garotas o ouviam. Todos sabíamos o que ele estava fazendo. Ele era tão fodido da cabeça, tão estúpido, que não conseguia nem fazer a coisa em silêncio. E ele estava ficando cada vez mais excitado. Os *tumps* foram ficando cada vez mais altos. Seu punho fechado batia na parte inferior do tampo de sua classe.

*TUMP, TUMP, TUMP...*

Olhamos para a srta. Gredis. O que ela iria fazer? Ela hesitou. Lançou um olhar sobre a turma. Sorriu, mais tranquila do que nunca, e continuou falando:
– Acredito que a língua inglesa é a forma mais expressiva e contagiante de comunicação. Para começar, deveríamos ser gratos por possuir essa dádiva única que é ter uma grande língua. E se nós a desmerecemos, estamos desmerecendo a nós mesmos. Portanto, vamos escutar com cautela,

tomar conhecimento de nossa herança, mas ainda assim ter a ousadia de explorar e assumir os riscos da renovação da linguagem...

*TUMP, TUMP, TUMP...*

– Devemos esquecer a Inglaterra e o uso que fazem da língua que temos em comum. Ainda que a utilização que os britânicos fazem da língua seja refinada, nossa variante americana contém muitos poços profundos cheios de recursos ainda não explorados. Esses recursos continuam desconhecidos. Deixem chegar o momento apropriado e os escritores apropriados que um dia haverá uma explosão literária...

*TUMP, TUMP, TUMP...*

Sim, Richard Waite era um dos poucos com quem nunca falávamos. De fato, tínhamos medo dele. Não era do tipo que você pudesse espancar. Bater num cara como ele jamais faria com que alguém se sentisse melhor. Você só queria se afastar dele o máximo possível, você não queria ter que olhar para ele, encarar aquele nariz e aqueles lábios imensos, aquela boca descomunalmente aberta que mais lembrava a boca de um sapo esmagado. Você o evitava porque não tinha como derrotar Richard Waite.

Esperamos e esperamos. A srta. Gredis continuou falando sobre o conflito entre a cultura inglesa e a americana. Esperamos, enquanto Richard Waite seguia na batalha. O punho de Richard batia contra a parte de baixo da classe, e as garotinhas olhavam umas para as outras, enquanto os caras pensavam: "Por que esse idiota está na nossa turma? Ele vai arruinar tudo. Por causa de um idiota a srta. Gredis baixará a saia para sempre".

*TUMP, TUMP, TUMP...*

E então o som parou. Richard ficou lá sentado. Tinha acabado. Lançávamos olhares furtivos para ele. Sua aparência era a mesma. Onde será que tinha ido parar seu esperma? No colo ou na mão?

A sineta tocou. A aula de Inglês estava encerrada.

Depois daquele dia, a situação voltou a se repetir. Richard Waite continuava golpeando enquanto escutávamos a srta. Gredis, sentada sobre a classe da frente com as pernas descaradamente cruzadas. Nós, rapazes, aceitamos a situação. Depois de algum tempo, chegamos mesmo a nos divertir. As garotas aceitaram, mas não gostavam do que acontecia, especialmente Lilly Fischman, que fora quase esquecida.

Além de Richard Waite, havia outro problema para mim na turma: Harry Walden. Harry Walden era bonito, segundo as garotas, tinha longos cachos dourados e usava roupas estranhas e delicadas. Parecia um almofadinha do século XVIII, cheio de cores estranhas, verdes e azuis-escuros. Eu não fazia a menor ideia de onde seus pais tiravam aquelas roupas. E ele sempre se sentava muito ereto e imóvel, escutando atentamente. Como se ele estivesse entendendo tudo. As garotas diziam: "Ele é um gênio". A mim não parecia em absoluto. O que eu não conseguia entender era por que os caras durões não se metiam com ele. Isso me incomodava. Como ele conseguia se livrar com tanta facilidade?

Encontrei-o um dia no corredor. Detive-o.

– Você não me parece grande merda – eu disse. – Que grande merda as pessoas pensam que você é?

Walden olhou para sua direita e quando voltei minha cabeça naquela direção deslizou e passou por mim como se eu fosse um ser saído do esgoto e então, um momento depois, já estava em sua carteira.

Quase todos os dias era a srta. Gredis mostrando tudo e Richard com sua bateção e esse tal de Walden lá sentado, sem dizer nada, aparentando ser um gênio. Eu estava ficando doente com tudo aquilo.

Perguntei aos meus outros colegas:

– Escutem, vocês realmente acham que Harry Walden é um gênio? Ele só fica sentado com suas roupinhas bacanas sem dizer nada. O que isso prova? Todos nós poderíamos fazer isso.

Eles não me respondiam. Eu não conseguia compreender o que sentiam por aquele filho da puta. E para piorar, ainda corria à boca pequena que Harry Walden ia visitar a srta. Gredis todas as noites, que ele era seu pupilo favorito, e que eles estavam fazendo amor. Aquilo me deixava louco. Não conseguia simplesmente imaginá-lo se despindo de suas delicadas roupas verdes e azuis, depositando-as sobre uma cadeira, depois arriando uma cueca de seda laranja e deslizando para baixo dos lençóis, onde a srta. Gredis receberia a cabeça dele, coberta pelos cachinhos loiros, e a acariciaria, além de outras partes, é claro.

Esse boato era espalhado pelas garotas que sempre pareciam saber de tudo o que acontecia. E ainda que as garotas não gostassem de nenhum modo especial da srta. Gredis, achavam que a situação era aceitável, visto que Harry Walden era um cara tão genial e delicado, um cara que fazia por merecer toda a simpatia que lhe votavam.

Peguei Harry Walden mais uma vez no corredor.

– Vou chutar esse seu rabo, seu filho da puta, você não me engana!

Harry Walden me olhou. Então olhou sobre meu ombro, apontou e disse:

– O que está acontecendo ali?

Virei-me para olhar. Quando voltei à minha posição, ele tinha sumido. Estava sentado em sua carteira em segurança, cercado por todas as garotas que o consideravam genial e que o amavam.

As fofocas sobre Harry Walden e suas visitas noturnas à casa da srta. Gredis só aumentavam, e alguns dias ele nem chegava a ir à aula. Estes eram os melhores dias para mim, porque só precisava suportar as bateções e não os cachinhos dourados e a adoração que todas as garotinhas em suas saias e suéteres e vestidos engomadinhos de algodão sentiam por aquele tipo de coisa. Quando Harry não estava, as garotinhas sussurravam:

– Ele é tão *sensível*...

E Red Kirkpatric diria:

– Ela vai fazer ele trepar até morrer.

Certa tarde, entrei na sala, e a classe de Harry Walden estava vazia. Supus que ele andava fodendo por aí, como de costume. Então a notícia começou a correr pelas carteiras. Eu era sempre o último a saber. Finalmente a novidade chegou até mim: Harry Walden cometera suicídio. Noite passada. A srta. Gredis ainda não sabia. Olhei para a classe dele. Jamais voltaria a ocupar aquela cadeira. Todas aquelas roupas coloridas queimavam agora no inferno. A srta. Gredis terminou a chamada. Foi até a carteira da frente e se sentou, cruzando as pernas. Suas meias de seda eram mais transparentes do que nunca. Sua saia estava erguida à altura das coxas.

– Nossa cultura americana – ela disse – está destinada à grandeza. A língua inglesa, agora tão limitada, presa à sua estrutura, será reinventada e aperfeiçoada. Nossos escritores usarão o que poderíamos chamar, creio eu, de *americanês*...

As meias da srta. Gredis eram quase da cor da sua pele. Era como se ela não estivesse usando meia nenhuma, era quase como se ela estivesse nua ali na nossa frente, mas como não estava e apenas aparentava estar, aquilo ficava ainda mais excitante.

– Cada vez mais descobriremos nossas próprias verdades e nosso modo próprio de falar, e essa nova voz estará despojada de velhas histórias, de velhos costumes, de sonhos velhos e inúteis...

*TUMP, TUMP, TUMP...*

## 25

Curly Wagner escolheu Morris Moscowitz. Foi depois da aula, e oito ou dez de nós tinham ouvido a respeito e nos dirigimos para trás do ginásio para assistir. Wagner estabeleceu as regras:

– Lutaremos até que um de nós desista.

– Por mim, tudo certo – disse Morris.

Morris era um cara alto e magro, meio abobado, e quase não falava nem incomodava os outros.

Wagner olhou para mim.

– E depois que eu acabar com a raça desse sujeito, vou pegar você.

– Eu, treinador?

– Sim, você, Chinaski.

Sorri para ele com escárnio.

– Vou fazer com que me respeitem, desgraçados, nem que tenha que pegar um por um de vocês!

Wagner era metido a valente. Estava sempre se exercitando nas barras paralelas, ou dando cambalhotas sobre os colchonetes, ou dando voltas ao redor do campo. Andava com uma postura arrogante, mas a barriguinha continuava lá. Gostava de ficar parado e encarar um cara por um longo tempo, como se o cara não passasse de um monte de merda. Eu não sabia exatamente o que o incomodava. Nós o aborrecíamos. Creio que ele pensava que estávamos fodendo todas as garotas como loucos e essa era uma ideia que o desagradava.

Eles começaram a lutar. Wagner fazia bons movimentos. Gingava e se esquivava, tinha jogo de pernas, entrava e saía do raio de ação do adversário, emitia leves sibilos. Ele impressionava. Acertou três *jabs* de canhota em Moscowitz. Moscowitz apenas ficava ali, os braços esticados, sem erguer a guarda. Ele não sabia nada sobre boxe. Então Wagner o acertou com um direto no maxilar.

– Merda! – disse Morris, desferindo um gancho de direita do qual Wagner se esquivou.

Wagner contra-atacou com um 1-2 no rosto de Moscowitz. Seu nariz começou a sangrar.

– Merda – ele disse, e então começou a gingar. E a golpear. Você podia ouvir o som dos golpes, despejados em sequência contra a cabeça de Wagner.

Wagner tentou revidar, mas seus golpes não tinham a fúria nem a força dos de Moscowitz.

– Puta merda! Acabe com ele, Morrie!

Moscowitz era um lutador nato. Acertou uma canhota na barriga redonda de Wagner, que sentiu asfixia e caiu, dobrando-se sobre os joelhos. Seu rosto estava cortado e sangrava. Apoiava o queixo no peito e parecia estar passando mal.

– Desisto – disse Wagner.

Nós o deixamos lá, atrás do prédio do ginásio, e nos afastamos junto com Morris Moscowitz, promovido agora a nosso novo herói.

– Porra, Morrie, você deveria lutar entre os profissionais!

– Não, só tenho treze anos.

Caminhamos até os fundos da oficina mecânica e ficamos pelos degraus. Alguém acendeu alguns cigarros e começamos a circulá-los.

– O que é que aquele cara tem contra a gente? – perguntou Morrie.

– Mas que diabos, Morrie, você não sabe? Ele sente ciúmes. Pensa que estamos trepando com todas as garotas!

– Como? Eu ainda nem beijei uma garota.

– Sério, Morrie?

– Sério.

– Você deveria tentar ao menos fazer nas coxas de uma garota, Morrie, é uma beleza!

Então vimos Wagner passar. Ele estava cuidando dos ferimentos no rosto, estancando o sangue com um lenço.

– Ei, treinador – gritou um dos caras –, que tal uma revanche?

Parou e ficou nos encarando.

– Apaguem esses cigarros, garotos!

– Ah, não, treinador, gostamos de fumar!

– Venha até aqui, treinador, e nos obrigue a apagar os cigarros!

– Isso, chegue mais, treinador!

Wagner continuou apenas nos olhando.

– Ainda não terminei com vocês! Pegarei cada um de vocês, de um jeito ou de outro!

– E como vai fazer isso, treinador? Já conhecemos seus talentos limitados.

– É, treinador, como é que vai fazer isso?

Afastou-se do campo e foi até onde estava seu carro. Senti um pouco de pena dele. Quando alguém é assim tão antipático, deveria ao menos ter a capacidade de se defender.

– E acha que não vai mais haver nenhuma virgem nas redondezas quando nos formarmos – disse um dos caras.

– Acho – disse outro – que alguém gozou dentro do ouvido dele e a porra já chegou no cérebro.

Depois dessa nos dispersamos. Tinha sido um dia dos mais agradáveis.

## 26

Todas as manhãs minha mãe seguia para seu emprego malpago e meu pai, que nem mais trabalho tinha, também saía junto com ela. Ainda que a grande maioria de nossos vizinhos estivesse desempregada, meu pai não queria que pensassem que ele era como eles, um desempregado. Desse modo, ele pegava o carro a cada manhã, sempre no mesmo horário, e saía como se estivesse indo trabalhar. Então, ao anoitecer, retornava como se tivesse cumprido o expediente. Isso era bom, porque eu tinha o lugar só para mim. Eles trancavam a casa, mas eu conhecia uma maneira de entrar. Eu destravava a porta de tela com um cartão. A porta dos fundos ficava chaveada por dentro. Eu passava um jornal por debaixo da porta, empurrava a chave pelo buraco da fechadura e fazia com que ela caísse sobre o jornal. Depois, puxava a folha para dentro, arrastando junto com ela a chave. Abria-a e entrava. Ao sair, eu trancava primeiramente a porta de tela, na sequência a porta dos fundos, deixando a chave ali. Por fim, saía pela porta da frente que tinha um trinco que fechava sozinho.

Gostava de ficar sem a companhia de ninguém. Certo dia, estava me divertindo com um dos meus jogos. Havia um relógio junto à chaminé com um ponteiro que marcava os segundos, e eu competia para ver quanto tempo aguentava sem respirar. A cada nova tentativa, superava meu recorde anterior. Sofria bastante, mas me sentia orgulhoso com cada segundo que eu ganhava, estabelecendo uma nova marca. Naquele dia, consegui superar meu melhor tempo em cinco segundos e estava recuperando meu fôlego quando caminhei até a janela da frente. Era uma janela grande, coberta por cortinas vermelhas. Havia uma fenda entre elas e olhei para fora. Jesus Cristo! Nossa janela dava diretamente para a varanda da casa dos Anderson. A sra. Anderson estava sentada nos degraus, e eu podia ver direitinho a abertura formada por suas pernas no vestido. Tinha uns 23 anos e possuía pernas maravilhosamente bem torneadas. Eu podia ver quase tudo. Então lembrei do binóculo de exército do meu pai. Ele estava na prateleira de cima do seu armário. Corri para buscá-lo, voltei depressa e me agachei junto à janela, ajustando o foco nas pernas da sra. Anderson. Era como se eu estivesse entre elas! E era diferente de olhar para as pernas da srta. Gredis: você não precisava fingir que não estava olhando. Dava para se concentrar. E foi o que fiz. Eu estava lá. Sentia-me incendiado. Jesus Cristo, que pernas, que rabo! E cada vez que ela se mexia era insuportável e inacreditável.

Fiquei de joelhos e segurei o binóculo com uma das mãos, puxando meu pau para fora com a outra. Cuspi na palma da mão e comecei. Por um momento, pensei ter visto uma ponta da calcinha. Eu estava quase gozando. Parei. Fiquei olhando mais um pouco através do binóculo e comecei a me masturbar outra vez. Quando estava novamente no limite, voltei a parar. Então esperei e recomecei a punheta. Dessa vez, sabia que não conseguiria segurar. Ela estava logo ali. Eu olhava diretamente para suas coxas! Era como fodê-la. Gozei. Minha porra se espalhou pela madeira do assoalho no espaço entre eu e a janela. Era branca e grossa. Ergui-me e fui até o banheiro em busca de papel higiênico, voltei e limpei a sujeira. Retornei ao banheiro, joguei o papel na privada e dei a descarga.

A sra. Anderson vinha e se sentava naqueles degraus quase todos os dias e cada vez que ela fazia isso eu apanhava o binóculo e descascava uma em sua homenagem.

Se o sr. Anderson um dia chegasse a descobrir, pensei, era capaz de me matar...

Meus pais iam ao cinema todas quartas-feiras à noite. No cinema havia sorteios de dinheiro e eles tinham esperança de ganhar um dos prêmios. Foi numa noite de quarta que descobri algo. Os Pirozzi moravam numa casa situada ao sul da nossa. Nossa entrada de carro se estendia até o lado norte da casa deles, e lá havia uma janela que dava para a sala da frente. A janela era coberta por uma cortina quase transparente. Havia um muro que se transformava em arco na frente da nossa entrada de carro e por ali se espalhavam diversos arbustos. Quando me posicionava entre o muro e a janela, no meio daqueles arbustos, ninguém conseguia me ver da rua, especialmente à noite.

Eu me arrastei até lá. Foi sensacional, melhor do que eu tinha esperado. A sra. Pirozzi estava sentada no sofá lendo um jornal, as pernas cruzadas. Numa poltrona, do outro lado da sala, o sr. Pirozzi também lia um jornal. A sra. Pirozzi não era tão jovem quanto a srta. Gredis ou a sra. Anderson, mas possuía pernas respeitáveis e usava saltos altos e cada vez que virava uma página do jornal descruzava e voltava a cruzar as pernas, fazendo a saia se erguer ainda mais, favorecendo minha visão.

Se meus pais voltassem do cinema e me pegassem ali, pensei, então eu seria um homem morto. Mas valia a pena. Valia o risco.

Eu ficava bem quieto debaixo da janela e olhava para as pernas da sra. Pirozzi. Eles tinham um enorme collie, Jeff, que dormia na frente da porta. Naquele dia eu havia olhado para as pernas da srta. Gredis durante a aula de Inglês, batido uma punheta olhando as pernas da Sra. Anderson, e agora tinha *mais*. Por que o sr. Pirozzi não olhava para as pernas da mulher? Ficava apenas lendo o jornal. Era óbvio que a sra. Pirozzi tentava provocá-lo, porque sua saia não parava de subir, mais e mais. Então ela virou uma página e cruzou as pernas com bastante rapidez, fazendo a saia *recuar*, expondo as coxas branquíssimas. Ela parecia ser feita de *creme de leite! Inacreditável!* Ela era a melhor de *todas*!

Então, com o canto do olho, vi as pernas do sr. Pirozzi se moverem. Ergueu-se com bastante rapidez e caminhou até a porta da frente. Comecei a correr, me chocando com os arbustos. Escutei-o abrir a porta. Eu já havia percorrido a distância da entrada de carro e me encontrava em nosso quintal, atrás da garagem. Fiquei ali um momento, escutando. Então escalei a cerca traseira, por sobre as trepadeiras e cheguei ao quintal seguinte. Atravessei-o e então segui por uma entrada de carro, comecei a correr em direção ao sul pela rua, como se fosse um cara praticando para uma prova de atletismo. Não havia ninguém me seguindo, mas mesmo assim continuei no mesmo ritmo.

Se ele descobrisse que era eu, se contasse a meu pai, eu estava morto.

Mas quem sabe se ele não foi apenas levar o cachorro para dar uma cagada?

Segui correndo até a avenida West Adams e sentei num banco do ponto de bonde. Fiquei ali sentado por uns cinco minutos. Depois, voltei para casa. Ao chegar lá, meus pais ainda não tinham voltado. Entrei e me despi, apaguei as luzes e esperei pelo amanhecer...

Noutra noite de quarta-feira, Carequinha e eu estávamos caminhando pelo atalho que costumávamos tomar entre dois prédios de apartamentos. Seguíamos em direção à adega de seu pai quando Carequinha parou junto a uma janela. A persiana estava quase que inteiramente baixada, mas não por completo. Carequinha parou, se inclinou e deu uma espiada no que acontecia lá dentro. Acenou para que eu me aproximasse.

– O que é? – sussurrei.
– Veja!

Havia um homem e uma mulher na cama, nus. Apenas um lençol os cobria parcialmente. O homem tentava beijar a mulher, e ela o afastava.

– Pelo amor de Deus, Marie, dá pra mim!
– Não!
– Mas estou com tesão, *por favor*!
– Tire essas suas malditas mãos de cima de mim!
– Mas, Marie, eu te amo!
– Você e esse seu amor fodido...
– Marie, *por favor*.
– Quer calar a boca?

O homem se virou em direção à parede. A mulher pegou uma revista, ajeitou um travesseiro sob a cabeça e começou a ler.

Carequinha e eu nos afastamos da janela.

– Jesus – disse o Carequinha –, isso me deu nojo!
– Pensei que fôssemos ver alguma coisa.

Quando chegamos à adega, o velho do Carequinha havia trancado a porta com um enorme cadeado.

Tentamos aquela janela diversas vezes, mas nunca vimos, de fato, nada acontecer. Era sempre a mesma coisa.

– Marie, já faz um tempão. Estamos *morando* juntos, entende? Somos *casados*.
– Grande *merda*!

– Só desta *vez*, Marie, e não volto a incomodar você. Não vou incomodá-la por um bom tempo, prometo!

– Cala a boca! Você me deixa doente!

Carequinha e eu nos afastamos.

– Merda – eu disse.

– Merda – ele disse.

– Acho que ele não tem pau – falei.

– É bem provável – respondeu Carequinha.

Deixamos de aparecer por ali.

## 27

Wagner ainda não tinha desistido de nós. Eu estava parado no pátio durante a aula de ginástica quando ele se aproximou.

– O que você está fazendo, Chinaski?

– Nada.

– Nada?

Não respondi.

– Por que não está participando de nenhum dos jogos?

– Pura merda. Coisa para crianças.

– Estou colocando você para recolher o lixo até segunda ordem.

– Por quê? Qual é a acusação?

– Vadiagem. Cinquenta *deméritos*.

Os garotos tinham que pagar seus deméritos trabalhando na coleta de lixo. Se você tivesse mais de dez deméritos acumulados e não trabalhasse para recuperá-los, não poderia se formar. Eu estava pouco me lixando em me formar ou não. O problema era deles. Eu apenas ficaria por ali, cada vez maior, cada vez mais velho. Pegaria todas as garotas.

– Cinquenta deméritos? – perguntei. – É tudo que vai me dar? Que tal cem?

— Ok, cem. Conseguiu o que queria.

Wagner se afastou cheio de pose. Peter Mangalore tinha quinhentos deméritos. Agora eu estava em segundo lugar e me aproximando...

A primeira coleta de lixo era durante os últimos trinta minutos do almoço. No dia seguinte, eu estava carregando uma lata de lixo com Peter Mangalore. Era simples. Cada um de nós tinha um bastão com uma ponta afiada. Recolhíamos os papéis com o bastão e os colocávamos na lata. As garotas nos olhavam ao passar. Sabiam que nós éramos *maus*. Peter parecia aborrecido, e eu, como se não estivesse dando a mínima para aquilo. As garotas sabiam que éramos *maus*.

— Você conhece Lilly Fischman? — Pete perguntou enquanto andávamos.

— Oh, sim, sim.

— Bem, ela não é virgem.

— Como você sabe?

— Ela me disse.

— Quem a comeu?

— O pai.

— Hummm... bem, não se pode culpá-lo.

— Lilly ouviu dizer que eu tenho um pau grande.

— Sim, todo o colégio está sabendo.

— Bem, Lilly quer ele. Diz que aguenta.

— Você vai arrombar ela todinha.

— Sim, é o que vai acontecer. De qualquer forma, é o que ela quer.

Depositamos a lata de lixo no chão e ficamos encarando umas garotas que estavam sentadas em um banco. Pete caminhou até lá. Fiquei onde estava. Chegou numa das garotas e sussurrou algo em seu ouvido. Ela começou a dar risadinhas. Pete voltou até a lata de lixo. Nós a erguemos e fomos embora.

— Bem — disse Pete —, esta tarde, às quatro horas, vou fazer Lilly em pedacinhos.

— Sério?

— Sabe aquele carro quebrado que fica nos fundos do colégio, aquele do qual o Pop Farnsworth tirou o motor?

— Claro.

— Então, antes que eles deem um sumiço na lata velha, o carro vai me servir de cama. Vou comê-la no banco de trás.

— Alguns caras sabem viver.

— Fico de pau duro só de pensar nisso – disse Pete.

— Eu também fico e nem sou o cara que vai meter.

— Só tem um problema – disse Pete.

— Não vai poder gozar?

— Não, nada disso. Preciso de uma sentinela. Preciso de alguém que me diga que o caminho está livre.

— É? Bem, veja só, eu posso fazer isso.

— Você faria? – perguntou Pete.

— Claro. Mas precisamos de mais um cara. Assim poderemos vigiar nas duas direções.

— Tudo bem. Em quem você pensou?

— No Carequinha.

— O Carequinha? Merda, o cara não é de nada.

— Eu sei, mas é de confiança.

— Tudo bem. Então, vejo vocês às quatro.

— Estaremos lá.

Às quatro da tarde, encontramos Pete e Lilly junto ao carro.

— Oi! – disse Lilly. Ela parecia excitada.

Pete fumava um cigarro. Parecia entediado.

— Olá, Lilly – eu disse.

— Oi, gata – disse Carequinha.

Havia uns caras jogando futebol de toque no campo secundário, mas esse fato só facilitava as coisas, servindo como uma espécie de camuflagem. Lilly ficou zanzando de lá para cá, respirando profundamente, seus seios acompanhando os movimentos, para cima e para baixo.

— Bem – disse Pete, jogando seu cigarro longe –, é hora de ficarmos amigos, Lilly.

Abriu a porta de trás do carro, fez uma mesura, e Lilly entrou. Pete entrou depois dela e tirou os sapatos, as calças e depois a cueca. Lilly olhou para baixo e viu a carne de Pete pendendo.

– Oh, minha nossa – ela disse –, acho que não...
– Qual é, gata – disse Pete –, ninguém vive para sempre.
– Bom, está bem, eu acho...
Pete olhou pela janela.
– Ei, vocês estão vendo se a barra está limpa, caras?
– Sim, Pete – eu disse –, estamos de olho.
– Estamos de olho – secundou o Carequinha.

Pete puxou a saia de Lilly pela cabeça. Surgiram as carnes brancas de suas coxas acima das meias que iam até o joelho. Podia-se ver também a calcinha. Era glorioso.

Pete agarrou Lilly e começou a beijá-la. Então a empurrou.

– Sua puta! – ele disse.
– Seja educado comigo, Pete!
– Sua puta vagabunda – ele disse, dando-lhe um tapa no rosto, com força.

Ela começou a choramingar.

– Não, Pete, não faça isso...
– Cala a boca, ordinária!

Pete começou a puxar a calcinha de Lilly. Estava com dificuldade. A calcinha estava muito colada àquele rabo imenso. Pete deu um puxão violento, rasgando-a, terminando de puxá-la pelas pernas e além dos sapatos. Jogou-a no chão do carro. Então começou a acariciar sua boceta. E acariciava a sua boceta e acariciava a sua boceta e beijava Lilly sem parar. Então ele recuou e se recostou no banco do carro. Seu pau estava a meia-bomba.

Lilly olhou para baixo.

– Qual é o problema? Você é veado?
– Não, não é isso, Lilly. É que não confio que esses caras aí estejam vigiando de verdade. Acho que estão é *nos* olhando. Não quero ser pego aqui.

— A barra está limpa, Pete — eu disse. — Estamos vigiando!

— Estamos vigiando! — disse Carequinha.

— Não acredito neles — disse Pete. — A única coisa que estão vigiando é sua *boceta*, Lilly.

— Você é um *frangote*! Esse cacete enorme e nem consegue deixar ele totalmente duro!

— Tenho medo de ser pego, Lilly.

— Já sei o que fazer — ela disse.

Lilly se inclinou e começou a percorrer o pau de Pete com a língua. Ela esfregava a língua em torno da cabeça monstruosa. Depois o colocou dentro da boca.

— Lilly... Cristo — disse Pete —, eu te amo... Lilly, Lilly, Lilly... oh, oh, oooh, ooooh...

— *Henry*! — gritou o Carequinha. — OLHE!

Olhei. Era Wagner que corria em nossa direção cruzando o gramado, trazendo consigo os caras do futebol de toque e mais algumas pessoas que haviam assistido ao jogo, garotos e garotas.

— *Pete!* — gritei —, Wagner está vindo com umas cinquenta pessoas!

— *Merda*! — urrou Pete.

— Oh, merda — disse Lilly.

Carequinha e eu nos mandamos. Corremos portão a fora e mais meio quarteirão. Olhamos através da cerca o desenrolar dos fatos. Pete e Lilly não tiveram a menor chance. Wagner correu e abriu a porta do carro, esperançoso de obter um ângulo privilegiado da cena. Logo o carro estava cercado e não conseguimos ver mais nada...

Depois do incidente, nunca mais voltamos a ver Pete e Lilly. Não tínhamos a mínima ideia do que acontecera com eles. Carequinha e eu recebemos mil deméritos cada um, o que me pôs à frente de Mangalore com mil e cem. Não tinha como eu pagá-los trabalhando. Teria que passar a minha vida inteira no Mt. Justin. Claro, meus pais foram informados.

– Vamos lá – disse meu pai, e me dirigi para o banheiro.

Pegou a correia.

– Baixe suas calças e sua cueca – ele disse.

Não fiz o que mandava. Ele se postou na minha frente, desafivelou meu cinto, desabotoou minha calça e a arriou. Baixou minha cueca. A correia desceu. Era o mesmo som explosivo de sempre, a mesma dor.

– Você vai matar sua mãe! – ele gritou.

Acertou-me outra lambada. Mas as lágrimas não brotavam. Meus olhos, estranhamente, estavam secos. Pensei em matá-lo. Devia haver um jeito de acabar com a raça dele. Dentro de alguns anos eu poderia espancá-lo até a morte. Mas eu queria fazer isso agora. Ele era pouco mais que nada. Devo ter sido adotado. Me aplicou mais um golpe. A dor continuava lá, mas o medo que até então eu sentira havia desaparecido. A correia voltou a me acertar. O banheiro não mais ficava embaçado. Eu podia ver tudo claramente. Meu pai pareceu ter notado a diferença em mim e começou a golpear com mais força, vez após vez, e quanto mais ele batia menos eu sentia. Era quase como se ele estivesse na posição de vítima. Alguma coisa acontecera, alguma coisa mudara. Meu pai parou, ofegante, e ouvi quando ele depositou a correia no lugar. Foi saindo porta afora. Voltei-me.

– Ei – eu disse.

Meu pai se virou e ficou me olhando.

– Bata mais um pouco – eu disse –, se isso faz com que você se sinta melhor.

– Nunca mais *ouse* falar comigo desse jeito!

Olhei para ele. Vi dobras de carne embaixo do seu queixo e ao redor de seu pescoço. Vi tristes rugas e vincos. Seu rosto – rosado e cansado – era uma massa disforme. Estava de camiseta, e sua barriga aparecia abaixo da barra. Os olhos já não continham mais fúria. Mirava o infinito, e nossos olhares já não se cruzavam. Algo tinha acontecido. As toalhas de banho sabiam disso, como também a cortina do chuveiro, o espelho, a banheira e a privada. Meu pai se virou e saiu. Ele sabia. Foi a última surra que levei. Dele.

## 28

O tempo do colégio passou com rapidez suficiente. Por volta da oitava série, indo para a nona, comecei a ter acne. Muitos dos caras tinham esse problema, mas não no mesmo grau que eu. Meu caso era realmente terrível. Era o mais grave em toda a cidade. Eu tinha espinhas e erupções por toda a face, costas, todo pescoço e um pouco no peito. Isto aconteceu no exato momento em que eu começava a ser aceito como um cara durão e um líder. Eu continuava durão, mas não era a mesma coisa. Tive que me retirar. Observava as pessoas à distância, como numa peça de teatro. Apenas eles estavam no palco, e eu era plateia de um homem só. Eu sempre tivera problema com as garotas, mas agora, coberto de acnes, eu estava condenado. As garotas ficaram mais distantes do que nunca. Algumas delas eram verdadeiramente belas – seus vestidos, seus cabelos, seus olhos, o jeito como se moviam. Simplesmente caminhar rua abaixo durante uma tarde com uma delas, você sabe, falando qualquer coisa sobre qualquer assunto, creio que isso teria me feito sentir bastante bem.

Além disso, havia algo em mim que continuava sendo fonte de constantes problemas. A maioria dos professores não gostava ou não confiava em mim, especialmente as professoras. Nunca disse nada fora do convencional, mas alegavam que se tratava da minha "atitude". Era algo relacionado com o modo como eu sentava com desleixo na cadeira e também meu "tom de voz". Eu era frequentemente acusado de estar "escarnecendo", embora eu não tivesse consciência disso. Constantemente, me faziam ficar do lado de fora da sala, de pé, no corredor, ou me mandavam para a sala da direção. O diretor sempre fazia a mesma coisa. Ele tinha uma cabine telefônica em sua sala. Obrigava-me a ficar de pé dentro da cabine e a fechava. Passei muitas horas dentro daquela cabine. A única coisa que havia para ler ali dentro era a *Ladies Home Journal**. Era tortura deliberada. De qualquer forma, eu acabava lendo as revistas. Tinha que ler cada novo número. Eu esperava que talvez pudesse aprender alguma coisa sobre as mulheres.

Eu devia ter uns cinco mil deméritos acumulados à época da graduação, mas isso não teve importância. Queriam se livrar de mim. Eu estava de pé do lado de fora, na fila que entrava no auditório ao ritmo de um por vez. Todos nós estávamos com a toga e o barrete vagabundos que já tinham atravessado gerações e gerações de formandos antes de nós. Podíamos ouvir o nome de cada pessoa à medida que ela entrava no palco. Estavam transformando nossa graduação numa maldita comédia. A banda tocou o hino do colégio:

> *Ó, Mt. Justin, Ó, Mt. Justin*
> *Nós seremos leais*
> *Nossos corações cantam fervorosos*
> *A certeza de amanhãs celestiais...*

Ficamos alinhados, cada qual esperando sua hora de marchar pelo palco. Na plateia estavam nossos pais e amigos.
– Estou quase vomitando – disse um dos caras.
– Saímos de uma merda para nos metermos em outra – disse um segundo.
As garotas pareciam encarar a coisa com maior seriedade. Era por isso que não se podia confiar nelas. Pareciam compactuar com as coisas erradas. Elas e o colégio pareciam cantar em uníssono o mesmo hino.

---

* Fundada em 1883, continua até hoje em circulação, com utilidades e informações para o lar. O título da publicação em português seria algo como "Revista da Dona de Casa". (N.T.)

– Esse negócio me deixa deprimido – disse um dos caras. – Queria fumar um cigarro.
– Aqui tem um...

Um dos outros caras lhe alcançou um cigarro. Nós o passamos, éramos quatro ou cinco. Dei uma tragada e exalei a fumaça pelo nariz. Então vi Curly Wagner se aproximar.

– Apaguem o cigarro! – eu disse. – Aí vem o cabeça de vômito!

Wagner caminhou reto na minha direção. Usava o seu abrigo cinza, incluindo a camiseta, exatamente como eu o vira da primeira vez e em todas as oportunidades seguintes. Parou na minha frente.

– Escute – ele disse –, se você acha que está se livrando de mim porque está saindo daqui está muito enganado! Vou seguir você pelo resto da vida. Vou seguir você até os confins da Terra e vou pegá-lo!

Simplesmente o encarei, sem nenhum comentário, e ele se afastou. O discursinho de Wagner serviu para aumentar meu prestígio entre os rapazes. Pensaram que eu tinha feito algo realmente diabólico para deixá-lo tão irritado. Mas não era verdade. Wagner era simplesmente maluco.

Nos aproximávamos cada vez mais da porta do auditório. Não só podíamos ouvir cada nome que era pronunciado e os aplausos na sequência, mas também víamos a plateia. Então, chegou a minha vez.

– Henry Chinaski – o diretor disse ao microfone.

E avancei. Não houve nenhum aplauso. Então uma alma gentil na plateia bateu duas ou três palmas.

Havia algumas filas de cadeiras dispostas no palco para a turma que se graduava. Sentamos lá e esperamos. O diretor fez o seu discurso sobre a América ser a terra das oportunidades e do sucesso. Então tudo acabou. A banda atacou novamente o hino do colégio Mt. Justin. Os estudantes e seus pais e seus amigos se ergueram e se congregaram. Andei por ali, procurando. Meus pais não estavam lá. Quis ter certeza. Dei mais uma volta, procurando com afinco.

Estava tudo bem. Um cara durão não precisava dessas coisas. Tirei o barrete e a toga e o alcancei ao cara no fim do corredor – o porteiro. Guardou as peças para a próxima formatura.

Ganhei a rua. O primeiro a sair. Mas para onde eu poderia ir? Tinha onze centavos no bolso. Segui de volta para o lugar em que eu vivia.

## 29

Naquele verão, julho de 1934, metralharam John Dillinger na saída de um cinema em Chicago. Ele não teve nenhuma chance. A Dama de Vermelho* o alcaguetou. Mais de um ano atrás o sistema bancário havia entrado em colapso. A Lei Seca tinha sido revogada, e meu pai pôde voltar a beber a cerveja Eastside. Mas o pior de tudo foi Dillinger ter sido pego. Muitas pessoas o admiravam, e sua morte causou grande comoção. Roosevelt era o presidente. Ele mantinha um programa no rádio em que conversava informalmente e todos escutavam. Realmente sabia falar. E ele começou a criar programas de trabalho para as pessoas. Mas as coisas continuavam muito ruins. E minhas espinhas pioraram, tornando-se descomunais.

Naquele mês de setembro eu fui designado para a escola de ensino médio Woodheaven, mas meu pai insistiu para que eu fosse para a Chelsey.

– Olhe – eu disse –, Chelsey fica em outro bairro. É muito longe.

– Você vai fazer o que estou mandando. Vai se matricular na Chelsey.

---

\* Alcunha de Anna Sage, uma cafetina que, sob ameaça de deportação, negociou com o agente Melvin Purvis do FBI a emboscada contra Dillinger em frente ao cinema. Apesar do sucesso do plano, Anna acabou sendo deportada para a Romênia, seu país de origem. A figura da Dama de Vermelho acabou se tornando, na época, símbolo de traição. (N.T.)

Eu sabia por que meu pai desejava que eu fosse para Chelsey. As famílias ricas botavam seus filhos lá. Meu pai era louco. Continuava com o sonho de ser rico. Quando Carequinha descobriu que eu estava indo para Chelsey, decidiu ir para lá também. Não conseguia me livrar dele nem das minhas espinhas.

No primeiro dia, seguimos de bicicleta até Chelsey e as estacionamos. Era uma sensação horrível. Boa parte dos garotos, pelo menos os mais velhos, tinham seus próprios automóveis, muitos deles conversíveis novinhos, e eles não eram pretos ou azul-marinho como os carros normais, eram de cores vibrantes: amarelo, verde, laranja e vermelho. Os caras sentavam ali, do lado de fora da escola, e as garotas se juntavam ao redor deles, loucas por uma carona. Todos se vestiam bem, os garotos e as garotas, usavam pulôveres, relógios de pulso e sapatos bacanas. Pareciam bastante maduros e tinham um ar de superioridade. E lá estava eu, minha camisa feita em casa, meu único par de calças totalmente surrado, meus sapatos esbodegados e coberto de espinhas. Os caras em seus carros não se preocupavam com acne. Eles eram muito elegantes, altos e limpos, seus dentes brilhavam e seus cabelos não eram lavados com sabonete. Eles pareciam saber algo que me era inacessível. Mais uma vez, eu estava por baixo.

E uma vez que todos os caras tinham carros, Carequinha e eu nos envergonhávamos de nossas bicicletas. Acabamos por deixá-las em casa, indo e voltando a pé da escola, uma distância de quatro quilômetros na ida e outros quatro na volta. Carregávamos lancheiras marrons. Mas a maioria dos estudantes sequer comia na cafeteria da escola. Iam junto com as garotas até alguma lanchonete, colocavam as vitrolas para tocar e riam à vontade. Estavam a caminho da Universidade do Sul da Califórnia.

Eu tinha vergonha das minhas espinhas. Em Chelsey você podia escolher entre fazer educação física ou fazer o

R.O.T.C.*. Escolhi o R.O.T.C. para não ter que usar um abrigo de ginástica que permitiria que todos vissem as espinhas que me cobriam o corpo. Mas eu odiava o uniforme. A camiseta era de lã, o que irritava minhas feridas. Usávamos o uniforme de segunda a quinta. Na sexta, deixavam que usássemos nossas roupas normais.

Estudávamos o Manual do Exército. Era sobre atividades militares e outras merdas desse tipo. Marchávamos ao redor do campo. Praticávamos o que estava no Manual. Segurar o rifle durante os vários exercícios era terrível para mim. Eu tinha espinhas nos ombros. Algumas vezes, quando batia o rifle contra o meu ombro, uma espinha estourava e escorria pela minha camiseta. Saía sangue, mas como a camiseta era grossa e feita de lã, a mancha não ficava visível e não se parecia com sangue.

Falei para minha mãe o que estava acontecendo. Ela costurou nos ombros um forro com tecido de algodão, mas isso só melhorou um pouquinho minha situação.

Uma vez um oficial veio fazer uma inspeção. Tomou o rifle das minhas mãos e o segurou, examinando o cano à procura de pó na parte interna do calibre. Atirou a arma de volta para mim, e então olhou para uma marca de sangue no meu ombro direito.

– Chinaski! – gritou. – Seu rifle está com um vazamento de óleo.

– Sim, senhor.

Concluí o trimestre, mas minhas espinhas tinham piorado ainda mais. Elas eram do tamanho de nozes e cobriam minha face. Eu sentia muita vergonha. Algumas vezes, em casa, eu parava em frente ao espelho do banheiro e estourava uma das espinhas. Pus amarelo espirrava no espelho. E então saía um pequeno caroço branco. De um ponto de vista escatológico, era fascinante que toda aquela porcaria pudesse caber ali dentro. Mas eu sabia como era difícil para as pessoas terem que me olhar.

---

* Reserve Officer Training Corps. Órgão do exército bastante semelhante ao nosso C.P.O.R. (N.T.)

A escola deve ter alertado meu pai. Ao final daquele trimestre, fui retirado da escola. Fiquei de cama e meus pais me cobriram de unguentos. Tinha uma pomada marrom que fedia. Era a preferida de meu pai. Queimava. Ele insistia para que eu a mantivesse no corpo, muito tempo além do que a bula indicava. Certa noite ele insistiu para que eu a deixasse agir por horas. Comecei a gritar. Corri para a banheira, enchia-a de água e removi a pomada, com dificuldade. Eu estava queimado no rosto, nas costas e no peito. Naquela noite me sentei na beirada da cama. Eu não conseguia me deitar.

Meu pai entrou no quarto.

– Acho que eu te disse para ficar com a pomada!

– Olhe o que aconteceu – eu falei.

Minha mãe entrou no quarto.

– Esse filho da puta não *quer* se curar – meu pai disse a ela. – O que foi que eu fiz para merecer um filho como esse?

Minha mãe perdeu o emprego. Meu pai continuava saindo todas as manhãs de carro como se estivesse indo trabalhar.

– Sou engenheiro – ele dizia às pessoas. Seu sonho era ter sido engenheiro.

Deu-se um jeito para que eu fosse internado no Hospital Geral do Condado de Los Angeles. Recebi um cartão branco comprido. Peguei o cartão e tomei o bonde da linha 7. A passagem custava sete centavos (ou quatro passes por um quarto de dólar). Guardei meu passe e fui me sentar no fundo. Tinha uma consulta às oito e meia.

Algumas quadras depois um garotinho e uma mulher entraram no bonde. A mulher era gorda, e o garotinho devia ter uns quatro anos de idade. Sentaram-se no banco atrás de mim. Olhei pela janela. Seguimos. Gostava da linha 7. Ia em alta velocidade e balançava bastante enquanto lá fora o sol brilhava.

— Mamãe — ouvi o garotinho perguntar —, o que há de *errado* no rosto daquele homem?

A mulher não respondeu.

O garoto voltou a fazer a mesma pergunta.

Ela não respondeu.

Então o garoto gritou:

— *Mamãe! O que há de errado no rosto daquele homem?*

— Cale a boca! Não sei o que há de errado com o rosto dele.

Dirigi-me à recepção do hospital e eles me encaminharam para o quarto andar. Lá, a enfermeira sentada à mesa anotou meu nome e me disse para eu esperar sentado. Ficávamos em duas longas filas de cadeiras verdes de metal, uma de frente para a outra. Mexicanos, brancos e negros. Não havia orientais. Não havia nada para ler. Alguns dos pacientes tinham jornais velhos. Havia pessoas de todas as idades, magras e gordas, velhas e jovens. Ninguém falava. Todos pareciam cansados. Os auxiliares passavam de lá para cá, de vez em quando se via uma enfermeira, mas nunca um médico. Passou-se uma hora, depois duas. Ninguém havia sido chamado. Levantei-me à procura de um bebedor. Olhei para as pequenas salas onde as pessoas seriam examinadas. Não havia ninguém em nenhuma delas, nem médicos, nem pacientes.

Fui até a mesa da enfermeira. Ela examinava um livro grosso, cheio de nomes escritos a mão. O telefone tocou. Ela atendeu.

— O dr. Menen ainda não chegou — e desligou.

— Com licença — eu disse.

— Sim? — perguntou a enfermeira.

— Os médicos ainda não chegaram. Posso voltar mais tarde?

— Não.

— Mas não há ninguém aqui.

— Os médicos estão atendendo.

– Mas eu tinha uma consulta às oito e meia.
– Todos aqui estão marcados para as oito e meia.
Havia entre 45 e 50 pessoas esperando.
– Já que estou na lista de espera, que tal se eu voltar daqui a algumas horas, talvez alguns médicos estejam aqui então.
– Se você sair agora, perderá automaticamente a sua consulta. Terá que retornar amanhã, se ainda quiser receber um tratamento.

Voltei até onde estavam as cadeiras e me sentei. Os outros não protestavam. Havia muito pouco movimento. Vez ou outra, duas ou três enfermeiras passavam caminhando e rindo. Noutra oportunidade, empurravam um homem numa cadeira de rodas. Suas pernas estavam completamente enfaixadas e sua orelha, no lado em que pude ver quando passou, havia sido arrancada. Havia um buraco negro, dividido em pequenas seções, e era como se uma aranha tivesse entrado ali e tecido sua teia. Horas se passaram. A hora do almoço veio e se foi. Outra hora passou. E então mais duas. Nós sentados, esperando. Então alguém disse:

– Lá vem um médico!

O médico entrou numa das salinhas e fechou a porta. Ficamos na expectativa. Nada. Uma enfermeira entrou. Escutamos uma risada. Então ela saiu. Cinco minutos. Dez minutos. O médico saiu com uma prancheta na mão.

– Martinez? – o médico chamou. – José Martinez?

Um mexicano, velho e magro, ficou de pé e caminhou na direção do médico.

– Martinez? Martinez, meu velho, como você está?
– Mal, doutor... Acho que vou morrer...
– Bem, agora... entre aqui...

Martinez ficou muito tempo lá dentro. Peguei um jornal que alguém havia deixado e tentei lê-lo. Mas todos pensávamos no destino de Martinez. Se Martinez chegasse um dia a sair dali, o próximo seria chamado.

Então Martinez gritou.

– AHHHHH! AHHHHH! PARE! PARE! AHHHH! TENHA PIEDADE! POR DEUS! PARE, POR FAVOR!

– Calma, calma, não é para tanto... – disse o médico.

Martinez voltou a gritar. Uma enfermeira entrou na salinha. Houve silêncio. Tudo que podíamos ver era a sombra da porta entreaberta. Então um auxiliar também correu para lá. Martinez emitiu um som que parecia um gorgulho. Foi removido numa cama com rodinhas. A enfermeira e o auxiliar o empurraram pelo corredor, fazendo-o passar por uma porta de vaivém. Martinez estava coberto por um lençol, mas ele não estava morto, pois o tecido não lhe cobria o rosto.

O médico ficou na sua sala por mais uns dez minutos. Então saiu com a prancheta.

– Jeferson Williams? – ele perguntou.

Não houve resposta.

– Jeferson Williams está aí?

Não houve reação.

– Mary Blackthorne?

Não houve resposta.

– Harry Lewis?

– Sim, doutor?

– Venha, por favor...

As consultas progrediam muito devagar. O médico examinou mais cinco pacientes. Então deixou a sala, parou junto à mesa da enfermeira, acendeu um cigarro e falou com ela por uns quinze minutos. Parecia ser um homem muito inteligente. Tinha um tique no lado direito da face, que ficava se contraindo. Seu cabelo era ruivo com algumas mechas grisalhas. Usava óculos que ficava pondo e tirando o tempo todo. Outra enfermeira apareceu e lhe serviu uma xícara de café. Tomou um gole, e então, segurando o café numa das mãos, com a outra empurrou a porta vaivém e desapareceu.

A enfermeira se levantou da mesa com nossos longos cartões brancos e chamou por nossos nomes. À medida que íamos respondendo, ela nos devolvia os cartões.

– O expediente de hoje terminou. Por favor, retornem amanhã, se quiserem. O horário de sua consulta está marcado no cartão.

Olhei para o meu. Estava escrito oito e meia da manhã.

## 30

Tive sorte no dia seguinte. Chamaram meu nome. Era um médico diferente. Tirei minha roupa. Ele voltou para mim uma luz quente e branca e me examinou. Eu estava sentado na beira da cama.

– Hummm, hmmmm – ele disse –, uh huh...

Fiquei sentado ali.

– Há quanto tempo você tem isso?

– Há dois anos. Vem piorando cada vez mais.

– Ah-hã.

Continuou examinando.

– Agora, deite-se com a barriga para baixo. Volto logo.

Alguns momentos passaram e subitamente a sala estava cheia de pessoas. Eram todos médicos. Pelo menos pareciam e falavam como médicos. De onde eles tinham vindo? Eu tinha pensado que quase não havia médicos no Hospital Geral do Condado de Los Angeles.

– Acne vulgaris. O pior caso que já vi em todos os meus anos de prática!

– Fantástico!

– Incrível!

– Olhem só o rosto!

– O pescoço!

– Acabei de examinar uma jovem com acne vulgaris. Suas costas estavam cobertas. Ela chorava. Sabem o que me disse: "Como vou conseguir arranjar um homem? Minhas costas ficarão marcadas para sempre. Quero me matar!".

E agora veja só *esse* camarada! Se ela pudesse vê-lo, saberia que realmente não tem nada do que reclamar!

Seu puto imbecil, pensei, não percebe que posso ouvir o que você está dizendo? Como será que um homem chega a médico? Será que eles aceitam qualquer um?

– Ele está dormindo?
– Por quê?
– Parece bastante tranquilo.
– Não, não acho que ele esteja dormindo. Você está dormindo, meu garoto?
– Sim.

Continuaram movendo a luz quente e branca sobre diversas partes do meu corpo.

– Vire-se.
– Olhem, há lesões dentro da boca!
– Bem, como vamos tratar isso?
– A agulha elétrica, acho...
– Sim, claro, a agulha elétrica.
– Sim, a agulha.

Estava decidido.

## 31

No dia seguinte, me sentei na minha cadeira verde de metal no saguão, esperando ser chamado. Na minha frente estava sentado um homem que parecia ter algo de errado no nariz. Estava muito vermelho e muito machucado e muito inchado e era descomunal e parecia estar crescendo sobre si mesmo. Dava para ver onde uma seção crescia sobre a outra. Alguma coisa devia ter irritado o nariz daquele homem, e agora ele começara a crescer. Eu olhava para o nariz e então tentava desviar a vista. Não queria que o homem percebesse que eu o estava olhando. Sabia muito bem qual era a sensação de ser observado. Mas o homem parecia levar a coisa numa boa. Ele era gordo e ficou sentado ali, quase dormindo.

Eles o chamaram primeiro.
– Sr. Sleeth?
Mexeu-se um pouco na cadeira.
– Sleeth? Richard Sleeth?
– Ahn? Sim, estou aqui...
Ele se ergueu e caminhou em direção ao médico.
– Como está se sentindo hoje, sr. Sleeth?
– Bem... está tudo certo...
Seguiu o médico até a sala de exames.

Fui chamado uma hora depois. Segui o médico por entre umas portas de vaivém e entrei em outra sala. Era maior do que a sala de exames. Disseram para eu tirar a roupa e sentar em uma mesa. O médico olhou para mim.
– Seu caso é realmente grave, não?
– Sim.
Furou uma das espinhas nas minhas costas.
– Doeu?
– Sim.
– Bem – ele disse –, tentaremos drenar essas espinhas.
Escutei ele ligar a máquina. Emitia um som sibilante. Podia sentir o cheiro do óleo esquentando.
– Pronto? – ele perguntou.
– Sim.
Enfiou a agulha elétrica nas minhas costas. Eu estava sendo perfurado. A dor era imensa. Suficiente para encher a sala. Sentia o sangue escorrer pelas minhas costas. Então ele retirou a agulha.
– Agora vamos para a próxima – disse o médico.
Voltou a me cravar a agulha. Então a retirou e cravou numa terceira espinha. Dois outros homens haviam entrado e estavam parados, assistindo a tudo. Provavelmente eram médicos. Mais uma agulhada.
– Nunca vi ninguém aguentar as agulhadas dessa maneira – disse um dos homens.
– Ele não demonstra nenhuma dor – disse o outro.

– Por que vocês não vão beliscar o rabo de alguma enfermeira, rapazes? – perguntei a eles.

– Escute, filho, você não pode falar com a gente dessa maneira!

A agulha me perfurou novamente. Não respondi.

– O garoto está evidentemente muito amargurado...

– Claro, só pode ser isso.

Os homens saíram.

– Os dois são ótimos profissionais – disse o meu médico. – Não é bom que você abuse deles.

– Apenas continue com a furação – falei.

Foi o que ele fez. A agulha ficou muito quente, mas ele continuou, sem parar. Perfurou minhas costas por completo, então passou ao meu peito. Então me estiquei e ele perfurou meu pescoço e minha face.

Uma enfermeira entrou e recebeu instruções.

– Agora, srta. Ackerman, quero estas... pústulas... totalmente drenadas. E quando começar a sair sangue, continue apertando. Quero uma drenagem completa.

– Sim, dr. Grundy.

– E, depois disso, leve-o até a máquina de raios ultravioleta. Dois minutos de exposição em cada lado, para começar...

– Sim, dr. Grundy.

Segui a srta. Ackerman até uma outra sala. Ela me disse para deitar sobre uma mesa. Ela pegou uma gaze e começou a espremer a primeira espinha.

– Dói?

– Está tudo certo.

– Pobre garoto...

– Não se preocupe. Lamento que você tenha que fazer isso.

– Pobre garoto...

A srta. Ackerman foi a primeira pessoa a sentir por mim alguma simpatia. Era estranho. Ela era uma enfermeira gorduchinha recém-entrada na casa dos trinta.

– Você vai à escola?

– Não, eles tiveram que me afastar.

A srta. Ackerman continuava espremendo enquanto falava.

– O que você faz durante o dia?

– Fico deitado na cama.

– Deve ser horrível.

– Não, é legal. Eu gosto.

– Está doendo?

– Vá em frente. Está tudo bem.

– Como pode ser legal ficar o dia inteiro deitado numa cama?

– É que aí não preciso ver ninguém.

– E isso o agrada?

– Oh, sim.

– O que você faz o dia inteiro?

– Uma boa parte passo ouvindo rádio.

– O que você gosta de ouvir?

– Música. E pessoas falando.

– Você pensa em garotas?

– Claro. Mas isso está fora de cogitação.

– Não devia pensar assim.

– Eu faço planilhas com os horários dos aviões que passam sobre minha casa. Eles vêm sempre na mesma hora do dia. Tenho cada um anotado. Sei, por exemplo, que um deles vai passar às onze e quinze. Por volta das onze e dez, fico esperando o som do motor. Fico atento para o primeiro ruído perceptível. Às vezes imagino que o ouvi, outras vezes fico em dúvida, mas logo o som se faz presente, vem se aproximando. E o som fica mais forte. Então, às onze e quinze, o avião passa sobre a casa, e o som fica mais alto do que nunca.

– Você faz isso todos os dias?

– Não quando venho aqui.

– Vire-se – disse a srta. Ackerman.

Obedeci. Então, numa sala contígua à nossa, um

homem começou a gritar. O sujeito fazia um grande estardalhaço.

– O que estão fazendo com ele? – perguntei à srta. Ackerman.

– Ele está no chuveiro.

– E isso faz com que ele grite desse jeito?

– Sim.

– Estou muito pior do que ele.

– Não, não está.

Eu gostava da srta. Ackerman. Dei uma olhada nela. Seu rosto era redondo, não era muito bonita, mas usava seu gorro de enfermeira de uma forma atrevida e tinha grandes olhos castanhos. Eram os olhos. Enquanto ela embolava as gazes para jogá-las no lixo eu acompanhava o seu caminhar. Bem, ela estava longe de ser uma srta. Gredis, e eu já havia visto outras mulheres muito mais bonitas, mas havia algo excitante nela. Ela não estava pensando constantemente em ser feminina.

– Assim que eu terminar de drenar seu rosto – ela disse –, vou colocá-lo na máquina de raios ultravioleta.

O aparelho emitia um zumbido. Era tranquilo. O som provavelmente era produzido pelo *timer*, ou pelo refletor de metal na lâmpada de aquecimento. Era reconfortante e relaxante, mas quando comecei a pensar no que aquilo significava, cheguei à conclusão de que tudo o que estavam fazendo por mim era inútil. Percebi que na melhor das hipóteses as agulhas me deixariam com cicatrizes para o resto da vida. Isto era realmente terrível, mas não era a minha principal fonte de preocupação. O que eu tinha em mente era o fato de que eles não sabiam o que fazer comigo. Podia sentir isso quando eles discutiam e no modo como atuavam. Hesitavam, sentiam-se desconfortáveis, muitas vezes profundamente desinteressados e aborrecidos. Por fim, não importava o que iriam fazer. Eles apenas tinham que fazer algo – qualquer coisa –, pois não fazer nada seria uma atitude antiprofissional.

Eles experimentavam nos pobres e se funcionasse usariam para tratar os ricos. E se a experiência falhasse, continuaria havendo ainda muitos pobres para servir de cobaias.

A máquina assinalou que dois minutos haviam passado. A srta. Ackerman apareceu, disse para que eu me virasse, reajustou a máquina e depois saiu. Ela era a pessoa mais gentil que eu conhecera em oito anos.

## 32

As agulhadas e as espremidas continuaram por semanas, mas os resultados foram pífios. Quando uma espinha desaparecia, outra despontava. Eu normalmente ficava na frente do espelho, sozinho, me perguntando qual era o limite de feiura que uma pessoa podia atingir. Olhava para o meu rosto, desesperançado, e então passava a examinar as espinhas nas minhas costas. Era aterrador. Não era de espantar que as pessoas ficassem me olhando, não era à toa que me diziam grosserias. Não era um simples caso de acne juvenil. Minhas espinhas pareciam vulcões, inflamadas, imensas, cheias de pus. Sentia-me uma espécie de escolhido, como se eu tivesse sido *selecionado* para ser desse jeito. Meus pais nunca falavam comigo sobre minha condição. Eles ainda estavam vivendo do seguro-desemprego. Minha mãe saía todas as manhãs à procura de trabalho e meu pai continuava com a farsa do carro. Aos sábados, as pessoas vivendo da previdência recebiam alimentos gratuitos nos mercados, principalmente comida enlatada. Quase sempre, por alguma razão obscura, eram latas de picadinho de carne. Comíamos muito picadinho. E sanduíches à bolonhesa. E batatas. Minha mãe aprendeu a fazer panquecas de batata. Todos os sábados, quando iam buscar a comida gratuita, meus pais não iam ao mercado mais próximo porque tinham medo de que algum vizinho os visse e descobrisse que eles estavam desempregados. Assim, caminhavam três quilômetros pela avenida Washington até uma loja passando duas quadras de Crenshaw. Era uma longa caminhada. Percorriam a longa distância de volta suando, carregando as sacolas cheias de picadinho enlatado e batatas e molho à bolonhesa e cenouras. Meu pai não ia de carro porque queria economizar a gasolina. Precisava poupá-la para dirigir até o seu serviço invisível. Os outros pais não agiam dessa forma. Eles apenas se sentavam em silêncio em suas varandas ou jogavam ferraduras nos terrenos vazios.

O médico me deu uma substância branca para aplicar no rosto. Ela secava e formava uma crosta sobre as espinhas, fazendo com que eu parecesse engessado. A substância não parecia ajudar. Eu ficava sozinho em casa durante as tardes, aplicando-a sobre meu corpo e minha face. Eu estava de pé, de cueca, tentando alcançar as áreas infectadas nas minhas costas com a mão quando ouvi vozes. Eram Carequinha e seu amigo Jimmy Hatcher. Jimmy era um cara de boa aparência e metido a espertinho.

– Henry! – ouvi o Carequinha chamar. Escutei ele conversando com Jimmy. Então ele entrou na varanda e bateu na porta.

– Ei, Hank, é o Carequinha! Abra duma vez!

Seu cretino desgraçado, pensei, será que você não entende que não quero ver ninguém?

– Hank! Hank! Somos nós, Carequinha e Jim!

Seguiu batendo na porta da frente.

Ouvi-o dizer para Jim:

– Escute, eu vi ele! Caminhando lá dentro!

– Ele não responde.

– É melhor entrarmos. Talvez ele esteja com algum problema.

Seu idiota, pensei, eu o protegi. Protegi você quando ninguém dava a mínima para a sua existência. Agora, veja o que está me aprontando!

Eu não podia acreditar. Corri pelo corredor e me escondi dentro dum armário, deixando a porta ligeiramente entreaberta. Tinha certeza de que não entrariam na casa. Mas lá estavam eles. Eu tinha deixado a porta de trás aberta. Escutei os passos dos dois contornando a casa.

– Ele tem que estar aqui – disse o Carequinha. – Vi alguém se movendo por aqui...

Jesus Cristo, pensei, será que não tenho o direito de caminhar na minha própria casa?

Eu estava agachado dentro do armário, no escuro. Sabia que não podia deixá-los me encontrar ali.

Escancarei a porta e saltei para fora. Vi os dois parados na sala da frente. Corri até lá.

– DEEM O FORA DAQUI, SEUS FILHOS DA PUTA!

Eles me olharam.

– DEEM O FORA DAQUI! VOCÊS NÃO TÊM O DIREITO DE ESTAR AQUI DENTRO! DEEM O FORA ANTES QUE EU MATE VOCÊS!

Saíram correndo em direção à porta de trás.

– VÃO! NÃO PAREM OU MATO VOCÊS!

Ouvi quando eles correram pela entrada do carro e então pela calçada. Não queria mais vê-los. Fui até meu quarto e me estiquei na cama. Por que queriam me ver? O que poderiam fazer? Não havia nada a ser feito. Não havia nada a ser dito.

Dois dias depois, minha mãe não saiu à procura de emprego, e não era dia de eu ir até o Hospital Geral do Condado de Los Angeles. Assim, ficamos os dois juntos em casa. Isso não me agradou. Eu gostava de ter o lugar só para mim. Escutava-a se movendo pela casa e ficava em meu quarto. As espinhas estavam piores do que nunca. Cheguei meu mapa de voos. O da uma e vinte se aproximava. Comecei a ouvi-lo. Estava atrasado. Era uma e vinte e ele ainda não havia passado. Sobrevoou a casa com três minutos de atraso. Então escutei a campainha tocar e minha mãe abrir a porta.

– Emily, como você está?

– Olá, Katy, como vai você?

Era minha avó, a essas alturas já bem velhinha. Podia ouvi-las conversar, mas não conseguia distinguir o que estavam dizendo. Agradeci por isso. Conversaram por cinco ou dez minutos e então escutei os passos delas no corredor, vindo em direção ao meu quarto.

– Vou enterrar todos vocês – ouvi minha avó dizer. – Onde está o garoto?

A porta se abriu e minha avó ficou parada na soleira.

– Olá, Henry – ela disse.

Minha avó trazia uma bolsa enorme. Colocou-a sobre a cômoda e tirou de dentro dela um gigantesco crucifixo de prata.

– Sua avó está aqui para ajudá-lo, Henry... – disse minha mãe.

Vovó tinha mais verrugas do que nunca e estava mais gorda. Ela parecia invencível, como se fosse capaz de viver para sempre. Havia chegado a uma idade tão avançada que quase não fazia mais sentido que morresse.

– Henry – disse minha mãe –, deite-se de bruços.

Eu me virei e minha avó se inclinou sobre mim. Com o canto dos olhos a vi balançando o enorme crucifixo sobre o meu corpo. Eu havia rompido com a religião alguns anos atrás. Se houvesse alguma verdade por trás dela, era uma verdade que idiotizava as pessoas ou atraía as mais idiotas. E se por acaso a religião não contivesse em si verdade nenhuma, os tolos que nela acreditavam seriam então duplamente idiotas.

Ali, porém, se tratava de minha avó e de minha mãe. Resolvi ser condescendente. O crucifixo ia e vinha sobre minhas costas, sobre minhas feridas, sobre mim.

– Deus – rezava minha avó –, expulse o diabo do corpo desse pobre garoto! Veja só essas chagas! Elas me embrulham o estômago, Senhor! *Veja* bem! É o diabo, meu Deus, habitando o corpo deste garoto. Expulse o diabo do corpo dele, Senhor!

O que eu precisava era de um bom médico, pensei. O que havia de errado com essas mulheres? Por que elas não me deixavam em paz?

– Deus – disse minha avó –, por que o Senhor permite que o diabo habite o corpo deste garoto? Não está vendo, por acaso, como o capeta está gostando disso? Veja estas chagas, meu Senhor, estou prestes a vomitar só de olhá-las! Elas são vermelhas e monstruosas e estão cheias de pus!

– Expulse o diabo do corpo do meu menino – gritou minha mãe.

– Que Deus possa livrar-nos do mal! – gritou minha avó.

Ela pegou o crucifixo e cravou no meio das minhas costas, enfiando-o carne adentro. O sangue jorrou e pude senti-lo, primeiro quente e depois subitamente gelado. Me virei e sentei na cama.

– Mas que porra vocês estão fazendo?

– Estou fazendo um buraco para que o diabo possa ser extraído por Deus de seu corpo! – exclamou minha avó.

– Tudo bem – eu disse –, mas agora eu quero que vocês duas deem o fora daqui. E rápido! Estão entendendo?

– Ele está possuído! – disse minha avó.

– MAS QUE DIABO! TIREM OS RABOS DE VOCÊS DAQUI! – gritei.

Elas saíram, entre chocadas e desapontadas, fechando a porta às suas costas.

Fui até o banheiro, fiz um chumaço de papel higiênico e tentei estancar o sangramento. Tirei o papel das minhas costas e dei uma olhada. Estava empapado. Peguei mais papel e segurei ali por algum tempo. Então peguei iodo. Passava o remédio nas costas, tentando alcançar o local do machucado. Era difícil. Finalmente consegui. De qualquer modo, quem já ouviu falar de costas infeccionadas? Ou o cara vive ou o cara morre. As costas eram uma coisa que os idiotas nunca pensavam em amputar.

Caminhei de volta para o quarto e me deitei na cama, puxando as cobertas até o pescoço. Fiquei olhando para o teto enquanto falava com meus botões.

Tudo bem, Deus, digamos que Você esteja mesmo aí. Foi Você que me colocou nesta. Você queria me testar. E que tal se eu O testasse? E que tal se eu dissesse que Você não está aí? Você já me expôs ao teste supremo me dando esses pais e estas espinhas. Acho que passei no Seu teste. Sou mais durão do que Você. Se Você tivesse coragem de descer aqui, agora, eu cuspiria na Sua cara, se é que Você tem cara. E Você caga? O padre nunca respondeu a essa questão. Ele nos disse para não duvidarmos. Duvidar do quê? Acho que você já passou dos limites comigo, por isso, desafio-O a descer até aqui para que eu possa aplicar o meu teste em Você!

Esperei. Nada. Esperei por Deus. Esperei infinitamente. Acho que peguei no sono.

Nunca dormia de costas. Mas quando acordei, estava nessa posição e fiquei surpreso. Minhas pernas estavam dobradas e meus joelhos erguidos, dando às cobertas um aspecto de montanha. E quando olhei para essa montanha de cobertor, vi dois olhos me encarando. Eram olhos sombrios, negros, vazios... olhando para mim, encobertos por um capuz, um capuz negro e pontudo, como os usados pela Ku-Klux-Klan. Miravam-me fixamente, aqueles olhos negros e vazios, e não havia nada que eu pudesse fazer. Eu estava realmente apavorado. É Deus, pensei, mas Deus não podia ter aquela aparência.

Eu não podia parar de olhar. Não conseguia me mover. Aquilo simplesmente ficou me olhando a partir do monte que meus joelhos formavam no cobertor. Eu queria sair dali. Queria que *aquilo* desaparecesse. Seu aspecto era ameaçador e sombrio e eu podia sentir a sua força.

Pareceu ficar ali parado durante horas, só me encarando.

Então se foi...

Fiquei deitado pensando sobre o que tinha acontecido.

Não conseguia acreditar que aquilo pudesse ser Deus. Vestido daquela maneira. Devia ser um truque vagabundo.

Havia sido uma ilusão, obviamente.

Fiquei pensando no assunto por uns dez ou quinze minutos, então me ergui e fui pegar a pequena caixa marrom que minha avó me dera muitos anos atrás. Dentro dela havia pequenos rolos de papel com citações da Bíblia. Cada pequeno rolo ficava dentro de um compartimento próprio. Era esperado que o sujeito fizesse uma pergunta e então puxasse um dos rolinhos que supostamente conteria a resposta desejada àquela questão. Eu já tinha tentado utilizar a caixinha anteriormente, e não me tinha sido de nenhuma utilidade. Agora, tentei novamente. Perguntei à caixa marrom:

– Qual o significado do que aconteceu? O que eram aqueles olhos?

Puxei um dos papeizinhos e o desenrolei. Era muito pequeno e difícil de manusear. Ao conseguir desenrolá-lo, li:

DEUS O ABANDONOU.

Enrolei o papelzinho e o pus de volta em seu compartimento na caixa marrom. Não podia acreditar naquilo. Voltei para a cama e fiquei pensando. Era simples demais, cru demais. Não dava para acreditar. Pensei em me masturbar para voltar à realidade. Continuava sem poder acreditar. Fiquei de pé e comecei a desenrolar todos os papeizinhos da caixa marrom. Procurava por aquele que dizia DEUS O ABANDONOU. Desenrolei todos. Nenhum deles trazia aquela mensagem. Li um por um e nenhum dizia aquilo. Enrolei todos novamente e os coloquei em seus compartimentos dentro da pequena caixa marrom.

Enquanto isso, minhas espinhas pioravam. Continuava tomando o bonde da linha 7 em direção ao Hospital Geral do Condado de Los Angeles e comecei a me apaixonar pela srta. Ackerman, a enfermeira que me espremia. Ela nunca soube como cada pontada de dor fortalecia minha coragem para prosseguir. Apesar do horror de tanto sangue e tanto pus, ela sempre se mantinha gentil e humana. O amor que eu lhe devotava não era de natureza sexual. Só desejava que ela me envolvesse na brancura de sua roupa engomada e que juntos pudéssemos desaparecer para sempre da face da Terra. Mas ela nunca me aninhou em seu colo. Lembrava-me apenas da próxima consulta.

## 33

A máquina de raios ultravioleta emitiu um clique e se apagou. Eu havia recebido tratamento nos dois lados. Retirei os óculos protetores e comecei a me vestir. A srta. Ackerman entrou na sala.

– Ainda não – ela disse –, fique sem roupa.

O que ela ia fazer comigo?, pensei.

– Sente-se na ponta da mesa.

Sentei-me ali e ela começou a esfregar um unguento no meu rosto. Era uma substância grossa e com textura semelhante à de manteiga.

– Os médicos decidiram tentar um novo tratamento. Vamos enfaixar seu rosto para tornar a drenagem mais efetiva.

– Srta. Ackerman, o que aconteceu com o homem do nariz grande? O nariz continuou crescendo?

– O sr. Sleeth?

– O homem do narigão.

– Era o sr. Sleeth.

– Não o vejo mais por aqui. Ele conseguiu se curar?

– Morreu.

– Você quer dizer que ele morreu por causa do nariz?

– Suicídio.

A srta. Ackerman continuou a aplicar o unguento.

Então escutei um homem gritar na sala ao lado:

– *Joe, cadê você? Joe, você disse que voltaria! Joe, cadê você?*

A voz era alta e muito triste, cheia de agonia.

– Ele fez isso durante todas as tardes desta semana – disse a srta. Ackerman – e nada do Joe aparecer para buscá-lo.

– Eles podem ajudá-lo?

– Não sei. Finalmente ficaram quietos. Agora ponha o dedo aqui e segure esta gaze enquanto eu o enfaixo. Isso. Assim. É isso. Pode tirar o dedo. Muito bem.

– *Joe, Joe, você disse que ia voltar! Onde você está, Joe?*

– Agora segure também esta outra gaze. Isso. Segure bem. Vou enfaixar você bem direitinho! Isso. Falta só fazer os curativos.

Logo seu trabalho estava acabado.

– Ok, ponha suas roupas. Vejo você depois de amanhã. Até mais, Henry.

– Até mais, srta. Ackerman.

Pus uma roupa, deixei o quarto e caminhei pelo corredor. Havia um espelho junto à máquina de cigarros no saguão. Olhei para meu reflexo. Era genial. A minha cabeça estava inteiramente enfaixada. Eu estava todo branco. Não se podia ver nada além de meus olhos, minha boca e minhas orelhas, e alguns tufos de cabelo no topo da minha cabeça. Eu tinha sido *ocultado*. Era maravilhoso. Fiquei ali e acendi um cigarro, dei uma olhada no saguão. Alguns internos estavam sentados, lendo jornais e revistas. Senti-me extraordinário e também um pouco diabólico. Ninguém tinha a mais vaga ideia do que acontecera comigo. Um acidente de carro. Uma briga até a morte. Um assassinato. Fogo. Ninguém sabia.

Caminhei pelo saguão e para fora do prédio e fiquei plantado na calçada. Ainda podia ouvir:

– *Joe! Joe! Cadê você, Joe?*

Joe não ia vir. Não valia a pena confiar em nenhum outro ser humano. O que quer que fosse preciso para estabelecer essa confiança, não estava presente na humanidade.

Na volta, no bonde, sentei no fundo, fumando cigarros pelo buraco da boca em minha cabeça enfaixada. As pessoas me olhavam, mas eu não dava a mínima. Havia mais medo do que horror em seus olhos. Desejei permanecer assim para sempre.

Segui até o final da linha e desci. A tarde caía e fiquei na esquina da avenida Washington com a Westview, observando as pessoas. Os poucos que tinham emprego voltavam para casa após a jornada de trabalho. Logo meu pai chegaria de carro do seu falso emprego. Eu não tinha emprego e nem ia à escola. Eu não fazia nada. Estava enfaixado, parado numa esquina fumando um cigarro. Eu era um cara durão, um cara perigoso. Eu sabia das coisas. Sleeth tinha se suicidado. Eu não iria me suicidar. Preferia matar alguns deles. Levaria quatro ou cinco deles comigo. Ia mostrar para aquela corja o que significava me fazerem de palhaço.

Uma mulher veio andando pela rua em minha direção. Tinha pernas espetaculares. Primeiro, olhei diretamente em seus olhos e então me fixei em suas pernas. Assim que ela passou, fiquei olhando seu rabo, absorvendo cada detalhe daquele rabo maravilhoso, memorizando, guardando inclusive as costuras de suas meias de seda.

Jamais poderia ter feito isso sem minhas bandagens.

## 34

No dia seguinte, deitado na cama, cansei de esperar pelos aviões e encontrei um enorme caderno amarelo que deveria ter sido usado para as atividades do ensino médio. Estava em branco. Encontrei uma caneta. Fui para a cama com o caderno e a caneta. Fiz alguns desenhos. Desenhei mulheres usando saltos altos, com as pernas cruzadas e as saias erguidas.

Então comecei a escrever. Era sobre um aviador alemão durante a Primeira Guerra Mundial. Barão Von

Himmlen. Pilotava um Fokker vermelho. E não era popular entre seus colegas aviadores. Não falava com eles. Bebia sozinho e voava sozinho. Não ligava para mulheres, embora todas o amassem. Ele estava acima desse tipo de coisa. Tinha outras ocupações. Estava ocupado em abater aviões aliados. Já havia derrubado 110, e a guerra ainda nem tinha terminado. Seu Fokker vermelho, que ele chamava de "Pássaro da Morte de Outubro", era conhecido em todas as partes. Até mesmo os homens das tropas inimigas o conheciam porque frequentemente ele passava em voos rasantes sobre suas cabeças, enganando o fogo da artilharia e rindo, lançando-lhes garrafas de champanhe em pequenos paraquedas. O Barão Von Himmlen nunca era atacado por menos de cinco aviões aliados de cada vez. Era um homem muito feio, o rosto coberto de cicatrizes, mas se você olhasse para ele por um bom tempo acabaria por descobrir sua beleza – ela estava nos olhos, no seu estilo, na sua furiosa solidão.

Escrevi páginas e mais páginas sobre os encarniçados combates aéreos do Barão: sobre como ele derrubava três ou quatro aviões e voava de volta, seu Fokker vermelho em frangalhos. Ele aterrissava, saltava do avião ainda em movimento e seguia para o bar, onde pegava logo uma garrafa e se sentava sozinho, mandando as doses goela abaixo. Ninguém bebia como o Barão. Os outros apenas ficavam no bar a observá-lo. Certa vez, um dos outros pilotos disse:

– Qual é, Himmlen? Acha que é bom demais para se misturar com a gente?

Era Willie Schmidt, o maior e mais forte entre todos os caras da esquadrilha. O Barão engoliu seu drinque, ajeitou os óculos, se levantou e foi lentamente na direção de Willie, que continuava junto ao balcão. Os outros pilotos se afastaram.

– Jesus, o que você vai *fazer*? – perguntou Willie à medida que o Barão avançava.

O Barão continuou se aproximando de Willie, vagarosamente, sem responder.

– Jesus, Barão, eu estava apenas *brincando*! Juro pela minha mãe morta! Me escute, Barão... Barão... o inimigo está em *toda parte*! Barão!

O Barão soltou uma direita. Não deu nem para ver o golpe. Acertou em cheio o rosto de Willie, lançando-o sobre o balcão, derrubando-o completamente! Chocou-se contra o espelho do bar como uma bola de canhão, derrubando todas as garrafas de bebida. O Barão puxou um cigarro e o acendeu; caminhou, então, de volta para a mesa, sentou-se e serviu mais um drinque. Não voltaram a incomodar o Barão depois daquilo. Recolheram Willie, que tinha ficado atrás do balcão do bar, o rosto transformado numa massa disforme e ensanguentada.

O Barão continuava abatendo avião atrás de avião. Ninguém parecia entendê-lo e ninguém sabia como ele se tornara tão habilidoso com o Fokker vermelho, sem falar em suas outras peculiaridades. O modo como lutava. Ou o jeito gracioso que tinha ao caminhar. E assim ele seguia. Às vezes não contava com a sorte a seu lado. Um dia, após ter derrubado três aviões aliados, voando baixo sobre as linhas inimigas, foi atingido por um estilhaço, que lhe arrancou fora a mão direita à altura do pulso. Conseguiu, mesmo assim, levar o Fokker de volta à base. Daquele dia em diante, voava com uma mão de ferro no lugar da que havia perdido. Isso não afetou seu modo de voar. E seus colegas no bar se tornaram mais cautelosos do que nunca quando falavam com ele.

Muitas outras coisas aconteceram ao Barão depois disso. Duas vezes ele caiu entre linhas inimigas e se arrastou de volta até seu esquadrão, semimorto, atravessando arames farpados, explosões e projéteis do oponente. Muitas vezes, era dado como morto por seus camaradas. Certa vez, ele estava desaparecido há oito dias e os outros pilotos, sentados no bar, falavam sobre como ele havia sido um homem extraordinário. Quando se deram conta, lá estava o Barão na soleira da porta, com uma barba de oito dias, o uniforme rasgado e embarrado, os olhos vermelhos e lacrimosos, a mão de ferro brilhando sob a luz do bar. Ficou ali parado e disse:

– É bom que tenha algum uísque por aqui ou ponho esta maldita espelunca abaixo!

O Barão seguiu fazendo coisas mágicas. Metade do caderno havia sido preenchida com o Barão Von Himmlen. Fazia-me bem escrever sobre ele. Um homem precisava de alguém. Não tinha ninguém por perto, assim você precisava inventar uma pessoa, criar um homem do modo como ele *deveria* ser. Isso não era faz de conta ou enganação. A outra alternativa sim é que era faz de conta e enganação: viver sua vida sem um homem desses por perto.

## 35

As bandagens ajudaram. O Hospital Geral do Condado de Los Angeles finalmente conseguira alguma coisa. As espinhas secaram. Elas não haviam desaparecido, mas diminuíram um pouco de tamanho. Ainda assim, novas surgiriam, erguendo-se outra vez. Novamente me furaram e me enfaixaram.

Minhas sessões de drenagem eram intermináveis. Trinta e duas, trinta e seis, trinta e oito vezes. O medo das agulhas se fora, se é que um dia o tivera. Havia apenas a raiva, mas esta também havia desaparecido. Não havia sequer resignação da minha parte, apenas desgosto, um desgosto profundo por isso ter acontecido comigo, e um desgosto com os médicos que não podiam fazer nada a respeito. Estavam impotentes diante das feridas, assim como eu. A diferença é que eu era a vítima. Eles podiam ir para suas casas e viver suas vidas e esquecer, enquanto eu estava condenado a carregar este rosto comigo aonde quer que eu fosse.

Aconteceram, no entanto, mudanças na minha vida. Meu pai arrumou um emprego. Passou no concurso para guarda do Museu do Condado de Los Angeles. Meu pai era bom em concursos. Adorava Matemática e História. Passou no concurso e finalmente arrumou um lugar de verdade para ir todas as manhãs. Havia três vagas para guarda e ele conquistou uma delas.

O Hospital Geral do Condado de Los Angeles de alguma forma descobriu sobre meu pai, e a srta. Ackerman me disse um dia:

– Henry, este será seu último tratamento. Vou sentir sua falta.

– Ah, corta essa – eu disse –, pare com essa brincadeira. Você vai sentir a minha falta tanto quanto eu vou sentir falta dessas agulhas elétricas!

Ela, porém, estava bastante estranha naquele dia. Aqueles olhos enormes estavam marejados. Escutei quando assoou o nariz. Uma das enfermeiras lhe perguntou:

– O que há, Janice? O que há de errado com você?

– Nada. Estou bem.

Pobre srta. Ackerman. Eu tinha quinze anos e estava apaixonado por ela e eu estava coberto de espinhas e não havia nada que nós dois pudéssemos fazer.

– Vamos – ela disse –, este vai ser seu último tratamento com os raios ultravioleta. Deite-se de bruços.

– Agora já sei o seu primeiro nome – eu disse. – Janice. É um nome bonito. Assim como você.

– Oh, fique quieto – ela disse.

Ainda a vi mais uma vez quando o primeiro zumbido soou. Eu me virei, Janice reajustou a máquina e deixou a sala. Jamais voltei a vê-la.

Meu pai não acreditava em médicos que não fossem de graça.

– Eles fazem você mijar num tubo, levam seu dinheiro e vão para casa para ficar ao lado de suas esposas em Beverly Hills – ele disse.

Uma vez, contudo, ele me mandou até um. Era um médico com mau hálito e a cabeça redonda como uma bola de basquete. A diferença é que ele tinha dois olhinhos onde uma bola de basquete não teria nenhum. Eu não gostava do meu pai, e o médico não era muito melhor. Ele disse, nada de frituras, e beba suco de cenoura. E foi isso.

Eu retornaria para a escola no próximo trimestre, disse meu pai.

– Estou arriscando meu rabo para evitar que as pessoas roubem. Ontem um negro quebrou o vidro de uma caixa e roubou algumas moedas raras. Peguei o desgraçado. Rolamos juntos escada abaixo. Dei um jeito de segurá-lo até que os outros chegassem. Arrisco minha vida todos os dias. Por que é que você poderia ficar aí sem mexer o seu rabo, deprimido? Quero que você seja um engenheiro. Como, diabos, você vai ser um engenheiro se eu encontro um caderno cheio de desenhos de mulheres com as saias arriadas até a altura da bunda? Isso é *tudo* o que você é capaz de desenhar? Por que você não desenha flores ou montanhas ou o oceano? Você vai voltar para a escola!

Eu bebia suco de cenoura, esperando pelo momento de ser rematriculado. Eu tinha perdido apenas um trimestre. As espinhas não estavam curadas, mas já não estavam tão terríveis quanto antes.

– Você sabe quanto me custa esse seu suco de cenoura? Tenho que trabalhar a primeira hora de cada dia só para pagar esse seu maldito suco!

Descobri a Biblioteca Pública de La Cienega. Fiz um cartão de registro. A biblioteca ficava próxima à velha igreja descendo a West Adams. Era uma biblioteca bastante pequena e havia apenas uma bibliotecária trabalhando lá. Era classuda. Devia ter uns 38 anos, mas seus cabelos eram completamente brancos, presos num coque na altura do pescoço. Seu nariz era afilado, e ela tinha olhos de um verde profundo por trás dos óculos sem aros. Eu sentia que ela sabia tudo.

Eu caminhava pela biblioteca à procura de livros. Tirava-os das estantes, um a um. Mas todos não passavam de truques baratos. Eram de uma tolice sem-fim. Páginas e mais páginas de palavras que não diziam nada. Ou, se diziam, levavam tempo demais para dizê-lo, e quando o faziam você já estava cansado demais para que tivesse importância. Tentei livro após livro. Claro, entre todos aqueles livros tinha que haver *um*.

Todo dia eu caminhava até a biblioteca seguindo a Adams e a La Brea e lá estava a minha bibliotecária: austera e infalível e silenciosa. Seguia retirando os livros das estantes. O primeiro livro de verdade que encontrei era de um sujeito chamado Upton Sinclair. Suas frases eram simples, e ele falava com raiva. Escrevia com raiva. Escrevia sobre as penitenciárias imundas de Chicago. Ele não fazia rodeios, dizia as coisas claramente. Então descobri outro autor. Seu nome era Sinclair Lewis. E o livro se chamava *Rua principal*. Ele descascava as camadas de hipocrisia que cobriam as pessoas. Parecia apenas que lhe faltava paixão.

Eu voltava para buscar mais. Lia um livro por noite.

Um dia, zanzando pela biblioteca, lançando uns olhares furtivos para minha bibliotecária, me deparei com um livro cujo título era *Bow Down to Wood and Stone*\*. Agora sim, esse era bom, porque isso era algo que todos fazíamos. Finalmente, algum *fogo!* Abri o livro. Era de Josephine Lawrence. Uma mulher. Tudo bem. Qualquer um pode adquirir cultura. Folheei as páginas. Mas eram iguais às dos outros livros: efeminadas, obscuras, tediosas. Coloquei o livro no lugar. E enquanto minha mão estava ali, peguei o livro mais próximo. Era de outro Lawrence. Abri o livro aleatoriamente e comecei a ler. Era sobre um homem ao piano. Num primeiro momento, como pareceu falso! Mas segui lendo. O homem ao piano estava perturbado. Sua mente dizia coisas. Coisas obscuras e curiosas. As frases na página estavam bem comprimidas, como um homem gritando, mas não como "Joe,

---

\* "Curvando-se diante da madeira e da pedra". Livro de 1938, não publicado no Brasil. (N.T.)

cadê você?". Era mais como "*Joe, onde estão as coisas?*" Esse era o Lawrence das frases comprimidas e sangrentas. Nunca tinha ouvido falar dele. Por que o segredo? Por que ele não era divulgado?

Eu lia um livro por dia. Li todo o D. H. Lawrence disponível na biblioteca. Minha bibliotecária começou a me olhar de modo estranho quando eu retirava os livros.

– Como você está hoje? – ela perguntava.

Aquilo sempre soava maravilhosamente bem. Era como se eu já tivesse ido para a cama com ela. Li todos os livros do D. H.. E eles me levaram a outros. A H. D., a poetisa. E a Huxley, o mais jovem dos Huxley, amigo de Lawrence. Todos vieram correndo até mim. Cada livro levava ao próximo. Dos Passos veio na sequência. Não era dos melhores, de fato, mas bom o suficiente. Sua trilogia sobre os Estados Unidos tomou mais de um dia para ser lida. Dreiser não me disse nada. Sherwood Anderson, sim. E então veio Hemingway. Que emoção! Ele sabia como escrever uma frase. Era um prazer. As palavras não eram tolas, as palavras eram coisas que podiam fazer sua mente zunir. Se você as lesse e deixasse que sua mágica operasse, era possível viver sem dor, sem esperança, independente do que pudesse lhe acontecer.

Mas de volta ao lar...

– LUZES APAGADAS! – gritava meu pai.

Agora eu estava lendo os russos, lendo Turguêniev e Górki. A regra de meu pai era que todas as luzes fossem apagadas até as oito da noite. Ele queria dormir para que pudesse estar bem disposto e pronto para o trabalho no dia seguinte. O único assunto de suas conversas em casa era "o trabalho". Falava de seu "trabalho" para minha mãe desde o momento em que entrava pela porta ao entardecer até a hora em que os dois iam dormir. Ele estava determinado a conseguir uma promoção.

– *Tudo bem, chega desses malditos livros! Luzes apagadas!*

Para mim, esses homens que haviam entrado em minha vida, vindos de lugar nenhum, eram minha única chance. Eram as únicas vozes que falavam comigo.

– Tudo bem – eu respondia.

Então eu pegava minha luz de cabeceira, me arrastava para debaixo das cobertas, puxava o travesseiro ali para baixo e lia cada novo livro, apoiando-o no travesseiro, sob as cobertas. Ficava muito quente ali embaixo, a lâmpada esquentava, e eu sentia dificuldade em respirar. Era obrigado a erguer as cobertas para respirar.

– *O que é isso? Estou vendo uma luz? Henry, sua luz está apagada?*

Eu fechava rapidamente meu casulo e esperava pelo ronco do meu pai.

Turguêniev era um sujeito muito sério, mas ele podia me levar ao riso porque encontrar uma verdade pela primeira vez pode ser uma experiência muito divertida. Quando a verdade de outra pessoa fecha com a sua, e parece que aquilo foi escrito só para você, é maravilhoso.

Lia meus livros à noite, desse jeito, debaixo das cobertas com a lâmpada superaquecida. Lia todas aquelas belas frases enquanto me sufocava. Era mágico.

E meu pai tinha encontrado um emprego, e isso era mágico para ele...

## 36

Na escola Chelsey tudo continuava na mesma. Uma turma de veteranos havia se formado, mas seus lugares foram ocupados por uma nova turma de veteranos com carros esportivos e roupas de luxo. Eles nunca me confrontavam. Deixavam-me em paz, me ignoravam. Estavam ocupados correndo atrás de garotas. Jamais falavam com os caras pobres, dentro ou fora da sala de aula.

Na primeira semana de aula do meu segundo semestre, falei com meu pai na hora da janta.

— Veja — eu disse —, a coisa está difícil lá na escola. Você me dá cinquenta centavos por semana. Poderia aumentar para um dólar?

— Um dólar?

— Sim.

Colocou uma garfada de conserva de beterraba na boca e mastigou. Então me olhou sob o cenho carregado por suas sobrancelhas crespas.

— Se eu lhe der um dólar por semana isso significará 52 dólares por ano, ou seja, terei que trabalhar uma *semana* inteira apenas para que você possa ter uma mesada.

Não respondi. Mas pensei, meu Deus, se você seguir essa linha de raciocínio, item por item, então acabará não comprando nada: pão, melancia, jornais, farinha, leite ou espuma de barbear. Eu não disse mais nada porque, quando você sente ódio, a última coisa que deseja é suplicar...

Aqueles caras ricos gostavam de passar zunindo em seus carros, pra lá e pra cá, velozmente, dando cavalinhos de pau, cantando pneus, seus carros faiscando sob os raios de sol enquanto as garotas se amontoavam em volta. As aulas eram uma piada, todos estavam a caminho de uma universidade qualquer, as aulas eram apenas uma rotina divertida, eles tiravam boas notas, você raramente os via com livros, você só os encontrava cantando mais e mais pneus, arrancando com seus carros abarrotados de garotas sorridentes. Eu os observava com meus cinquenta centavos no bolso. Eu sequer sabia como guiar um carro.

Enquanto isso, os pobres e os fracassados e os idiotas continuavam se agrupando ao meu redor. Havia um lugar em que eu gostava de comer debaixo das arquibancadas do campo de futebol. Trazia minha lancheira marrom com meus dois sanduíches à bolonhesa. Eles se aproximavam:

– Ei, Hank, podemos comer com você?
– Deem o fora daqui, seus fodidos! E não vou avisar duas vezes!

Tipos demais dessa espécie já tinham se achegado a mim. Não me importava muito com eles: Carequinha, Jimmy Hatcher, e um garoto judeu, magro e desajeitado, Abe Mortenson. Mortenson só tirava notas máximas, mas era um dos maiores idiotas da escola. Havia alguma coisa radicalmente errada com ele. Não parava de produzir saliva na boca, mas em vez de cuspi-la no chão, para se ver livre do incômodo, cuspia nas mãos. Não sei por que ele fazia esse tipo de coisa e também não perguntei. Eu não gostava de fazer perguntas. Apenas observava, enojado. Uma vez voltei com ele para casa e descobri como ele conseguia seus "As". A mãe o obrigava a enfiar o nariz num livro assim que ele chegava e ela o mantinha ali. Ela o fazia ler os livros didáticos, um após o outro, página por página.

– Ele precisa passar nos exames – ela me disse.

Nunca ocorreu a ela que talvez os livros estivessem errados. Ou que talvez isso não tivesse a menor importância. Contudo, nada lhe perguntei.

Era novamente como no ensino fundamental. Reunidos ao meu redor estavam os fracos em vez dos fortes, os feios em vez dos belos, os perdedores em vez dos vencedores. Era como se meu destino fosse cruzar a vida em companhia deles. Isto não me incomodava tanto quanto o fato de que para esses cretinos, para esses companheiros idiotas, eu era um cara irresistível. Eu era como um monte de bosta que atraía moscas em vez de ser uma flor desejada por borboletas e abelhas. Eu queria viver sozinho, me sentia melhor assim, mais limpo; no entanto, eu não era esperto o suficiente para me livrar deles. Talvez eles fossem *meus* mestres: pais de outra maneira. De qualquer forma, era duro aguentá-los ao meu redor enquanto comia meus sanduíches à bolonhesa.

# 37

Havia, no entanto, alguns bons momentos. Meu amigo ocasional lá da vizinhança, Gene, que era um ano mais velho do que eu, tinha um camarada, Harry Gibson, que havia lutado uma vez como profissional (ele tinha perdido). Certa tarde, eu estava na casa de Gene, fumando cigarros em sua companhia, quando Harry Gibson apareceu com dois pares de luvas de boxe. Gene e eu estávamos fumando com seus dois irmãos mais velhos, Larry e Dan.

Harry Gibson chegou botando banca.

– Alguém quer me desafiar? – ele perguntou.

Ninguém se manifestou. O irmão mais velho de Gene, Larry, tinha uns 22 anos. Ele era o maior, mas era meio tímido e retardado. Tinha uma cabeça *enorme*, era baixinho e atarracado, uma ótima constituição, mas tudo o assustava. Então todos nós olhamos para Dan, que era o próximo pela idade, uma vez que Larry havia dito:

– Não, não quero lutar.

Dan era um gênio da música, ele quase tinha ganhado uma bolsa de estudos. De qualquer modo, já que Larry havia recusado o desafio de Harry, Dan calçou as luvas para lutar contra ele.

Harry Gibson era um filho da puta sobre rodas reluzentes. Até o sol brilhava em suas luvas de um jeito especial. Ele se movia com precisão, aprumo e graça. Ele saltitava e gingava ao redor de Dan. Dan ergueu a guarda e esperou. O primeiro golpe de Gibson veio como um raio. O som produzido parecia o disparo de um rifle. Havia algumas galinhas num galinheiro no pátio e duas delas saltaram por causa do barulho. Dan voou para trás. Ficou estendido na grama, os braços abertos, como um Cristo barato.

Larry olhou para o irmão e disse:

– Vou para dentro de casa.

Caminhou até a porta de tela com pressa, abriu-a e desapareceu.

Fomos até onde estava Dan. Gibson ficou de pé ali em volta, um sorriso de escárnio na face. Gene se abaixou, erguendo um pouco a cabeça de Dan.

– Dan? Você está bem?

Dan balançou a cabeça e se sentou devagar.

– Jesus Cristo, o cara carrega uma arma letal. Tirem essas luvas de mim!

Gene desamarrou uma luva e depois a outra. Dan se ergueu e caminhou até a porta dos fundos como se fosse um velho.

– Vou me deitar...

Ele entrou.

Harry Gibson pegou as luvas e olhou para Gene.

– O que me diz, Gene?

Gene cuspiu na grama.

– O que você está querendo? Nocautear toda a minha família?

– Sei que você é o melhor lutador, Gene, mas mesmo assim vou pegar leve com você.

Gene me fez um sinal e calcei-lhe as luvas. Eu era um bom segundo.

Eles se posicionaram. Gibson começou a se mover em círculos ao redor de Gene, preparando-se para atacar. Descrevia um círculo para a direita, depois outro para a esquerda. Deu um golpe e Gene se esquivou. Então ele avançou, acertando um pesado *jab* de esquerda em Gene. O soco entrou bem entre os olhos de Gene, que recuou, sendo seguido de perto por Gibson. Quando conseguiu encurralar Gene contra a tela do galinheiro, imobilizou-o com a esquerda, desferindo um duro golpe com a direita no lado esquerdo do rosto. Gene deslizou ao longo da tela do galinheiro até se chocar contra a cerca, deslizando mais um pouco, procurando se proteger. Ele não pretendia revidar. Dan saiu de dentro da casa com um pedaço de gelo envolto em um pano. Gene procurava se afastar com as costas coladas à cerca. Harry voltou a encurralá-lo no canto entre a cerca e a garagem. Acertou uma esquerda na barriga de Gene e, quando este se curvou, aplicou-lhe um gancho com a direita. Não gostei daquilo. Gibson não estava pegando leve como havia prometido ao Gene. Fiquei excitado.

– Reaja Gene, acerte esse fodido! Ele é um covarde! Acerte ele!

Gibson baixou a guarda, olhou para mim e veio em minha direção.

– O que você disse, pirralho?

– Estava levantando o moral do meu amigo – eu disse.

Dan estava retirando as luvas de Gene.

– Ouvi alguma coisa sobre eu ser um "covarde"?

– Você disse que iria pegar leve com ele. E não pegou. Estava batendo nele com tudo.

– Está me chamando de mentiroso?

– Estou dizendo que você não tem palavra.

– Venham até aqui e calcem as luvas nesse pirralho!

Gene e Dan se aproximaram de mim e me calçaram as luvas.

– Vá devagar com ele, Hank – disse Gene. – Lembre-se que ele está cansado pois já lutou conosco.

Gene e eu havíamos lutado sem luvas num dia memorável, das nove da manhã às seis da tarde. Gene tinha se saído muito bem. Eu tinha mãos pequenas, e se você tem mãos pequenas só lhe restam duas opções: bater com uma força infernal ou ser um grande boxeador. Eu conseguia ter apenas um pouquinho de cada uma das duas. No dia seguinte, toda parte superior do meu corpo estava coberta de manchas roxas, meus lábios estavam inchados, e dois dentes da frente tinham ficado moles. Agora eu tinha que lutar com o cara que dera uma surra no cara que havia me dado uma surra.

Gibson começou a circular para a esquerda, depois para a direita, e então partiu para cima de mim. Não consegui ver o *jab* de esquerda. Não consegui ver onde o golpe me acertou, mas caí no chão. Não tinha me machucado, mas eu estava no chão. Levantei-me. Se com a esquerda ele já era capaz de me derrubar, o que poderia fazer com a direita? Eu precisava bolar alguma coisa.

Harry Gibson voltou a se mover em círculos para a esquerda, a minha esquerda. Em vez de circular para minha direita, como ele esperava, circulei para minha esquerda. Ele pareceu surpreso, e ao nos aproximarmos mandei uma esquerda furiosa que o acertou em cheio no alto da cabeça. Foi maravilhoso. Se você consegue acertar um cara uma vez, você pode acertá-lo duas.

Logo estávamos nos encarando, e ele partiu para cima de mim. Gibson me acertou um *jab*, mas assim que recebi o golpe esquivei minha cabeça para baixo e para o lado, o mais rápido que pude. Sua direita passou por cima de mim, acertando o vazio. Fui para cima dele e parti para o *clinch**, dando-lhe pequenos golpes. Ao nos separarmos, me senti um profissional.

– Você pode acabar com ele, Hank! – gritou Gene.

– Acabe com ele, Hank! – gritou Dan.

Parti para cima dele e tentei um direto de direita. Errei, e seu cruzado de esquerda acertou meu maxilar. Vi luzes verdes, amarelas e vermelhas, então ele afundou uma direita na minha barriga. Era como se o golpe tivesse chegado até minhas costas. Me agarrei nele, armando um *clinch*. Contudo, eu já não sentia medo, e essa sensação era ótima.

– Vou matar você, seu fodido – eu lhe disse.

Então ficamos cabeça contra cabeça e aquilo já não era boxe. Seus socos vinham rápidos e fortes. Ele tinha mais precisão, mais força, embora eu também lhe aplicasse uns golpes duros que faziam com que eu me sentisse bem. Quanto mais ele me acertava menos eu sentia. Eu mantinha minha barriga encolhida, estava gostando da ação. Então Gene e Dan se puseram entre a gente. Eles nos apartaram.

---

* *Clinch:* quando um adversário agarra-se ao tronco de outro, na tentativa de dificultar-lhe os golpes e retardar a luta. (N.T.)

– O que é que houve? – perguntei. – Não parem com a luta! Posso comer o rabo dele!

– Pare com essa merda, Hank – disse Gene. – Veja o seu estado.

Olhei para baixo. A parte da frente da minha camisa estava coberta de sangue, além de alguns pontos manchados de pus. Os socos haviam rebentado três ou quatro das minhas espinhas. Isto não tinha acontecido na minha luta contra o Gene.

– Isso não é nada – eu disse. – Foi só azar. Ele não me machucou. Me deem uma chance e eu farei picadinho dele.

– Não, Hank, você vai pegar uma infecção ou algo assim – disse Gene.

– Está bem, merda – eu disse –, tirem essas luvas de mim!

Gene as desamarrou. Quando ele retirou as luvas, percebi que minhas mãos estavam tremendo, assim como meus braços, em menor proporção. Coloquei as mãos nos bolsos. Dan tirou as luvas de Harry.

Harry me olhou.

– Você é muito bom, garoto.

– Obrigado. Bem, vejo vocês por aí, rapazes...

E saí caminhando. Depois que havia me afastado, tirei as mãos dos bolsos. Então, após passar a entrada do carro, já na calçada, parei, peguei um cigarro e o enfiei na boca. Quando tentei acender o fósforo, minhas mãos tremiam tanto que não consegui. Acenei para eles, um aceno cheio de indiferença, e segui meu caminho.

De volta, em casa, me olhei no espelho. Que maravilha. Eu estava chegando lá.

Tirei minha camisa e a joguei debaixo da cama. Precisava encontrar um jeito de limpar as manchas de sangue. Eu não tinha muitas camisas, e meus pais logo dariam pela falta dela. No entanto, para mim, aquele havia sido finalmente um dia de sucesso, e eu não costumava ter muitos deles.

## 38

Ter Abe Mortenson sempre ao meu redor já era suficientemente desagradável, mas ele não passava de um idiota. E você pode perdoar um idiota, afinal ele sempre corre na mesma direção e não desaponta ninguém. São os enganadores que fazem você se sentir mal. Jimmy Hatcher tinha um cabelo negro bem-cortado, uma pele boa, não era tão grande quanto eu mas mantinha os ombros eretos, vestia-se melhor que a maioria de nós e se aproximava de qualquer pessoa que achasse conveniente. Sua mãe era garçonete, e seu pai cometera suicídio. Jimmy tinha um sorriso agradável, dentes perfeitos, e as garotas gostavam dele mesmo sabendo que ele não tinha dinheiro como os garotos ricos. Sempre o via conversando com uma garota. Não sei o que ele dizia para elas. Eu não sabia o que qualquer um dos caras tinha a dizer para qualquer uma delas. As garotas estavam num lugar inacessível para mim; por isso, eu fingia que elas não existiam.

Hatcher, no entanto, era diferente. Eu sabia que ele não era veado, mas mesmo assim o sujeito não largava do meu pé.

– Escute, Jimmy, por que você me persegue? Não gosto de nada em você.

– Ah, qual é, Hank, nós somos amigos.

– É mesmo?

– É.

Chegou inclusive a se levantar em uma aula de Inglês para ler um ensaio intitulado "O valor da amizade", e, enquanto o lia, ficava me lançando olhares. Era um ensaio estúpido, meloso e convencional, mas a classe aplaudiu quando ele terminou, e pensei, bem, isso é o que as pessoas pensam e o que se pode fazer? Escrevi um ensaio como resposta, intitulado "O valor de não se ter qualquer tipo de amizade". A professora não me deixou lê-lo. Ela me deu um "D".

Jimmy, Carequinha e eu voltávamos juntos da escola todos os dias. (Abe Mortenson morava na direção oposta, o que nos livrava de sua companhia.) Um dia, enquanto percorríamos o caminho, Jimmy disse:

– Ei, vamos até a casa da minha namorada. Quero que vocês a conheçam.

– Ah, um caralho, foda-se – eu disse.

– Não, não – disse Jimmy –, ela é uma garota legal. Quero que vocês conheçam ela. Até já meti um dedo em sua bocetinha.

Eu já havia visto a sua garota, Ann Weatherton, ela era realmente bonita, longos cabelos castanhos e imensos olhos da mesma cor, calada, uma boa aparência. Eu nunca tinha falado com ela, mas sabia que era a garota de Jimmy. Os caras ricos tinham tentado se aproximar dela, mas ela os ignorava. Parecia ser material de primeira.

– Tenho a chave da casa dela – disse Jimmy. – Vamos até lá e ficamos esperando por ela. Sua aula acaba mais tarde.

– Isso me parece uma idiotice – eu disse.

– Ah, vamos lá, Hank – disse o Carequinha –, você está indo para casa pra bater punheta mesmo.

– O que não deixa de ter seus méritos – eu disse.

Jimmy abriu a porta da frente com sua chave e nós entramos. Uma casinha limpa e agradável. Um pequeno buldogue malhado correu até Jimmy, abanando o rabo curto.

– Este é Bones – disse Jimmy. – Bones me adora. Vejam isso!

Jimmy cuspiu na palma da mão direita, agarrou o pênis de Bones e começou a mexê-lo.

– Ei, mas que diabos você está fazendo? – perguntou Carequinha.

– Eles mantêm o Bones preso no quintal. Nunca consegue pegar uma cadelinha. O bicho precisa dar uma *descarregada*!

Jimmy seguiu com a função.

O pênis de Bones ficou desagradavelmente vermelho, uma tripinha fina e úmida e desmilinguida. Bones começou a ganir. Jimmy olhava para cima enquanto continuava os movimentos.

– Ei, vocês querem saber qual é a nossa canção? Quero dizer, a canção do meu namoro com Ann? É *When the deep purple falls over sleepy garden walls*\*.

Então Bones começou a gozar. O esperma jorrou sobre o tapete. Jimmy se pôs de pé e com a sola do sapato espalhou bem a porra pela superfície do tapete.

– Vou comer a Ann um dia desses. Estou chegando lá. Ela diz que me ama. E eu também amo essa garota, amo sua maldita boceta.

– Seu puto – eu disse a Jimmy –, você me dá nojo.

– Eu sei que não é isso que você pensa de mim, Hank – ele disse.

Jimmy caminhou até a cozinha.

– Ela tem uma família bacana. Ela vive com o pai, a mãe e o irmão. O irmão dela sabe que eu vou fodê-la. E está certo. Mas não há nada que ele possa fazer quanto a isso, porque posso encher ele de porrada. Ele não é de nada. Ei, vejam isso!

Jimmy abriu a porta do refrigerador e tirou uma garrafa de leite. Na nossa casa ainda tínhamos uma geladeira de madeira alimentada a gelo. Os Weatherton eram obviamente uma família bem de vida. Jimmy tirou o pau para fora e então retirou o lacre da garrafa e colocou o pau lá dentro.

– Só um pouquinho, sabem como é. Nunca descobrirão o sabor, mas estarão bebendo meu mijo...

Sacou o pau, tapou a garrafa, deu uma chacoalhada e colocou-a de volta no refrigerador.

---

\* Em tradução livre, "Quando o crepúsculo cai sobre os muros adormecidos do jardim". Este é o primeiro verso de uma composição inicialmente escrita para piano por Peter De Rose, em 1934, cujo título era *Deep Purple*. Essa música só seria letrada em 1939, por Mitchell Parish, ano também em que foi gravada, em sua versão definitiva, por Larry Clinton e sua Orquestra. (N.T.)

– Eis o que temos aqui – ele disse –, um pouco de gelatina. Esta noite vão comer gelatina de sobremesa. E é claro que junto irão comer...

Ele estava com a vasilha de gelatina nas mãos quando a porta da frente se abriu. Jimmy rapidamente colocou a sobremesa de volta no lugar e fechou a porta do refrigerador.

Então Ann entrou na cozinha.

– Ann – disse Jimmy –, quero que você conheça meus amigos, Hank e Carequinha.

– Oi!

– Oi!

– Oi!

– *Este* é o Carequinha. O outro cara é o Hank.

– Oi!

– Oi!

– Oi!

– Já vi vocês lá pela escola.

– Oh, claro – eu disse –, nós andamos por lá. Já vimos você também.

– É – disse Carequinha.

Jimmy olhou para Ann.

– Você está bem, *baby*?

– Sim, Jimmy, estava pensando em você.

Ela seguiu em sua direção e os dois se abraçaram. Logo estavam se beijando. Estavam bem na frente da gente e continuavam se beijando. Jimmy ficou de frente para nós. Podíamos ver seu olho direito. Ele nos piscava.

– Bem – eu disse –, está na nossa hora.

– É – disse Carequinha.

Saímos da cozinha, passamos pela porta da frente e ganhamos a rua. Tomamos o caminho em direção à casa do Carequinha.

– Esse cara realmente conseguiu fechar o esquema – disse o Carequinha.

– É – concordei.

## 39

Num domingo, Jimmy me falou de ir com ele até a praia. Ele queria ir nadar. Eu não queria ser visto em trajes de banho, porque minhas costas estavam cobertas de espinhas e cicatrizes. Fora isso, eu tinha um corpo legal. Mas ninguém perceberia esse *fato*. Eu tinha um peitoral legal e pernas fortes, mas ninguém veria isso.

Não havia nada para fazer e eu não tinha nenhuma grana e os caras não jogavam nas ruas no domingo. Decidi que a praia pertencia a todo mundo. Minhas cicatrizes e espinhas não infringiam a lei.

Assim, pegamos nossas bicicletas e pedalamos até lá. Eram 24 quilômetros. Isto não me incomodou. Eu tinha pernas.

Segui num ritmo agradável, ao lado de Jimmy, o percurso até a cidade de Culver. Depois, progressivamente, comecei a pedalar mais rápido. Jimmy se esforçava, tentando me acompanhar. Podia ver que ele estava ficando sem fôlego. Puxei um cigarro e o acendi, mantive o maço estendido para ele.

– Quer um, Jim?

– Não... Obrigado...

– Isto é melhor que matar passarinhos com uma arma de pressão – eu lhe disse. – Precisamos fazer isso mais vezes!

Passei a pedalar mais depressa. Minhas reservas de força ainda estavam bem.

– É realmente fantástico – eu falei. – É melhor que descascar uma.

– Ei, vá mais devagar!

Olhei para trás.

– Nada como pedalar junto com um bom amigo. Vamos lá, meu amigo!

Então dei tudo de mim e acelerei. O vento batia em meu rosto. Era agradável.

– Ei, espere! ESPERE, MALDITO! – gritou Jimmy.

Comecei a rir e a abrir uma verdadeira vantagem. Logo Jimmy estava a meia, uma, duas quadras de mim. Ninguém sabia o quão bom eu era, ninguém tinha ideia do meu potencial. Eu era uma espécie de milagre. O sol espalhava sua luz amarela em todas as direções, e eu a cortava, como uma enlouquecida faca sobre rodas. Meu pai era um mendigo nas ruas da Índia, mas todas as mulheres do mundo me amavam...

Eu estava a toda velocidade quando cheguei ao semáforo. Disparei por entre a fileira dos carros que esperavam o sinal abrir. Naquele momento, mesmo os carros eram mais lentos do que eu. Mas não por muito tempo. Um cara e uma garota, num cupê verde, avançaram e se emparelharam comigo.

– Ei, garoto!

– Que foi? – olhei para ele. Era um cara grande, na casa dos vinte, braços peludos e uma tatuagem.

– Pra que porra de lugar você pensa que está indo? – ele me perguntou.

Estava querendo se exibir para sua garota. Ela era gostosa, a cabeleira loira balançando ao vento.

– Comer *seu cu*, parceiro! – eu falei.

– O *quê*?

– Eu disse: comer *seu cu*!

Mostrei o dedo médio.

Ele seguiu guiando ao meu lado.

– Você vai deixar esse moleque ficar dizendo merda pra você, Nick? – ouvi a garota perguntar a ele.

Ele seguiu guiando ao meu lado.

– Ei, garoto – ele disse –, não ouvi direito o que você disse. Você se importaria de repetir?

– É, diga aquilo de novo – falou a gostosa, a cabeleira loira balançando ao vento.

Aquilo me deixou furioso. Ela me deixou furioso.

Olhei para ele.

– Está bem, você quer confusão? *Estacione*. Meu nome é confusão.

Disparou na minha frente cerca de meia quadra, estacionou o carro e abriu a porta. Quando ele saiu, desviei dele e quase fui atropelado por um Chevy, que me buzinou. Enquanto eu dobrava na primeira esquina ainda pude ouvir as risadas do grandalhão.

Depois do cara ir embora, pedalei de volta pela avenida Washington, voltei algumas quadras, desci da bicicleta e fiquei esperando por Jim no banco da parada de ônibus. Pude vê-lo se aproximar. Quando ele parou, fingi que estava dormindo.

– Qual é, Hank! Não venha com essa merda pra cima de mim!

– Oh, olá, Jim. Você por aqui?

Tentei levar Jim para um ponto da praia onde não tivesse muitas pessoas. Sentia-me normal ali parado, ainda de camisa, mas quando eu me despisse ficaria exposto. Odiava os outros banhistas e seus corpos imaculados. Odiava todas aquelas malditas pessoas que estavam tomando sol ou que estavam na água ou comendo ou dormindo ou conversando ou brincando com bolas de praia. Odiava seus traseiros e suas caras e suas sobrancelhas e seus cotovelos e seus olhos e seus umbigos e suas roupas de banho.

Estiquei-me na areia pensando, eu devia ter enchido aquele balofo filho da puta de porrada. Que diabos ele sabia?

Jimmy se esticou ao meu lado.

– Mas que diabos – ele disse –, vamos nadar.

– Ainda não – eu disse.

A água estava cheia de gente. Qual era a fascinação que a praia exercia? Por que as pessoas gostavam de estar ali? Elas não tinham nada melhor para fazer? Que bela turma de fodidos com cérebros de galinha.

– Pense nisso – disse Jim –, as mulheres entram na água e mijam lá dentro.

– Sim, e você engole.

Jamais haveria um jeito de eu viver confortavelmente entre as pessoas. Talvez eu me tornasse um monge. Fingiria acreditar em Deus e viveria num cubículo, tocando órgão e eternamente embriagado de vinho. Ninguém foderia comigo. Eu poderia entrar numa cela e ficar meditando durante meses sem ter que ver a cara de ninguém, apenas o vinho chegando, sempre. Havia, porém, um problema: os hábitos negros eram de pura lã. Eram piores que o uniforme do R.O.T.C. Eu não poderia vesti-los. Precisava encontrar outra solução.

– Oh, oh – disse Jim.

– O que foi?

– Tem umas garotas lá adiante olhando pra nós.

– E daí?

– Estão conversando e sorrindo. Pode ser que elas venham até aqui.

– Sério?

– Sério. E se elas começarem a se aproximar, eu aviso você. Assim que eu lhe der o sinal, deite de costas.

Meu peito tinha apenas algumas espinhas e cicatrizes.

– Não se esqueça – disse Jim –, quando eu lhe avisar, deite de costas.

– Já ouvi.

Tinha a cabeça enfiada entre meus braços. Sabia que Jim estava olhando para as garotas e sorrindo. Ele tinha jeito com elas.

– São apenas bocetas – ele disse –, criaturas realmente estúpidas.

Por que vim até aqui?, pensei. Por que tudo se reduz sempre a escolher entre algo ruim ou algo ainda pior?

– Oh, oh, Hank, aí vêm elas!

Dei uma olhada. Elas estavam em cinco. Rolei sobre minhas costas. Elas se aproximaram rindo e ficaram ali paradas. Uma delas disse:

– Ei, esses caras são uma graça!

— Vocês moram aqui por perto, garotas? — perguntou Jim.

— Oh, sim — respondeu uma delas —, fazemos ninho com as gaivotas!

Elas deram uma porção de risinhos.

— Bem — disse Jim —, nós somos águias. Não tenho muita certeza se sabemos o que fazer com cinco gaivotas.

— E como é que fazem os pássaros? — perguntou uma delas.

— Não faço a menor ideia — disse Jim —, mas talvez possamos descobrir.

— Por que vocês não vêm até a nossa toalha? — perguntou uma delas.

— Claro — respondeu Jim.

Três das garotas tinham falado. As outras duas apenas tinham ficado por ali, puxando suas roupas de banho para cobrir o que elas não queriam que fosse visto.

— Não contem comigo — eu disse.

— O que há de errado com seu amigo? — perguntou uma das garotas que tentava cobrir o rabo.

Jim disse:

— Ele é estranho.

— O que há de errado com ele? — ela voltou a perguntar.

— Ele só é estranho — respondeu Jim.

Ele se levantou e se afastou, acompanhado pelas garotas. Fechei meus olhos e fiquei escutando as ondas. Milhares de peixes mar adentro, devorando uns aos outros. Infinitas bocas e infinitos cus, engolindo e cagando. A Terra inteira não era nada além de bocas e cus engolindo e cagando e fodendo.

Rolei na areia e observei Jim com as cinco garotas. Ele estava de pé, esticando o peito e expondo suas bolas. Ele não tinha meu peito largo nem minhas pernas grandes. Ele era magro e limpo, com aqueles cabelos negros e aquela pequena boca sacana de dentes perfeitos, e suas orelhinhas redondas e seu pescoço longo. Eu não tinha pescoço. Quase não dava para vê-lo, de fato. Minha cabeça parecia estar apoiada sobre meus ombros. Mas eu era forte, e durão. Infelizmente não era bom o suficiente: as damas queriam almofadinhas. Se não fosse, contudo, por minhas espinhas e cicatrizes, eu estaria lá, mostrando-lhes uma ou duas coisas. Mostraria a elas minhas bolas, chamando à realidade aquelas cabeças cheias de vento. Eu, com meu estilo de vida de cinquenta-centavos-por-semana.

Então eu vi as garotas se levantarem e seguirem Jim até a água. E as ouvia rir e gritar como se fossem dementes... o quê? Não, elas eram bacanas. Não eram como gente grande ou pais. Elas riam. As coisas eram divertidas. Elas não tinham com o que se preocupar. Não havia qualquer sentido na vida, na estrutura das coisas. D. H. Lawrence soubera disso. Você precisava de amor, mas não o tipo de amor que a maioria das pessoas costumava dar e no qual se consumiam. O velho D. H. tinha descoberto alguma coisa. Seu camarada Huxley era apenas um intelectual inquieto, mas mesmo assim não deixava de ser maravilhoso. Melhor do que G. B. Shaw com aquela mente obstinada sempre penetrando no âmago das questões, sua laboriosa vivacidade de espírito reduzida finalmente a uma tarefa, um fardo para si próprio, protegendo-o de sentir algo realmente verdadeiro, seu discurso brilhante, nada além de uma chatice, arranhando as mentes e as sensibilidades. Ainda assim, era bom lê-los. Isto fazia com que você percebesse que pensamentos e palavras podiam ser fascinantes, mesmo que inúteis.

Jim jogava água nas garotas. Ele era o Deus da Água, e elas o adoravam. Ele era a possibilidade e a promessa. Era um cara incrível. Sabia como fazer as coisas. Eu tinha lido muitos livros, mas ele lera um livro que eu nunca leria. Jim era um artista com seu traje de banho e suas bolas e seu jeitinho de malvado e suas orelhas redondas. Ele era o máximo. Eu não poderia tê-lo desafiado além do modo como já fizera com aquele enorme filho da puta do cupê verde ao lado da gostosa cujos cabelos flutuavam ao vento. Eles tinham recebido o que mereciam. Eu não passava de um cagalhão de cinquenta centavos flutuando sem rumo pelo oceano verde da vida.

Observei-os saindo da água, reluzentes, jovens, as peles macias, invictos. Queria que eles me quisessem. Mas nunca por piedade. Ainda assim, apesar de seus corpos e mentes suaves e intocados, continuava a lhes faltar algo, porque até então, basicamente, não tinham sido testados. Quando a adversidade finalmente chegasse em suas vidas, chegaria muito tarde ou seria por demais pesada. Eu estava preparado. Talvez.

Vi Jim se secar, usando a toalha de uma delas. Enquanto eu o observava, o filho de alguém, um garoto de cerca de quatro anos, se aproximou, encheu a mão de areia e jogou na minha cara. Então ele ficou parado ali, carrancudo, sua boquinha estúpida e cheia de areia esboçando um sorriso vitorioso. Não passava de um bostinha mimado e metido a valente. Fiz-lhe um gesto com o dedo para que se aproximasse, venha, venha. Ele ficou onde estava.

– Garotinho – eu disse –, venha aqui. Tenho um saco de doces recheados de merda pra você comer.

O fodido me olhou, deu meia-volta e saiu correndo. Tinha um traseiro estúpido. As faces da sua bunda pareciam duas peras a balançar, quase desconjuntadas. Contudo, era mais um inimigo que se ia.

Então Jim, o conquistador, retornou. Parou junto a mim. Também ostentava uma carranca.

– Elas se foram – ele disse.

Olhei para o local onde as garotas tinham estado e tive certeza de que elas haviam partido.

– Para onde elas foram? – perguntei.

– Que interessa? Peguei os telefones das duas melhores.

– Melhores pra quê?

– Para *foder*, seu otário!

Fiquei de pé.

– Acho que vou encher você de porrada, otário!

Seu rosto tinha uma bela aparência em meio ao vento que vinha do mar. Já podia vê-lo, nocauteado, se contorcendo na areia, balançando a esmo aqueles pés de solas brancas.

Jim recuou.

– Calma, Hank. Veja só, você pode ficar com os números delas.

– Fique com eles. Não tenho essas suas malditas orelhas estúpidas!

– Ok, ok, nós somos amigos, está lembrado?

Caminhamos pela areia até o calçamento onde tínhamos deixado nossas bicicletas presas atrás de uma casa de praia. Enquanto caminhávamos, ambos sabíamos de quem tinha sido o dia, e acertar o rabo de alguém não ia mudar a ordem dos acontecimentos, embora pudesse servir de alívio, mas não o bastante. Por todo o caminho de volta para casa, em nossas bicicletas, não tentei me exibir para ele como havia feito anteriormente. Eu precisava de algo mais. Talvez eu precisasse daquela loira no cupê verde com seus longos cabelos soprados pelo vento.

## 40

O R.O.T.C. (Corpo de Treinamento dos Oficiais da Reserva) era para os desajustados. Como eu disse, era isso ou a ginástica. Eu deveria ter escolhido a ginástica, mas não queria que as pessoas vissem as espinhas nas minhas costas. Havia algo de errado com todos os sujeitos alistados no R.O.T.C. Era quase que inteiramente constituído de caras que não gostavam de esportes ou de caras cujos pais, tomados de patriotismo, os tinham obrigado a se alistar. Os pais das crianças ricas tendiam a ser mais patrióticos porque teriam mais a perder caso o país afundasse. Os pais das famílias pobres estavam bem menos contaminados por esse espírito, e comumente professavam seu patriotismo apenas porque se esperava que assim procedessem ou porque tinham sido criados dessa maneira. Subconscientemente, eles sabiam que não seria melhor ou pior para *eles* se o país fosse dirigido por russos ou alemães ou chineses ou japoneses, especialmente se tivessem a pele escura. As coisas poderiam inclusive melhorar. De qualquer modo, uma vez que muitos dos pais dos garotos da Chelsey eram ricos, tínhamos um dos maiores R.O.T.C. da cidade.

Assim, marchávamos ao sol e aprendíamos a cavar latrinas, curar picadas de cobra, cuidar dos feridos, apertar torniquetes, atacar os inimigos à baioneta; aprendíamos sobre granadas, infiltração, desdobramento das tropas, manobras, retiradas, disciplina física e mental; íamos para o campo de tiro, bangue-bangue, e conquistávamos nossas medalhas de atiradores. Éramos submetidos a verdadeiras manobras de campo, nos embrenhávamos na mata e lutávamos uma guerra falsa. Rastejávamos em direção aos outros com nossos rifles. Levávamos a coisa a sério. Inclusive eu. Havia algo naquilo tudo que fazia o meu sangue ferver. Era estúpido e todos sabíamos disso, pelo menos grande parte de nós, mas então um clique disparava em nossos cérebros e acabávamos querendo nos envolver realmente naquela função. Havia um velho militar reformado, o coronel Sussex. Ele estava ficando senil e babava, as pequenas gotas de saliva escorriam pelos cantos de sua boca, descendo pelo queixo. Ele nunca dizia nada. Apenas ficava por ali, com seu uniforme coberto de medalhas, e recebia o pagamento da escola. Durante nossas manobras de mentirinha ele carregava uma prancheta e anotava os pontos obtidos. Ficava numa posição elevada e fazia marcas em sua prancheta – provavelmente. Mas ele jamais nos dizia quem tinha vencido. Ambos os lados reivindicavam a vitória. Isso causava ressentimentos.

O tenente Herman Beechcroft era melhor. Seu pai era dono de uma padaria e de um serviço de fornecimento para um hotel, seja lá o que isso significasse. De qualquer maneira, ele era melhor. Sempre fazia o mesmo discurso antes de uma manobra.

– Lembrem-se, vocês devem *odiar* o inimigo! Eles querem estuprar suas mães e suas irmãs! Vocês querem que esses monstros estuprem suas mães e suas irmãs?

O tenente Beechcroft quase não tinha queixo. Seu rosto acabava repentinamente, e onde deveria haver o osso do maxilar havia apenas um botãozinho. Não tínhamos certeza se aquilo era uma deformidade ou não. Mas seus olhos eram magníficos em sua fúria, grandes símbolos azuis e resplandecentes da guerra e da vitória.

– *Whitlinger*!
– Sim, senhor!
– Você quer que esses caras estuprem sua mãe?
– Minha mãe já é morta, senhor.
– Oh, sinto muito... *Drake*!
– Sim, senhor!
– Você quer que esses caras estuprem sua mãe?
– Não, senhor!
– Bom. Lembrem-se, isto é uma *guerra*! Aceitamos misericórdia, mas não oferecemos misericórdia. Vocês devem odiar o inimigo. *Matem o inimigo!* Um homem morto não pode derrotá-los. A derrota é uma doença! A vitória escreve a história! AGORA, VAMOS LÁ PEGAR AQUELES VEADOS!

Posicionamos nossa linha, mandamos nossos batedores avançados e começamos a rastejar por entre os arbustos. Eu podia ver o coronel Sussex em sua colina com a prancheta. O combate era entre os Azuis e os Verdes. Cada um de nós trazia amarrado na parte superior do braço direito um pedaço de pano colorido. Nós éramos os azuis. Arrastar-se por entre aqueles arbustos era o próprio inferno. Fazia calor. Havia insetos, poeira, pedras e espinhos. Eu não fazia ideia de onde estava. O líder de nosso pelotão, Kozak, havia desaparecido em algum lugar. Não havia mais comunicação. Estávamos fodidos. Nossas mães seriam estupradas. Continuei me arrastando para frente, me machucando e me arranhando, perdido e assustado, mas me sentindo, de fato, um grande idiota. Toda essa terra desocupada e a imensidão do céu, colinas, riachos, acres e mais acres. Quem era o dono disso tudo? Provavelmente o pai de um dos garotos ricos. Não iríamos capturar coisa alguma. O lugar todo estava emprestado para a escola. NÃO FUME. Continuei avançando. Não tínhamos proteção aérea, não tínhamos tanques, não tínhamos nada. Éramos apenas um bando de veados numa manobra cretina, sem comida, sem mulheres, sem razão. Fiquei de pé, caminhei um pouco e me sentei com as costas apoiadas numa árvore, escorei meu rifle e esperei.

Todos estavam perdidos, e isso não fazia a menor diferença. Tirei a braçadeira e fiquei esperando por uma ambulância da Cruz Vermelha ou algo assim. A guerra provavelmente era um inferno, mas os intervalos eram muito chatos.

Então os arbustos se moveram e foram atravessados por um cara que me viu. Ele tinha uma braçadeira verde. Um estuprador. Apontou seu rifle para mim. Eu estava sem nenhuma identificação no braço, meu pano estava no meio da relva. Ele queria me fazer prisioneiro. Eu o conhecia. Era Harry Missions. Seu pai era dono de uma madeireira. Continuei sentado contra a árvore.

– Azul ou Verde? – gritou para mim.

– Sou Mata Hari.

– Um espião! Eu prendo espiões!

– Qual é, Harry, pare com essa merda. Este é um jogo para crianças. Não venha encher meu saco com esse seu melodrama fétido.

Os arbustos voltaram a se mover, e lá estava o tenente Beechcroft. Missons e Beechcroft ficaram se encarando.

– Eu o declaro prisioneiro! – gritou Beechcroft para Missions.

– Eu o declaro prisioneiro! – gritou Missions para Beechcroft.

Ambos estavam realmente nervosos e tomados de fúria, eu podia sentir.

Beechcroft sacou seu sabre.

– Renda-se ou atravesso você!

Missions agarrou sua arma pelo cano.

– Venha até aqui que arranco a sua maldita cabeça!

Então os arbustos começaram a se abrir em vários lugares. Os gritos tinham atraído tanto os Azuis quanto os Verdes. Fiquei onde estava enquanto eles se misturavam. A poeira subiu durante os enfrentamentos e, de quando em quando, ouvia-se o som terrível de uma coronhada contra um crânio.

– Oh, Jesus! Oh, meu Deus!

Alguns corpos estavam estendidos no chão. Rifles foram perdidos. Havia brigas de socos, e uns e outros se engravatavam. Vi dois caras com braçadeiras verdes se aplicando chaves mortais. Então o coronel Sussex apareceu. Assoprou freneticamente o seu apito. Os cuspes voaram para todos os lados. Na sequência, avançou com seu bastão e começou a bater nas tropas com ele. Ele era bom. Ardia como um chicote e cortava como uma lâmina.

– Oh, merda! EU DESISTO!

– Não, *pare*! Jesus! Misericórdia!

– Mamãe!

As tropas se separaram e ficaram se encarando. O coronel Sussex puxou sua prancheta. Seu uniforme estava impecável. Suas medalhas continuavam no mesmo lugar. Seu boné mantinha a mesma inclinação. Ele girou seu bastão, agarrou-o e se afastou. Nós o seguimos.

Subimos nos velhos caminhões do exército, com suas laterais e capota de lona, que tinham nos trazido. Os motores foram ligados e nós partimos. Olhávamos uns para os outros, sentados nos longos bancos de madeira. Havíamos chegado em caminhões diferentes, os Azuis em um e os Verdes em outro. Agora estávamos todos juntos, misturados, sentados ali, a maior parte de nós encarando os próprios sapatos surrados e poeirentos, sendo jogados para lá e para cá, para a esquerda, para a direita, para cima e para baixo, à medida que as rodas do caminhão batiam nos sulcos das velhas estradas. Estávamos cansados e derrotados e frustrados. A guerra tinha acabado.

## 41

O R.O.T.C. me manteve afastado dos esportes enquanto os outros caras praticavam diariamente. Eles formavam as equipes da escola, recebiam suas cartas de recomendação e conquistavam as garotas. Meus dias eram gastos, em sua maior parte, marchando em círculos debaixo do sol. Tudo o que você conseguia ver era a parte de trás das orelhas de um cara e sua bunda. Rapidamente me desencantei com os procedimentos militares. Os outros mantinham seus sapatos lustrados e pareciam participar das manobras com gosto. Eu não conseguia encontrar nenhum sentido nisso. Eles estavam apenas sendo postos em ordem para mais tarde terem as bolas estouradas. Por outro lado, não conseguia me ver agachado usando um capacete de futebol, as ombreiras no lugar, todo enfeitado com branco e azul, número 69, tentando bloquear algum filho da puta mal-intencionado vindo do outro lado da cidade, tentando afastar algum brutamontes com bafo de *tacos* para que o filho de algum advogado do bairro pudesse avançar uns seis metros sem ser derrubado. O problema era que você precisava ficar constantemente escolhendo entre uma opção horrível e outra pavorosa, e, independente da sua escolha, eles cortavam mais um pedaço da sua carne, até que não restasse mais nada para descarnar. Por volta dos 25 anos, a maioria das pessoas estava liquidada. Uma maldita nação inteira de desgraçados dirigindo carros, comendo, tendo bebês, fazendo todas as coisas da pior maneira possível, como votar em candidatos à presidência que os fizessem lembrar de si mesmos.

Eu não tinha interesses. Eu não tinha interesse por nada. Não fazia a mínima ideia de como iria escapar. Os outros, ao menos, tinham algum gosto pela vida. Pareciam entender algo que me era inacessível. Talvez eu fosse retardado. Era possível. Frequentemente me sentia inferior. Queria apenas encontrar um jeito de me afastar de todo mundo. Mas não havia lugar para ir. Suicídio? Jesus Cristo, apenas mais trabalho. Sentia que o ideal era poder dormir por uns cinco anos, mas isso eles não permitiriam.

Então, lá estava eu, na escola de ensino médio Chelsey, ainda alistado no R.O.T.C., ainda coberto de espinhas. Isto sempre me fazia lembrar que imenso fodido eu era.

Era um grande dia. Um homem de cada pelotão, que havia vencido a competição do Manual de Armas dentro de seu próprio pelotão, se alinhou no local onde seria realizada a competição final. De algum modo, eu havia vencido a competição do meu pelotão. Não fazia a mínima ideia de como isso ocorrera. Eu não era lá grande coisa.

Era sábado. Pais e mães ocupavam as arquibancadas. Alguém soprou uma corneta. Uma espada brilhou. Ouvimos as vozes de comando. Armas no ombro direito! Armas no ombro esquerdo! Os rifles batiam nos ombros, as coronhas batiam no chão, os rifles voltavam a bater em nossos ombros. As garotinhas estavam sentadas nas arquibancadas em seus vestidos azuis e verdes e amarelos e laranjas e rosas e brancos. O dia estava quente, aquilo tudo era uma chatice sem-fim, uma insanidade.

– Chinaski, você está competindo pela honra de seu esquadrão!

– Sim, cabo Monty.

Todas aquelas garotinhas nas arquibancadas esperando pelo seu amado, pelo seu vencedor, pelo seu executivo do mundo das corporações. Era uma tristeza. Um bando de pombos, assustados por um pedaço de papel trazido pelo vento, bateu em revoada. Ansiava por estar bêbado de cerveja. Queria estar em qualquer lugar, menos ali.

Assim que cada homem cometia um erro, ele era retirado da fila. Logo só havia seis, então cinco, depois três. Eu continuava lá. Não tinha nenhuma vontade de vencer. Eu sabia que não iria vencer. Logo eu estaria fora da disputa. Queria dar o fora dali. Estava cansado e de saco cheio. E coberto de espinhas. Não dava nem um pedaço de merda pelo que eles estavam perseguindo. Mas eu não podia cometer um erro flagrante. O cabo Monty ficaria magoado.

Então restaram apenas dois de nós. Eu e Andrew Post. Post era o queridinho de todos. Seu pai era um grande advogado criminalista. Ele estava na arquibancada com sua esposa, a mãe de Andrew. Post suava, mas estava determinado. Nós dois sabíamos que ele iria vencer. Eu podia sentir a energia, e toda a energia emanava dele.

Tudo certo, pensei, ele precisa disso, eles precisam disso. É o modo como as coisas funcionam. É o modo como supostamente elas devem funcionar.

Seguimos por um longo tempo, repetindo várias manobras do Manual de Armas. Com o canto do olho vi as traves no campo de futebol e pensei, talvez se eu tivesse me esforçado poderia ter me tornado um grande jogador.

– ORDEM! – gritou o comandante, e disparei minha arma. Ouviu-se apenas um clique. Da minha esquerda não viera som algum. Andrew Post estava paralisado. Um pequeno murmúrio se ergueu das arquibancadas.

– ARMAS! – finalizou o comandante, e eu completei a manobra.

Post também a executou, mas ele não apertara o gatilho...

A cerimônia para o vencedor se deu alguns dias mais tarde. Para minha sorte, havia outros prêmios a serem entregues. Fiquei parado e esperei enfileirado com os outros enquanto o coronel Sussex se aproximava. Minhas espinhas estavam piores do que nunca e como sempre, quando eu usava aquele uniforme de lã, marrom e pinicante, o sol estava a pino, fazendo-me ter consciência de cada fibra de lã daquela camisa filha da puta. Eu não tinha a postura de um soldado de verdade, e todos sabiam disso. Eu tinha ganhado num puro lance de sorte, meu pouco interesse pela competição não tinha permitido sequer que eu ficasse nervoso. Senti-me mal pelo coronel Sussex porque eu sabia o que ele estava pensando e talvez ele também soubesse o que se passava aqui dentro: que esse tipo peculiar de devoção e coragem não me pareciam excepcionais.

Então ele se postou bem na minha frente. Permaneci em posição de sentido, mas me arrisquei a dar uma olhadinha para ele. Sua saliva estava em ordem. Talvez quando ele estivesse puto da cara ela secasse. Apesar do calor, havia um agradável vento oeste soprando. O coronel Sussex me condecorou com a medalha. Depois apertou minha mão.

– Congratulações – ele disse. Então sorriu para mim. E seguiu adiante.

Eta, velho fodido. No final das contas, talvez ele não fosse assim tão mau...

Caminhando para casa, eu carregava a medalha no bolso. Quem era o coronel Sussex? Apenas mais um cara que tinha que cagar como todos nós. Todos tinham que agir dentro dos conformes, adaptar-se a um molde. Médico, advogado, soldado – não importava qual fosse a escolha. Uma vez dentro do molde, só restava seguir em frente. Sussex estava tão desprotegido quanto qualquer outro. Ou você dava um jeito de encontrar algo para fazer, ou acabava nas ruas, morrendo de fome.

Eu estava sozinho, caminhando. Do meu lado da calçada, logo antes de chegar à primeira avenida do meu longo percurso até em casa, havia uma loja pequena e esquecida. Parei e olhei a vitrine. Vários objetos estavam expostos com suas etiquetas de preço manchadas. Vi alguns candelabros.

Havia uma torradeira elétrica. Uma lamparina de mesa. O vidro da vitrine estava sujo por fora e por dentro. Através das manchas amarronzadas de sujeira distingui dois cachorros de brinquedo fazendo caretas. Um piano em miniatura. Essas coisas estavam à venda. Não pareciam muito atraentes. Não havia nenhum cliente na loja, e também não consegui avistar um vendedor. Era um lugar pelo qual eu havia passado dezenas de vezes anteriormente, mas nunca parara para examinar.

Olhei para dentro e gostei. Nada acontecia por ali. Era um lugar para descansar, para dormir. Tudo ali dentro estava morto. Conseguia me ver feliz da vida trabalhando como vendedor naquela lojinha, desde que nenhum cliente jamais entrasse pela porta.

Afastei-me da vitrine e segui adiante. Um pouco antes de alcançar a avenida, pisei no pavimento da rua e vi aquela enorme boca-de-lobo muito próxima dos meus pés. Era como se fosse uma enorme boca negra que levasse às entranhas da terra. Enfiei a mão no bolso e peguei a medalha e a lancei para dentro da abertura. Entrou direitinho, desaparecendo na escuridão.

Então voltei para a calçada e continuei a caminho de casa. Quando cheguei lá, meus pais estavam ocupados com várias tarefas domésticas. Era sábado. Agora eu tinha que cortar e aparar a grama, molhá-la e depois regar as flores.

Vesti minha roupa para a lida, saí, e com meu pai me vigiando debaixo de suas sobrancelhas negras e malignas, abri a porta da garagem e cuidadosamente puxei o cortador de grama para trás, de modo que as lâminas não girassem, mantendo-as em suspenso.

## 42

– Você deveria tentar ser como Abe Mortenson – disse minha mãe –, ele sempre tira a nota máxima. Por que você nunca consegue tirar um "A"?

– Henry é um folgado – disse meu pai. – Às vezes não consigo acreditar que ele seja meu filho.

– Você não *quer* ser feliz, Henry? – perguntou minha mãe. – Você nunca sorri. Sorria e seja feliz.

– Basta de ficar sentindo pena de si mesmo – disse meu pai. – Seja um homem!

– Sorria, Henry!

– O que você vai ser na vida? Como é que vai conseguir alguma coisa desse jeito? Você não tem ânimo para nada!

– Por que você não vai ver o Abe? Converse com ele, aprenda com ele – disse minha mãe...

Bati na porta do apartamento dos Mortenson. A porta se abriu. Era a mãe de Abe.

– Você não pode ver o Abe. Ele está ocupado com os estudos.

– Eu sei, sra. Mortenson. Só queria vê-lo por um minuto.

– Tudo bem. O quarto dele é logo ali à direita.

Fui até lá. Ele tinha sua própria mesa. Estava sentado com um livro aberto sobre outros dois livros. Sabia que livro era pela cor da capa: Educação Cívica. Cívica, pelo amor de Deus, num domingo.

Abe ergueu os olhos e me viu. Deu uma cuspida nas mãos e então voltou para o livro.

– Olá – ele disse, os olhos cravados na página.

– Aposto que você já leu dez vezes essa mesma página, seu merda.

– Preciso memorizar tudo.

– O que está aí é lixo puro.

– Preciso passar nos testes.

– Já pensou alguma vez em trepar com uma garota?

– O quê? – ele cuspiu nas mãos.

– Alguma vez você já olhou para o vestido de uma garota e quis ver mais? Alguma vez já pensou na bocetinha dela?

– Isso não é importante.
– É importante para ela.
– Preciso estudar.
– Estamos jogando uma partida de beisebol, os camaradas lá da escola.
– Em pleno domingo?
– O que há de errado em ser domingo? As pessoas fazem uma porção de coisas nesse dia.
– Mas beisebol?
– Os profissionais jogam no domingo.
– Mas eles são pagos.
– Você está sendo pago para ler essa página um milhão de vezes? Vamos lá, coloque um pouco de ar puro nesses pulmões, vai ajudar a clarear o seu raciocínio.
– Tudo bem, mas só um pouquinho.

Ele se levantou e eu o segui pelo corredor até a sala da frente. Caminhamos em direção à porta.

– Abe, onde você está indo?
– Vou sair um pouquinho.
– Tudo bem. Mas volte logo. Você tem que estudar.
– Eu sei...
– Está certo. Henry, você está encarregado de fazê-lo voltar.
– Cuidarei dele, sra. Mortenson.

Lá estavam Carequinha, Jimmy Hatcher, mais alguns caras da escola e outros rapazes da vizinhança. Tínhamos apenas sete de cada lado, o que deixava dois buracos na defesa, mas aquilo me agradava. Eu jogava na posição central. Melhorara bastante meu jogo, estava pegando bem. Cobria a maior parte do campo. Eu era rápido. Gostava de me posicionar perto para pegar as bolas baixas. Mas do que eu mais gostava era de correr para trás para pegar aquelas bolas altas e fortes que passavam sobre minha cabeça. Isto era o que Jigger Statz fazia com os Anjos de Los Angeles. Sua média era de .280, mas os pontos que ele evitava que o outro time convertesse faziam-no tão valioso quanto um batedor de .500.

A cada domingo uma dúzia ou mais de garotas da vizinhança vinha nos assistir. Eu as ignorava. Elas gritavam de verdade quando alguma coisa excitante acontecia. Jogávamos para valer e cada um de nós tinha sua própria luva, inclusive Mortenson. Ele tinha a melhor de todas. Mal tinha sido usada.

Corri até o centro do campo e o jogo começou. Tínhamos Abe na segunda base. Soquei o punho na minha luva de beisebol e gritei para Mortenson:

– Ei, Abe, você já meteu o pau num ovo cru? Não é preciso morrer pra ir pro céu!

Ouvi as risadas das garotas.

O primeiro cara bateu e não acertou. Ele não era lá grande coisa. Eu também furava muitas bolas, mas quando acertava era o que rebatia mais forte entre todos. Conseguia realmente dar umas belas castanhadas: para fora do terreno, fazendo a bola chegar na rua. Sempre me agachava bastante sobre a base. Naquela posição, eu aparentava ser uma mola comprimida.

Cada momento do jogo me excitava. Todos os jogos que eu havia perdido cortando o gramado, todos os dias no ensino fundamental em que eu era o penúltimo a ser escolhido eram coisa do passado. Eu tinha desabrochado. Eu tinha algo especial e sabia disso, e, meu Deus, como isso era bom.

– Ei, Abe! – gritei. – Cuspindo desse jeito você nem precisa de um ovo cru!

O cara seguinte acertou uma bem forte que veio alta, muito alta, e eu recuei para tentar uma pegada sobre os ombros. Corri para trás, me sentindo o máximo, sabendo que mais uma vez operaria um milagre.

Merda. A bola atingiu uma árvore alta no fundo do terreno. Então pude ver a bola quicando de lá para cá entre os galhos. Parei e fiquei esperando. Mau sinal, ela ia para a esquerda. Corri nessa direção. Com um novo quique, a bola foi para a direita. Corri nessa direção. Depois tocou um galho, ficou um pouco ali e então deslizou por entre algumas folhas e caiu na minha luva.

As garotas gritaram.

Lancei a bola para o nosso arremessador num movimento só e retornei correndo para o centro. O cara seguinte falhou em rebater. Nosso arremessador, Harvey Nixon, mandava bolas que eram um tiro de canhão.

Mudamos de lado, e eu fiquei na primeira base. Nunca tinha visto o sujeito que ia arremessar. Não era de Chelsey. Perguntava-me de onde ele teria saído. Era um camarada todo grande, cabeça grande, boca grande, orelhas grandes, corpo grande. Seus cabelos lhe caíam sobre os olhos e ele parecia meio idiota. Seus cabelos eram castanhos, e seus olhos, verdes; olhos que me fulminavam por entre os fios que escorriam sobre a face. Tinha-se a impressão de que seu braço esquerdo era mais longo que o direito. O braço esquerdo era o que usava para arremessar. Eu nunca enfrentara um canhoto, pelo menos não no beisebol. Mas isso não podia fazer muita diferença. De cabeça para baixo, todos seriam canhotos.

Chamavam-no de "Gatinho" Floss. E que gatinho. Oitenta e cinco quilos.

– Vamos, Carniceiro, acerte uma pra valer! – gritou uma das garotas.

Elas me chamavam de Carniceiro porque eu jogava bem e as ignorava.

Por entre as suas duas grandes orelhas, o Gatinho olhou para mim. Cuspi na base, posicionei minhas pernas e brandi meu bastão.

O Gatinho moveu a cabeça como se tivesse recebido uma instrução do pegador. Estava apenas se exibindo. Então olhou para os arredores do campo. Mais exibição. Era para divertir as garotas. Ele não conseguia deixar de pensar com a cabeça de baixo.

Começou a girar o braço. Acompanhei a bola em sua mão esquerda. Meus olhos não deixaram de focá-la um instante sequer. Eu aprendera o segredo. Você se concentrava na bola e seguia sua trajetória por todo o caminho até a base e só então você a atacava com o bastão.

Acompanhei a bola partir de sua mão contra a luz do sol. Era uma mancha assassina rasgando o ar, mas precisava ser rebatida. Vinha abaixo dos meus joelhos e muito longe da zona de ataque. Seu pegador teve que mergulhar para alcançá-la.

– Bola um – resmungou um velho bundão lá da vizinhança que apitava nossos jogos. Ele era um vigia noturno de uma loja de departamento e gostava de conversar com as garotas.

– Tenho duas filhas em casa com a mesma idade que vocês. Elas são uma graça. Usam roupas apertadas iguais às suas.

Ele gostava de se agachar sobre a base e mostrar seu imenso rabo. Era tudo o que ele tinha, aquele rabo e um dente de ouro.

O pegador lançou a bola de volta para o Gatinho Floss.

– Ei, gatinha! – gritei para ele.

– Cê tá falando comigo?

– Sim, com você, braço curto. Vai ter que jogar a bola mais perto ou terei que pegar um táxi.

– A próxima será toda sua – ele me falou.

– Bom – eu disse. Preparei-me.

Iniciou novamente a sua sequência, movendo a cabeça como se recebesse um sinal, olhando os arredores. Acompanhei sua girada de braço. Vi quando a bola abandonou sua mão, uma mancha negra contra o céu azul ensolarado que então, subitamente, se aproximava em alta velocidade do meu crânio. Abaixei-me, sentindo ela raspar meus cabelos.

– *Strike* um – murmurou o velho bundão.

– O quê? – gritei. O pegador ainda estava com a bola. Ele estava tão surpreso com a marcação quanto eu. Tomei a bola dele e a mostrei ao árbitro.

– O que é isso? – perguntei a ele.
– Uma bola de beisebol.
– Ótimo. Não se esqueça da aparência dela.

Peguei a bola e fui até o montinho do arremessador. Os olhos verdes não vacilaram sob aquele cabelo imundo. Mas a boca se abriu um pouquinho, como um sapo tomando ar.

Fui até o Gatinho.

– Não rebato com minha cabeça. A próxima vez que você fizer isso vou meter essa coisa nas suas cuecas e enfiá-la naquele lugar que você nunca limpa.

Alcancei-lhe a bola e caminhei de volta para a base. Tomei posição e girei o taco.

– Uma bola e um *strike* – disse o velho bundão.

Floss limpou a sujeira ao redor do montinho. Olhou para a esquerda do campo. Não havia nada ali com exceção de um cachorro faminto coçando a orelha. Floss ficou esperando um sinal. Pensava nas garotas, queria parecer bacana. O velho bundão se agachou, espalhando bem aquele seu traseiro estúpido, também tentando impressionar. Eu era, provavelmente, um dos poucos com a cabeça concentrada no jogo.

O momento chegou, Gatinho Floss começou a girar o braço. O moinho de vento daquela mão esquerda poderia encher você de pânico se você deixasse. Era preciso ser paciente e esperar pela bola. Finalmente ele a soltou. E então cabia a você destruir, e quanto mais forte eles arremessavam mais para longe você podia mandá-la.

Vi a bola se afastar de seus dedos enquanto uma das garotas gritava. Floss não perdera o ímpeto. A bola se parecia com um projétil, embora fosse maior, e novamente vinha em direção ao meu crânio. A única coisa que pude fazer foi me lançar por terra. Fiquei com a boca cheia de areia.

– *STRIKE* DOIS! – ouvi o velho bundão gritar. Ele sequer conseguia pronunciar a palavra direito. Pegue um homem que trabalha de graça e você terá um sujeito que só quer vagabundear por aí.

Me ergui e espanei a sujeira da minha roupa. Tinha entrado terra até nas minhas cuecas. Minha mãe iria me perguntar:

"Henry, como você consegue deixar suas cuecas tão sujas? Agora não faça essa cara. Sorria e seja feliz!"

Caminhei até o montinho. Fiquei ali parado. Ninguém disse nada. Apenas olhei para o Gatinho. Eu tinha o taco na mão. Peguei-o pelo cabo e encostei no nariz dele. Ele o afastou com um tapa. Dei meia-volta e caminhei em direção à base. Na metade do caminho, parei. Voltei-me e novamente o encarei. Então segui para o meu lugar.

Tomei posição e brandi o taco. Esta seria minha. O Gatinho fingiu atender a um sinal não existente. Ele olhou por um longo tempo, então moveu sua cabeça como se estivesse negando. Continuava olhando com aqueles olhos verdes por detrás daquele cabelo seboso.

Girei o bastão com mais força.

– *Acerte a bola, Carniceiro!* – gritou uma das garotas.

– *Carniceiro! Carniceiro! Carniceiro!* – gritou outra.

Então o Gatinho deu as costas para a gente e olhou para o centro do campo.

– Tempo – eu disse e saí da posição. Havia uma garota muito graciosa de vestido laranja. O cabelo dela era loiro e escorria liso, como uma cascata dourada, belíssimo, e cruzamos nossos olhares por um momento e ela disse:

– Carniceiro, por favor, rebata!

– Cala a boca – eu disse e voltei para a posição.

O lançamento veio. Acompanhei toda a trajetória. Essa era minha. Esperava por uma bola baixa. Queria uma bola baixa, uma bola que me permitisse sair do montinho para matar ou ser morto. A bola subiu e veio diretamente para o centro da base. Na hora em que ajustei minha posição, o máximo que consegui foi girar o taco de modo débil no vazio e ver a bola passar.

O cretino tinha me eliminado.

Na rodada seguinte, me pegou com três *strikes* legítimos. Juro que ele devia ter pelo menos uns 23 anos. Provavelmente um semiprofissional.

Um dos nossos caras finalmente se livrou dele.

Entretanto, eu estava jogando bem. Fiz boas pegadas. Consegui avançar três vezes. Eu sabia que quanto mais me acostumasse aos petardos do Gatinho mais apto estaria para rebatê-los. Ele já não tentava mais acertar meus miolos. Não precisava. Ele os estava fritando devagarzinho. Eu esperava que fosse apenas uma questão de tempo antes que eu conseguisse encaixar uma tacada que mandasse a bola para fora do campo.

As coisas, porém, foram ficando cada vez piores. Aquilo me desagradava. Também as garotas não estavam contentes. Ele não era apenas bom nos arremessos, era ótimo na base. Nas duas primeiras vezes, acertou um *home run* e uma dupla. Na terceira vez, acertou uma bola de baixo para cima, bem no espaço coberto por Abe na segunda base e por mim na posição central. Saí correndo, as garotas gritavam, mas Abe continuava olhando para cima e para trás, sobre os ombros, a boca escancarada, os olhos no espaço, parecendo um verdadeiro retardado, aquela boca úmida e aberta. Aproximei-me correndo e gritando:

– É minha!

Na verdade, a bola era dele, mas, de algum modo, eu não podia suportar a ideia de deixar que ele a pegasse. O cara não passava de um papa-livros idiota, e eu realmente não ia com a sua cara. Assim, segui a toda velocidade à medida que a bola caía. Trombamos um no outro, a bola escapou de sua luva quando ele caiu, e eu a peguei.

Fiquei de pé enquanto ele ainda continuava estendido no chão.

– Levante-se, seu idiota desgraçado – eu disse.

Abe continuou no chão. Chorava. Estava segurando o braço esquerdo.

— Acho que meu braço está quebrado — ele disse.
— Levante-se, seu titica de galinha.

Abe finalmente se ergueu e se afastou do campo, chorando e segurando o braço.

Olhei em volta.

— Tudo bem — eu disse —, vamos continuar o jogo!

Todos, no entanto, já se afastavam, inclusive as garotas. O jogo, evidentemente, tinha terminado. Fiquei por ali mais um tempo e então comecei a tomar o caminho de casa...

Um pouco antes do jantar, o telefone tocou. Minha mãe atendeu. Sua voz se alterou. Ela desligou e a ouvi falar com meu pai.

Então ela veio até o meu quarto.

— Por favor, venha até a sala da frente — ela disse.

Entrei na peça e me sentei no sofá. Cada um deles sentava numa cadeira. Era sempre assim. As cadeiras significavam que você era da família. O sofá era para os visitantes.

— A sra. Mortenson acabou de ligar. Eles bateram umas chapas. Você quebrou o braço do filho dela.

— Foi um acidente — eu disse.

— Ela diz que vai nos processar. Ela vai pegar um advogado judeu. Vão tomar tudo o que temos.

— Não temos lá muita coisa.

Minha mãe era uma daquelas pessoas que choram em silêncio. Conforme ela chorava, a velocidade das lágrimas se acelerava. Suas bochechas começavam a brilhar sob a luz difusa do anoitecer.

Ela enxugou os olhos. Eram de um castanho esmaecido.

— Por que você quebrou o braço do garoto?

— Foi um mano a mano. Nós dois fomos na mesma bola.

— Como assim "mano a mano"?

— Quem pegar a bola fica com ela.

– Então você ganhou esse mano a mano?
– Sim.
– Mas como essa história de "mano a mano" vai nos ajudar? O advogado judeu ainda tem um braço quebrado a seu favor.

Levantei-me e caminhei em direção ao meu quarto à espera do jantar. Meu pai não tinha dito nada. Ele estava confuso. Preocupava-se em perder o pouco que tinha, mas ao mesmo tempo estava muito orgulhoso de seu filho ser capaz de quebrar o braço de uma pessoa.

## 43

Jimmy Hatcher trabalhava meio turno em um armazém. Quando nenhum de nós conseguia arranjar trabalho ele sempre garantia o seu. Tinha sua pequena face de artista de cinema, e sua mãe tinha um belo corpo. Com a sua cara e o corpo dela, ele não tinha dificuldade em conseguir emprego.

– Por que você não dá uma chegada lá no apartamento esta noite depois do jantar? – ele me perguntou certo dia.
– Pra quê?
– Posso roubar toda cerveja que quiser. Tiro a bebida pelos fundos. Podemos tomar um trago.
– Onde você guarda elas?
– No refrigerador.
– Deixe-me ver.

Estávamos a uma quadra de sua casa. Seguimos até lá. No hall de entrada, Jimmy disse:

– Espere um pouquinho. Preciso checar a caixa de correspondências.

Tirou sua chave e abriu a portinhola. Estava vazia. Voltou a trancá-la.

– Minha chave abre a caixa dessa mulher, veja só.

Jimmy abriu a caixa, tirou uma carta que estava dentro e a abriu. Leu-a para mim.

– "Cara Betty: Sei que esse cheque está atrasado e que você está esperando por ele. Perdi meu emprego. Encontrei outro, mas isso acabou retardando a remessa. Aqui está o cheque finalmente. Espero que tudo esteja bem com você. Com amor, Don."

Jimmy puxou o cheque e deu uma olhada. Rasgou-o, assim como a carta e o envelope, colocando os pedacinhos de papel nos bolsos do seu casaco. Então chaveou a caixa de correspondência.

– Vamos lá.

Entramos em seu apartamento e seguimos até a cozinha, onde ele abriu o refrigerador. Estava atulhado de latas de cerveja.

– Sua mãe sabe disso?
– Claro. Ela também bebe.

Ele fechou o refrigerador.

– Jim, seu pai realmente estourou os miolos por causa da sua mãe?
– Sim. Ele estava falando com ela ao telefone. Disse que tinha uma arma. Ele disse: "Se você não voltar pra mim, me mato. Você vai voltar?". E minha mãe respondeu: "Não". Ouviu-se então o tiro e isso foi tudo.
– O que sua mãe fez?
– Ela desligou o telefone.
– Certo, vejo você à noite.

Disse aos meus pais que eu ia até a casa do Jimmy para fazer uns deveres de casa com ele. Meu tipo de dever de casa, pensei.

– Jimmy é um garoto legal – disse minha mãe.

Meu pai ficou calado.

Jimmy pegou as cervejas e nós começamos. Aquilo realmente fazia a minha cabeça. A mãe do Jimmy trabalhava num bar até as duas da manhã. O lugar era todo nosso.

– Sua mãe tem um corpaço, Jim. Por que será que algumas mulheres têm um corpo espetacular e a maioria das outras parece ser deformada? Por que todas as mulheres não podem ter corpaços?

– Por Deus, não faço a menor ideia. Talvez se as mulheres fossem todas iguais ficássemos de saco cheio delas.

– Beba mais. Você bebe muito devagar.

– Tá.

– Talvez depois de algumas cervejas eu lhe cague a pau.

– Somos amigos, Hank.

– Não tenho amigos. Beba!

– Tudo bem, mas por que a pressa?

– Você tem que entorná-las para sentir o efeito.

Abrimos mais umas latinhas de cerveja.

– Se eu fosse uma mulher, andaria por aí com minha saia bem arregaçada, deixando todos os homens de pau duro – disse Jimmy.

– Você me dá nojo.

– Minha mãe conheceu um cara que bebia o mijo dela.

– O quê?

– É isso que você ouviu. Eles enchiam a cara a noite toda e depois ele se deitava numa banheira para minha mãe mijar na boca dele. Então ele lhe dava 25 dólares.

– Ela lhe contou essa história?

– Desde que meu pai se matou, sou seu confidente. É como se eu tivesse tomado o lugar dele.

– Você quer dizer que também...?

– Oh, não. Ela apenas me faz confidências.

– Como essa do cara da banheira?

– É, como essa.

– Conte-me mais coisas.

– Não.

– Vamos lá, beba mais. Alguém come o cocô da sua mãe?

– Não fale assim.

Terminei a latinha que tinha na mão e a joguei longe.

– Gosto desta espelunca aqui. Talvez devesse me mudar pra cá.

Fui até o refrigerador e trouxe mais meia dúzia de latinhas.

– Sou um filho da puta dos mais durões – eu disse. – Tem sorte que eu deixe você andar comigo.

– Somos amigos, Hank.

Pus uma lata debaixo do seu nariz.

– Aqui, beba isso!

Fui até o banheiro para mijar. Era um banheiro tipicamente feminino, toalhas de um colorido vivo, tapetes cor-de-rosa. Até mesmo a tampa da privada era rosa. Ela sentava o seu enorme rabo branco ali e ela se chamava Clare. Olhei para meu pau ainda virgem.

– Sou um homem – eu disse. – Posso comer o rabo de qualquer um.

– Preciso usar o banheiro, Hank...

Jimmy estava junto à porta.

Entrou no banheiro. Escutei-o vomitar.

– Ah, merda... – deixei escapar e abri uma nova latinha de cerveja.

Passados alguns minutos, Jim saiu lá de dentro e se sentou numa cadeira. Ele estava muito pálido. Meti uma lata de cerveja debaixo do seu nariz.

– Beba! Seja homem! Você é homem suficiente para roubá-las, agora seja para bebê-las!

– Deixa eu descansar um pouco.

– Beba!

Sentei no sofá. Ficar bêbado era bacana. Decidi que sempre me embebedaria. A bebida levava o que era vulgar para longe, e talvez, se você conseguisse ficar afastado do que era vulgar por tempo suficiente, pudesse escapar desse destino.

Olhei para o Jimmy.

– Beba, seu escroto.

Mais uma vez lancei longe minha latinha vazia.

– Fale-me mais da sua mãe, Jimmy, meu velho. O que ela disse do homem que bebeu seu mijo na banheira?

– Ela disse: "A cada minuto nasce um otário".

– Jim?

– Ahn?

– Beba. Seja homem!

Ele ergueu a latinha. Então correu para o banheiro e o ouvi vomitar mais uma vez. Depois de um tempo veio de lá e se sentou na cadeira. Seu aspecto era péssimo.

– Preciso me deitar – ele disse.

– Jimmy – eu disse –, vou ficar esperando aqui até sua mãe chegar.

Jimmy se ergueu e foi caminhando em direção ao quarto.

– Quando ela chegar em casa, vou fodê-la, Jimmy.

Ele não me ouviu. Apenas seguiu se arrastando até o quarto.

Fui até a cozinha e voltei com mais cerveja.

Sentei e bebi cerveja e esperei por Clare. Onde estava aquela *puta*? Eu não podia permitir uma coisa dessas. Eu era o comandante de um navio estanque.

Fiquei de pé e fui até o quarto. Jim estava com o rosto enfiado na cama, ainda todo vestido, inclusive de sapato. Voltei para a sala.

Bem, estava claro que o garoto não tinha estômago para a bebida. Clare precisava de um homem. Sentei e abri outra latinha de cerveja. Tomei um golaço. Encontrei um maço de cigarros sobre a mesa do café da manhã e acendi um.

Não faço ideia de quantas cervejas ainda bebi esperando por Clare, mas finalmente ouvi o barulho da chave. A porta se abriu. Lá estava a Clare do corpaço e dos cabelos loiros platinados. Aquele corpo ficou ali, sobre aqueles saltos altos, oscilando um pouquinho. Nenhum artista poderia imaginar algo melhor. Mesmo as paredes a admiravam, as pantalhas, as cadeiras, o tapete. Mágica. Parada ali...

– Quem diabos é você? O que é isso?

– Clare, nós nos conhecemos. Sou Hank, amigo do Jimmy.

– Dê o fora daqui!

Dei uma risada.

– Vou chegar mais perto, baby, somos apenas eu e você!

– Onde está o Jimmy?

Ela correu até o quarto e então voltou.

– Seu merdinha! O que está acontecendo aqui?

Peguei um cigarro e o acendi. Escarneci.

– Você fica linda quando está brava...

– Você não passa de um moleque bêbado de cerveja. Vá pra casa.

– Sente-se, baby. Tome uma cerveja.

Clare se sentou. Fiquei surpreso com aquilo.

– Você estuda em Chelsey, não? – ela perguntou.

– Sim. Jim e eu somos companheiros.

– Você é o Hank.

– Sim.

– Ele me falou de você.

Alcancei uma latinha de cerveja para Clare. Minha mão tremia.

– Aqui, tome uma bebida, baby.

Ela abriu a latinha e tomou um gole.

Olhei para Clare, ergui minha cerveja e dei um talagaço. Era uma mulher de verdade, um tipo Mae West, usava o mesmo tipo de roupa justa – quadris largos, pernas grandes. E peitos. Peitos sensacionais.

Clare cruzou as pernas magníficas, a saia se ergueu um pouco. Suas pernas eram grossas e douradas, e as meias de seda pareciam uma segunda pele.

– Conheci sua mãe – ela disse.

Sequei minha latinha e a coloquei junto a meus pés. Abri uma nova, tomei um gole, então olhei para ela, não sabendo se olhava seus seios ou suas pernas ou sua face cansada.

– Sinto muito por ter embebedado seu filho. Mas preciso lhe dizer uma coisa.

Ela virou a cabeça para acender um cigarro e logo me encarou novamente.

– O que é?

– Clare, eu te amo.

Ela não riu. Deu-me apenas um sorriso discreto, os cantos de sua boca se erguendo levemente.

– Pobre garoto. Você não passa de um pintinho recém-saído da casca.

Era verdade, mas aquilo me deixou puto. Talvez justamente por ser verdade. Meu delírio e a cerveja queriam que aquilo tudo fosse algo mais. Tomei outro trago, olhei para ela e disse:

– Pare com essa merda. Levante a saia. Deixe-me ver suas pernas. Mostra essa bunda.

– Você é apenas um garoto.

Então eu falei aquilo. Não sei de onde vieram aquelas palavras, mas lhe disse:

– Posso parti-la ao meio, baby, se você me der uma chance.

– É mesmo?

– É.

– Tudo bem. Vamos ver.

Então ela entrou em ação. Simples assim. Descruzou as pernas e arregaçou a saia.

Estava sem calcinha.

Pude ver suas carnes brancas e descomunais, rios de carne. Havia uma enorme e protuberante verruga na parte interna de sua coxa esquerda. E depois a mata de cabelos crespos entre suas pernas, que não eram platinados como os de sua cabeleira, mas castanhos com alguns pontos grisalhos, envelhecidos como um arbusto doente e moribundo, inanimado e triste.

Fiquei de pé.

– Tenho que ir, sra. Hatcher.

– Cristo, pensei que você queria se *divertir*!

– Não com o seu filho no quarto ao lado, sra. Hatcher.

– Não se preocupe com ele, Hank. Ele está apagado.

– Não, sra. Hatcher, *realmente* tenho que ir.

– Tudo bem, dê o fora daqui, seu maldito pintinho de formiga!

Fechei a porta às minhas costas e caminhei ao longo do corredor do prédio e depois para a rua.

E pensar que alguém tinha se matado por aquilo.

A noite subitamente me pareceu melhor. Caminhei em direção à casa dos meus pais.

## 44

Podia ver a estrada à minha frente. Eu era pobre e ficaria pobre. Mas eu não queria particularmente dinheiro. Eu sequer sabia o que desejava. Sim, eu sabia. Queria algum lugar para me esconder, um lugar em que ninguém tivesse que fazer nada. O pensamento de ser alguém na vida não apenas me apavorava mas também me deixava enojado. Pensar em ser um advogado ou um professor ou um engenheiro, qualquer coisa desse tipo, parecia-me impossível. Casar, ter filhos, ficar preso a uma estrutura familiar. Ir e retornar de um local de trabalho todos os dias. Era impossível. Fazer coisas, coisas simples, participar de piqueniques em família, festas de Natal, 4 de Julho, Dia do Trabalho, Dia das Mães... afinal, é para isso que nasce um homem, para enfrentar essas coisas até o dia de sua morte? Preferia ser um lavador de pratos, retornar para a solidão de um cubículo e beber até dormir.

Meu pai tinha um plano perfeito. Ele me disse:

– Meu filho, cada homem, durante seu período de vida, deveria comprar uma casa. Pois finalmente, quando morresse, deixaria essa casa para o filho. Então, esse filho também compraria uma casa que, ao morrer, seria herdada pelo filho, neto do primeiro. Já são duas. Este último compraria uma nova e aí seriam três casas...

A estrutura familiar. A vitória sobre a adversidade por meio da família. Ele acreditava nisso. Pegue a família, misture com Deus e a Pátria, acrescente a jornada de trabalho de dez horas e você teria o necessário.

Olhei para meu pai, para suas mãos, seu rosto, suas sobrancelhas, e soube que esse homem nada tinha a ver comigo. Ele era um estranho. Minha mãe simplesmente não existia. Eu era um amaldiçoado. Olhando para meu pai eu não enxergava nada além de uma obtusidade indecente. Pior, ele tinha inclusive mais medo de falhas do que a maioria das outras pessoas. Séculos de sangue de camponês e de treinamento servil. A linha dos Chinaski vinha sendo enfraquecida por uma série de camponeses servis que haviam aberto mão de suas vidas reais em troca da ilusão de lucros esporádicos e ilusórios. Nenhum homem em toda a linhagem que dissesse:

– Não quero uma casa. Quero *mil* casas, e quero *agora*!

Ele havia me enviado para aquela escola de ricaços na expectativa de que o ambiente e a convivência pudessem me moldar, enquanto eu assistia àqueles garotos ricos desfilarem em seus cupês cor de creme ao lado de suas garotas em vestidos cintilantes. Em vez disso, aprendi que os pobres sempre permanecem pobres. Que os jovens ricos sentem o fedor dos pobres e passam a achá-lo até um pouco divertido. Eles precisam rir, pois, de outro modo, seria algo por demais aterrorizante. Eles aprenderam a agir assim, através dos séculos. Jamais perdoaria as garotas por entrarem naqueles cupês creme com os rapazes sorridentes. Elas não podiam fazer nada, é claro, muito embora você sempre acabe pensando que talvez... Mas não, não havia nenhum tipo de talvez. Riqueza significava vitória, e vitória era a única realidade.

Que tipo de mulher escolheria viver com um lavador de pratos?

Durante todo o ensino fundamental, tentei não pensar muito em como as coisas eventualmente se dariam comigo. Tinha a impressão de que o mais prudente era adiar esse tipo de pensamento...

Finalmente chegou o dia do Baile de Formatura. Foi realizado no ginásio feminino com música ao vivo, uma banda de verdade. Não sei bem por que, mas andei até lá naquela noite, os quatro quilômetros que separavam a escola da casa dos meus pais. Fiquei do lado de fora, no escuro, olhando para o baile, através das janelas gradeadas, completamente admirado. Todas as garotas pareciam extremamente crescidas, imponentes, adoráveis, trajando vestidos longos, e todas exalando beleza. Quase não as reconheci. E os garotos em seus smokings estavam muito bem, dançavam com perfeição, cada qual segurando uma garota nos braços, seus rostos pressionados contra os cabelos delas. Todos dançavam com extrema graça, e a música vinha alta e límpida e boa, potente.

Então vislumbrei o reflexo do meu rosto a admirá-los – marcado por espinhas e cicatrizes, minha camisa surrada. Eu era como uma fera da selva atraída pela luz, olhando para dentro. Por que eu tinha vindo? Sentia-me mal. Mas continuava assistindo a tudo. A dança terminou. Houve uma pausa. Os casais trocavam palavras com facilidade. Era algo natural e civilizado. Onde eles tinham aprendido a conversar e a dançar? Eu não podia conversar ou dançar. Todo mundo sabia alguma coisa que eu desconhecia. As garotas eram tão lindas; os rapazes, tão elegantes. Eu ficaria aterrorizado só de olhar para uma daquelas garotas, o que dizer ficar sozinho em sua companhia. Mirá-la nos olhos ou dançar com ela estaria além das minhas forças.

E ainda assim eu tinha consciência de que o que via não era tão simples e nem bonito como aparentava ser. Havia um preço a ser pago por aquilo tudo, uma falsidade generalizada na qual facilmente se poderia acreditar e que poderia ser o primeiro passo para um beco sem saída. A banda voltou a tocar e as garotas e os garotos recomeçaram a dança, e as luzes sobre suas cabeças giravam, lançando sobre os casais reflexos dourados, depois vermelhos, azuis, verdes e então novamente dourados. Enquanto eu os observava, dizia para mim mesmo que um dia minha dança iria começar. Quando este dia chegasse teria alguma coisa que eles não têm.

De repente, contudo, aquilo se tornou demais para mim. Eu os odiei. Odiei sua beleza, sua juventude sem problemas e, enquanto os via dançar por entre o mar de luzes mágicas e coloridas, abraçados uns aos outros, sentindo-se tão bem, pequenas crianças ilesas, desfrutando de sua sorte temporária, odiei-os por terem algo que eu ainda não tinha, e disse para mim mesmo, repeti para mim mesmo, *algum dia serei tão feliz quanto vocês, esperem para ver*.

Seguiram dançando, enquanto eu repetia minha frase para eles.

Então ouvi um barulho às minhas costas.

– Ei, o que você está fazendo?

Era um velho com uma lanterna. Sua cabeça parecia a de um sapo.

– Estou olhando o baile.

Ele manteve a lanterna bem debaixo de seu nariz. Seus olhos eram redondos e grandes, brilhavam como os olhos de um gato sob a luz do luar. Mas sua boca era enrugada, murcha, e sua cabeça era redonda. Havia nessa redondeza tamanha falta de sentido que me fazia lembrar uma abóbora tentando parecer inteligente.

– Tire seu rabo daqui!

Dirigiu o foco da lanterna para cima de mim.

— Quem é você? — perguntei.

— Sou o guarda noturno. Tire seu rabo já daqui antes que eu chame a polícia!

— Por quê? Esse é o Baile de Formatura e estou entre os formandos.

Focou a luz bem na minha cara. A banda tocava *Deep Purple*.

— Não vem com essa — ele disse. — Você tem pelo menos uns 22 anos!

— Estou no livro do ano da escola, classe de 1939, classe dos formandos, Henry Chinaski.

— Por que você não está lá dentro dançando?

— Esqueça. Estou indo pra casa.

— *Faça isso*.

Afastei-me e comecei a andar. Sua lanterna enfocou o caminho, a luz me seguindo. Abandonei o campus. Era uma noite agradável e quente, quase abafada. Pensei ter visto alguns vaga-lumes, mas não tive certeza.


## 45


Dia da Formatura. Nos Enfileiramos em nossos barretes e togas para ouvir a marchinha *Pompa e Circunstância*. Eu achava que em nossos três anos devíamos ter aprendido alguma coisa. Nossa habilidade para falar tinha provavelmente melhorado e tínhamos crescido em tamanho. Eu continuava virgem.

— Ei, Henry, já conseguiu afogar o ganso?

— Não tem jeito — seria minha resposta.

Jimmy Hatcher sentou ao meu lado. O diretor estava discursando e realmente ia ao fundo daquele velho barril de merda.

— A América é a grande terra das oportunidades, e qualquer homem ou mulher que tiver disposição para trabalhar se dará bem na vida...

– Lavador de pratos – eu disse.
– Homem da carrocinha – disse Jimmy.
– Ladrão – eu disse.
– Lixeiro – disse Jimmy.
– Enfermeiro num hospício – eu disse.
– A América é corajosa, a América foi construída por gente de coragem... Nossa sociedade é justa.
– Justa para uns poucos – disse Jimmy.
– ... uma sociedade correta, e todos aqueles que procuram pelo sonho ao final do arco-íris irão encontrar...
– Um cu preto e cabeludo – sugeri.
– ... e posso dizer, sem hesitação, que particularmente esta turma do verão de 1939, a menos de uma década do começo da nossa terrível Depressão nacional, é a turma mais dotada de coragem, talento e paixão que já tive o privilégio de testemunhar, mais do que *qualquer* outra!

As mães, os pais, os parentes aplaudiram fervorosamente; uns poucos estudantes se uniram a eles.

– Turma do verão de 1939, tenho orgulho de seu futuro, tenho *confiança* em seu futuro. Envio-os agora para sua grande *aventura*!

A maior parte deles iria para a U.S.C., curtir mais quatro anos de vida longe do trabalho.

– *E envio minhas preces e bênçãos com vocês!*

Os melhores estudantes receberam seus diplomas primeiro. Foram sendo chamados. Abe Mortenson estava entre eles. Pegou seu canudo. Aplaudi.

– Onde ele vai terminar? – perguntou Jimmy.
– Contador em uma fábrica de peças automotivas manufaturadas. Em algum lugar perto de Gardena, Califórnia.
– Um emprego pra vida toda... – disse Jimmy.
– Uma esposa pra vida toda – acrescentei.
– Abe nunca será miserável...
– Nem feliz.
– Um homem obediente...
– Um pau-mandado.

– Uma múmia...

– Um covarde.

Depois que os estudantes laureados haviam recebido a atenção que mereciam, começaram a nos chamar. Sentia-me desconfortável sentado ali. Queria caminhar.

– Henry Chinaski! – fui chamado.

– Servidor público – falei para Jimmy.

Caminhei até o palco e o atravessei, peguei meu diploma e apertei a mão do diretor. Ela me pareceu escorregadia como o limo no interior de um aquário sujo. (Dois anos mais tarde se descobriria que ele fraudava e se apropriava dos fundos da escola; seria julgado, condenado e preso.)

Ao voltar para o meu lugar, passei por Mortenson e pelos alunos laureados. Ele olhou para mim e mandou que eu me fodesse com o dedo, de um modo que só eu pude ver. Aquilo me acertou em cheio. Foi tão inesperado.

Voltei e me sentei ao lado de Jimmy.

– Mortenson mandou eu me foder!

– Não, não posso *acreditar*!

– Filho da puta! Estragou meu dia! Não que isso seja grande merda, mas, sei lá, ele passou dos limites!

– Não acredito que ele tenha tido coragem de mandar você se foder.

– Isso não é coisa dele. Será que alguém está lhe soprando coisas no ouvido?

– Não sei o que pensar.

– Ele sabe que posso parti-lo ao meio num piscar de olhos!

– Arrebenta com ele!

– Mas você não vê que ele me venceu? Foi o modo como me pegou de surpresa!

– Tudo o que você tem que fazer é dar uns chutes naquele rabo.

– Você acha que aquele filho da puta aprendeu alguma coisa lendo todos aqueles livros? Sei que não há nada importante neles porque os li, pulando as páginas de quatro em quatro.

— Jimmy Hatcher! — seu nome foi chamado.
— Sacerdote — ele disse.
— Criador de galinhas — eu disse.

Jimmy foi até lá buscar seu canudo. Aplaudi-o com força. Qualquer um que pudesse viver com uma mãe como a dele merecia algum tipo de condecoração. Voltou e ficamos assistindo aos garotos e às garotas douradas receberem seus diplomas.

— Você não pode culpá-los por serem ricos — disse Jimmy.

— Não, eu culpo os fodidos dos seus pais.

— E os avós deles — disse Jimmy.

— Sim, ficaria feliz em tomar seus carros novos e suas namoradas bonitas e cagaria para coisas como justiça social.

— É — disse Jimmy. — Acho que o único momento em que as pessoas pensam em injustiça é quando acontece com elas.

Os garotos e garotas dourados continuaram o seu desfile pelo palco. Fiquei ali sentado, pensando se devia ou não dar uma porrada no Abe. Podia vê-lo caído na calçada, ainda de barrete e toga, vitimado pelo meu cruzado de direita, todas as garotas bonitas gritando, pensando, meu Deus, esse tal de Chinaski deve ser um *touro* no ringue!

Por outro lado, Abe não era de nada. Já tinha sido tão difícil para ele estar ali. Não daria trabalho nenhum cagar ele a pau. Decidi deixar as coisas assim. Eu já tinha quebrado seu braço, e seus pais, afinal, não tinham processado os meus. Se eu lhe quebrasse a cabeça, certamente haveria processo. Iam tirar até o último cobre do meu velho. Não que eu me importasse. Era pela minha mãe: ela iria sofrer de um jeito muito idiota, sem razão nem sentido algum.

Então a cerimônia terminou. Os estudantes deixaram seus assentos e se enfileiraram. Foram ao encontro de seus pais e parentes no gramado frontal. Houve muitos abraços e cumprimentos. Caminhei na direção dos meus, mantendo-me a um metro de distância.

– Vamos dar o fora daqui – eu disse.
Minha mãe olhava para mim.
– Henry, estou tão orgulhosa de você!
Então a cabeça da minha mãe se virou.
– Oh, lá vai Abe e seus pais! Eles são pessoas tão *legais*! *Ei, sra. Mortenson!*
Eles pararam. Minha mãe correu ao encontro da sra. Mortenson e a abraçou. Fora ela quem, após longas horas de conversa com minha mãe pelo telefone, decidira suspender o processo. Havia sido decidido que eu era um indivíduo confuso e que minha mãe já sofrera o bastante em função disso.

Meu pai apertou a mão do sr. Mortenson e eu me dirigi até Abe.

– Ok, seu chupador, que ideia foi essa de mostrar o dedo pra mim?
– O quê?
– O *dedo*!
– Não sei do que você está falando!
– *O dedo*!
– Henry, realmente não sei do que você está falando!
– Tudo bem, Abraham, é hora de ir! – disse sua mãe.

A família Mortenson se afastou toda de uma vez só. Fiquei parado, observando-os. Então seguimos para nosso carro velho. Caminhamos para oeste até a esquina e viramos em direção ao sul.

– Bem, aquele garoto dos Mortenson realmente sabe se *aplicar* aos estudos! – disse meu pai. – Quando *você* vai conseguir algo parecido? Nunca vi você botar os olhos *num* livro escolar, nunca o vi estudando sozinho!

– Alguns livros são estúpidos – eu disse.

– Oh, eles são *estúpidos*, não são? Então você não *quer* estudar? O que você *sabe* fazer? No que você é *bom*? Do que você é *capaz*? Gastei milhares de dólares na sua criação, para alimentá-lo e vesti-lo! Vamos supor que eu ponha você no olho da rua? Então, o que você fará?

– Caçarei borboletas.

Minha mãe começou a chorar. Meu pai a arrastou por uma quadra até o local em que nosso carro de dez anos estava estacionado. Enquanto fiquei ali parado, as outras famílias passaram voando em seus carros novos, indo para algum lugar.

Então Jimmy Hatcher e sua mãe passaram caminhando. Ela parou.

– Ei, espere um minuto – ela falou a Jimmy –, quero cumprimentar o Henry.

Jimmy esperou e Clare se aproximou. Colocou seu rosto bem junto ao meu. Falou baixinho para que Jimmy não pudesse ouvir.

– Escute, doçura, na hora em que você quiser se graduar de *verdade*, posso dar um jeito de lhe arranjar um diploma.

– Obrigado, Clare, procurarei você.

– Vou arrancar suas bolas, Henry!

– Não duvido, Clare.

Ela voltou até onde estava Jimmy, e eles seguiram rua abaixo.

Um carro muito velho veio se arrastando, parou, o motor morreu. Podia ver minha mãe chorando, lágrimas imensas lhe desciam pelas bochechas.

– Henry, entre! *Por favor,* entre! Seu pai está certo, mas eu amo você!

– Esqueça. Eu tenho pra onde ir.

– Não, Henry, entre! – ela gemeu. – Entre ou vou *morrer*!

Avancei, abri a porta traseira e me sentei no banco de trás. O motor voltou a funcionar e fomos embora. Lá estava eu sentado, Henry Chinaski, Turma do verão de 39, seguindo em direção a um futuro brilhante. Ou melhor: sendo levado. No primeiro sinal vermelho, o motor do carro afogou. Quando o semáforo abriu, meu pai ainda tentava ligar o motor. Alguém atrás de nós enfiou a mão na buzina. Meu pai deu um jeito de fazer a máquina funcionar e conseguimos ir em frente. Minha mãe tinha parado de chorar. Percorremos o resto do caminho assim, todos em silêncio.

## 46

Os tempos continuavam difíceis. Ninguém ficou mais surpreso do que eu quando recebi uma ligação da Mears-Starbuck* pedindo que eu me apresentasse na próxima segunda-feira. Eu andara pela cidade preenchendo mais de uma dúzia de fichas de emprego. Não havia mais nada que eu pudesse fazer. Não queria trabalhar, mas também não queria mais morar com meus pais. A Mears-Starbuck devia ter milhares de fichas de emprego nas mãos. Não podia acreditar que tivessem me escolhido. Era uma loja de departamento com filiais em várias cidades.

Na segunda-feira seguinte, lá estava eu me dirigindo para o trabalho com meu almoço dentro de um saco de papel marrom. A loja ficava a apenas algumas quadras da minha antiga escola.

Não conseguia entender por que eu havia sido selecionado. Após preencher a ficha, a entrevista tinha durado somente uns poucos minutos. Devo ter dado todas as respostas certas.

Assim que recebesse o primeiro pagamento, pensei, alugaria um quarto nas proximidades da Biblioteca Pública de Los Angeles.

Enquanto caminhava, já não me sentia tão desamparado. Percebi que um cachorro faminto, um vira-lata, me seguia. A pobre criatura estava terrivelmente magra; podia ver suas costelas coladas à pele. Grande parte do seu pelo havia caído. O que restara permanecia em tufos secos e revoltos. O cachorro tinha apanhado, estava acuado, abandonado, amedrontado, uma vítima do *Homo Sapiens*.

---

* Provável trocadilho com o nome da loja de departamentos Sears, Roebuck and Co. (N.T.)

Parei e me ajoelhei, estiquei minha mão. Ele recuou.

– Venha cá, companheiro, sou seu amigo... Venha, venha...

Ele se aproximou. Tinha olhos tão tristes.

– O que eles fizeram com você, garoto?

Aproximou-se um pouco mais, arrastando-se pela calçada, tremendo, balançando o rabo rapidamente. Então pulou sobre mim. Era grande, pelo menos o que restara dele. Suas patas dianteiras me empurraram para trás e acabei estendido na calçada. Lambeu meu rosto, minha boca, minhas orelhas, minha testa, tudo. Afastei-o, me ergui e limpei o rosto.

– Vá com calma agora! Você precisa de algo pra *comer*! COMIDA!

Abri meu saco e tirei um sanduíche. Desembrulhei-o e parti um pedaço.

– Um pouco pra você e um pouco pra mim, meu velho!

Coloquei a parte que lhe cabia na calçada. Ele se aproximou, deu uma cheirada e depois recuou, furtivamente, olhando para mim por sobre o ombro enquanto se afastava.

– Ei, espere, companheiro! Este era de *manteiga de amendoim*! Volte aqui, experimente o de *bolonhesa*! Ei, garoto, venha aqui! Volte!

O cachorro voltou a se aproximar, cautelosamente. Achei o sanduíche à bolonhesa, arranquei um naco, limpei a mostarda barata e aguada que o cobria e o coloquei sobre a calçada.

O cachorro caminhou até o pedaço de sanduíche, aproximou seu nariz e recuou. Desta vez não olhou para trás. Disparou pela rua.

Já não havia dúvidas de por que eu tinha me sentido deprimido durante toda minha vida. Não estava recebendo a alimentação adequada.

Segui na direção da loja de departamentos. Era a mesma rua que eu tomava para ir à escola.

Cheguei. Encontrei a entrada de empregados, abri a porta e entrei. Saí da luz do sol para a penumbra. À medida que meus olhos foram se ajustando, me dei conta do homem parado alguns metros à minha frente. Metade de sua orelha esquerda tinha sido arrancada em algum lugar do passado. Ele era alto, um homem muito magro com as pupilas cinzentas do tamanho de uma cabeça de agulha, centradas em uns olhos inexpressivos. Um homem muito alto e magro, ainda que, logo acima do cinto, encobrindo a fivela – subitamente –, caísse-lhe uma barriga triste e estranha e horrenda. Toda sua gordura se concentrara ali, deixando o resto de seu corpo descarnado.

– Sou o superintendente Ferris – ele disse. – Acredito que o senhor seja o sr. Chinaski?

– Sim, senhor.

– Está cinco minutos atrasado.

– Me atrasei por causa... Bem, parei para tentar dar de comer a um cachorro faminto – e sorri de maneira forçada.

– Esta é uma das desculpas mais esfarrapadas que já ouvi nos meus 35 anos de serviço. O senhor não podia aparecer com nada melhor do que isto?

– Estou apenas começando, sr. Ferris.

– E por pouco não acaba hoje mesmo. Agora – ele apontou –, o relógio-ponto fica ali e o quadro de cartões está lá. Encontre seu cartão e bata o ponto.

Encontrei-o. Henry Chinaski, empregado nº 68.754. Então fui até o relógio-ponto, mas não sabia o que fazer.

Ferris se aproximou e ficou atrás de mim, olhando para o relógio.

– Agora o senhor está seis minutos atrasado. Quando chegar aos dez minutos, descontaremos uma hora.

– Acho que seria melhor chegar uma hora atrasado.

– Não banque o engraçadinho. Se eu quiser ouvir um comediante, escuto o Jack Benny. Se você chegar uma hora atrasado, pode dar adeus ao seu maldito emprego.

– Sinto muito, mas não sei como usar um cartão-ponto. Quero dizer, como faço para bater?

Ferris arrancou o cartão da minha mão. Apontou para ele.

– Está vendo essa fenda?
– Tô.
– Como?
– Quero dizer, "sim".
– Bem, essa é a fenda para o primeiro dia da semana. Hoje.
– Ah.
– O senhor enfia o cartão aqui desta maneira...

Ele o enfiou e então puxou de volta.

– Então, quando o cartão estiver ali, o senhor puxa esta alavanca.

Ferris puxou a alavanca, mas o cartão não estava lá dentro.

– Entendi. Vamos começar.
– Não, espere.

Ele segurou o cartão na minha frente.

– Agora, se o senhor vai marcar o horário de almoço, encaixa na fenda seguinte.
– Sim, entendo.
– Então, quando o senhor retornar, deve usar a próxima fenda. O horário de almoço é de trinta minutos.
– Trinta minutos, já entendi.
– E aí, quando o senhor marcar a saída, use a última fenda. São quatro pontos durante o dia. Então o senhor vai para casa, ou para seu quarto, ou para onde quer que seja, dorme, volta para cá e bate mais quatro vezes o cartão a cada dia de trabalho, até o dia em que for demitido, desistir, morrer ou se aposentar.
– Compreendo.
– E quero que saiba que o senhor já atrasou o meu discurso de instrução aos nossos novos empregados, dos quais o senhor, neste momento, faz parte. Sou o encarregado aqui. Minha palavra é lei e seus desejos não significam nada. Se eu não gostar de algum aspecto de sua pessoa – o modo

como amarra os seus sapatos, penteia o cabelo ou peida, o senhor está de volta às ruas, compreende?

– Sim, senhor!

Uma jovem chegou toda agitada, correndo de saltos altos, longos cabelos castanhos flutuando atrás de si. Vestia um vestido vermelho e justo. Seus lábios eram grandes e vistosos, pintados excessivamente com batom. Ela puxou o cartão do quadro de modo teatral, bateu o ponto e, respirando com menos afetação, devolveu o cartão ao seu lugar.

Lançou um olhar para Ferris.

– Oi, Eddie!

– Oi, Diana!

Diana era obviamente uma balconista. Ferris se aproximou dela. Ficaram conversando. Eu não conseguia entender o assunto da conversa, mas pude ouvir suas risadas. Então eles se separaram. Diana se afastou e esperou pelo elevador que a levaria ao trabalho. Ferris caminhou de volta em minha direção, segurando meu cartão-ponto.

– Vou batê-lo agora, sr. Ferris – eu falei.

– Farei isso pelo senhor. Quero que o senhor comece da maneira correta.

Ferris inseriu meu cartão no relógio e ficou ali. Esperou. Escutei o clique do relógio e depois ele puxou a alavanca. Colocou meu cartão no quadro.

– Qual foi meu atraso, sr. Ferris?

– Dez minutos. Agora me siga.

Fui atrás dele.

Vi o grupo esperando.

Quatro homens e três mulheres. Todos eram velhos. Pareciam ter problemas de salivação. Algumas gotas pequenas de cuspe se formavam nos cantos de suas bocas; as gotas tinham secado e se tornado brancas, logo sendo cobertas por novas gotas de saliva. Alguns deles eram extremamente magros, outros, gordos demais. Alguns eram míopes; outros tremiam. Um dos velhinhos, vestido com uma camisa de cor berrante, era corcunda. Todos eles sorriam e tossiam, fumando cigarros.

Então captei. A mensagem.

A Mears-Starbuck procurava por funcionários *temporários*. A companhia não dava a mínima para a rotatividade (embora esses novos recrutas obviamente não estivessem indo para lugar nenhum exceto para o túmulo – e até lá permaneceriam como funcionários fiéis e agradecidos). E eu tinha sido escolhido para trabalhar ao lado deles. A mulher do departamento de recursos humanos me avaliara como pertencente a este patético grupo de perdedores.

O que os caras do ensino médio pensariam se me vissem? Logo eu, um dos caras mais durões do último ano.

Caminhei até lá e permaneci junto a meu grupo. Ferris sentou-se à mesa e ficou nos encarando. Um feixe de luz caía sobre ele vindo de uma janela. Tragou a fumaça do cigarro e nos sorriu.

– Bem-vindos à Mears-Starbuck...

Então ele pareceu mergulhar num devaneio. Talvez estivesse pensando a respeito de quando entrara para a loja de departamentos, há 35 anos. Soprou alguns anéis de fumaça e acompanhou o modo como subiam no ar. Sob a luz vinda de cima, sua orelha cortada parecia ainda mais impressionante.

O sujeito ao meu lado, um homenzinho que parecia um *pretzel*, cutucou-me com seu pequeno cotovelo afiado. Era um desses indivíduos cujos óculos parecem sempre na eminência de cair. Conseguia ser mais feio do que eu.

– Oi! – sussurrou. – Me chamo Mewks. Odell Mewks.

– Olá, Mewks.

– Escute, garoto, depois do trabalho podemos rodar os bares juntos. Talvez possamos pegar algumas garotas.

– Não posso, Mewks.

– Tem medo das garotas?

– É meu irmão, ele está doente. Preciso tomar conta dele.

– Doente?

— A pior das doenças. Câncer. Ele tem que mijar através de um tubo ligado a uma bolsa que fica presa à sua perna.

Então Ferris recomeçou.

— Seu salário inicial é de 44 centavos e meio por hora. Não somos sindicalizados aqui. A gerência acredita que o que é justo para a empresa é justo para os senhores. Somos como uma família, dedicados a servir e a lucrar. Cada um dos senhores receberá um desconto de dez por cento em todas as mercadorias que comprarem na Mears-Starbuck...

— OH! – disse Mewks em voz alta.

— Sim, sr. Mewks, é um bom negócio. O senhor toma conta da gente, nós tomamos conta do senhor.

Eu poderia ficar na Mears-Starbuck pelos próximos 47 anos, pensei. Arranjaria uma namorada maluca, perderia um pedaço da minha orelha esquerda e quem sabe herdasse o trabalho de Ferris quando ele se aposentasse.

Ferris falou sobre os feriados com que poderíamos contar e depois encerrou o discurso. Recebemos nossos guarda-pós e as chaves dos nossos armários e então fomos conduzidos até o depósito de mercadorias que ficava no subsolo.

Ferris também trabalhava lá. Ele se ocupava dos telefones. Sempre que atendia, segurava o fone junto à orelha cortada com a mão esquerda, apoiando esse braço sobre a mão direita enfiada no sovaco.

— Sim? Sim? Sim. Já está subindo!

— Chinaski!

— Sim, senhor.

— Departamento de lingerie...

Então ele pegaria o bloco de pedidos, listaria os itens pedidos e a quantidade de cada um deles. Ele nunca fazia isso enquanto estava ao telefone, somente após desligar.

— Localize esses itens, entregue-os ao departamento de lingerie, pegue a assinatura e retorne.

Sua fala não variava nunca.

Minha primeira entrega *foi* para a seção de lingerie. Localizei os itens, coloquei-os em meu carrinho verde com quatro rodas de borracha e o empurrei até o elevador. O elevador estava em um dos andares de cima. Apertei o botão e esperei. Depois de algum tempo, pude ver o piso do elevador à medida que ele se aproximava. Era muito lento. Então chegou ao subsolo. As portas se abriram, e um ascensorista albino e caolho controlava o painel. Jesus.

Olhou para mim.

– Novo no serviço, hein? – perguntou.

– É.

– O que você acha do Ferris?

– Acho que é um grande cara.

Eles provavelmente viviam juntos no mesmo quarto e se revezavam no manejo do fogareiro.

– Não posso levá-lo.

– Por que não?

– Preciso dar uma cagada.

Saiu do elevador e se afastou.

Lá fiquei, plantado em meu guarda-pó. Este era o modo como as coisas geralmente funcionavam. Você era um governador ou um lixeiro, um equilibrista na corda bamba ou um ladrão de banco, um dentista ou um apanhador de frutas, isto ou aquilo. Você queria fazer um bom trabalho. Cumpre a sua parte e então tem que ficar esperando por algum idiota. Esperei ali com meu guarda-pó, junto ao carrinho verde, enquanto o ascensorista cagava.

Entendi, então, claramente, por que os garotos e as garotas douradas, os ricos, passavam o tempo inteiro sorrindo. Eles sabiam.

O albino retornou.

– Que espetáculo. Me sinto quinze quilos mais leve.

– Ótimo. Será que agora poderíamos subir?

Ele fechou as portas e subimos até a loja. Abriu as portas.

– Boa sorte – disse o albino.

Empurrei meu carrinho verde pelos corredores, procurando pelo departamento de lingerie, por uma tal de srta. Meadows.

A srta. Meadows estava esperando. Era esguia e classuda. Parecia uma modelo. Seus braços estavam cruzados. Ao me aproximar dela, reparei em seus olhos. Eram de um verde esmeralda, profundos e sábios. Eu precisava conhecer alguém assim. Que olhos, que classe. Parei meu carrinho em frente ao seu balcão.

– Olá, srta. Meadows – sorri.

– Onde diabos você estava? – perguntou.

– Acabou demorando um pouco pra chegar.

– Você tem noção de que há clientes esperando? Tem noção de que estou tentando fazer o departamento funcionar de modo eficiente?

Os vendedores ganhavam dez centavos a mais do que nós por hora de trabalho, mais as comissões. Eu estava para descobrir que eles jamais se dirigiam a nós de um modo amigável. Homem ou mulher, os atendentes agiam sempre da mesma maneira. Tomavam qualquer tentativa de aproximação como uma afronta.

– Estou pensando em telefonar para o sr. Ferris.

– Farei melhor da próxima vez, srta. Meadows.

Depositei as mercadorias sobre o seu balcão e lhe alcancei a nota para que assinasse. Ela colocou sua assinatura no papel tomada de fúria. Então, em vez de me alcançá-lo, jogou-o dentro do meu carrinho.

– Cristo, não sei de onde eles *desencavam* pessoas como você!

Empurrei meu carrinho até o elevador, apertei o botão e esperei. As portas se abriram e eu entrei.

– Como é que foi? – perguntou-me o albino.

– Me sinto quinze quilos mais pesado – respondi.

Deu uma risadinha, as portas se fecharam e nós descemos.

Durante o jantar naquela noite, minha mãe disse:

– Henry, estou tão orgulhosa por você ter conseguido um emprego!

Não respondi.

Meu pai disse:

– Bem, você não está feliz de ter conseguido um emprego?

– É.

– É? É só *isso* que tem a dizer? Você tem noção de quantos homens estão desempregados no país neste momento?

– Um monte, eu acho.

– Então você deveria estar agradecido.

– Escute, será que não podíamos apenas comer em paz?

– Você deveria ser grato por esta comida também. Tem ideia de quanto custa esta refeição?

Afastei meu prato.

– Merda! Não consigo comer esta coisa!

Levantei-me e fui para o meu quarto.

– Estou pensando em aparecer lá depois para lhe dar uma lição!

Parei.

– Estarei esperando, velho.

Então me afastei. Entrei no quarto e esperei. Mas sabia que ele não ia vir. Ajustei o despertador para chegar à Mears-Starbuck na hora certa. Ainda eram sete e meia, mas tirei a roupa e fui para a cama. Apaguei a luz e fiquei no escuro. Não havia nada mais a ser feito, nenhum lugar para ir. Meus pais logo estariam na cama, as luzes apagadas.

Meu pai gostava do ditado: "Dormir cedo e levantar cedo faz um homem ter saúde, dinheiro e bom senso".

Este hábito, contudo, não lhe havia trazido nenhum desses benefícios. Decidi que eu deveria tentar reverter o processo.

Não conseguia dormir.

Talvez se me masturbasse pensando na srta. Meadows?
Vulgar demais.

Fiquei ali, chafurdando na escuridão, esperando que algo acontecesse.

## 47

Os três ou quatro primeiros dias na Mears-Starbuck transcorreram de maneira idêntica. De fato, rotina era uma coisa da qual dependia todo o funcionamento da loja. O sistema de castas era universalmente aceito. Não havia um vendedor sequer que falasse com um funcionário do estoque mais do que uma ou duas palavras superficiais. E isso me afetava. Pensava nisso enquanto empurrava meu carrinho. Era possível que os vendedores fossem mais inteligentes que o pessoal do estoque? Eles certamente se vestiam melhor. Incomodava-me o fato de que considerassem que suas posições valessem tanto assim. Talvez, se eu fosse um vendedor, me sentisse da mesma maneira. Eu não dava muita bola para os funcionários do estoque. Nem para os vendedores.

Agora, pensei, empurrando meu carrinho, tenho esse emprego. É assim que as coisas devem ser? Não é de espantar que homens assaltem bancos. Há muitos trabalhos por demais aviltantes. Por que, diabos, eu não era um juiz de uma corte superior ou um pianista de concerto? Porque isso exigia treinamento e treinamento custava dinheiro. Mas, de qualquer forma, eu não queria ser nada na vida. E nisso, certamente, eu estava sendo bem-sucedido.

Empurrei meu carrinho até o elevador e apertei o botão.

As mulheres queriam homens que ganhassem dinheiro, as mulheres queriam homens de estirpe. Quantas mulheres de classe viviam com vagabundos de cortiço? Bem, eu não queria uma mulher mesmo. Não para viver junto comigo. Como os homens podiam viver com mulheres? O que isso significava? O que eu queria era uma caverna no Colorado com um estoque de comida e bebida para três anos. Limparia minha bunda com areia. Qualquer coisa, qualquer coisa que me salvasse do afogamento desta existência trivial, covarde e estúpida.

O elevador chegou. O albino continuava nos controles.

— Ei, ouvi dizer que você e o Mewks correram os bares na noite passada!

— Ele me pagou uma cerveja. Estou duro.

— Vocês conseguiram umas trepadas?

— Eu não.

— Por que vocês não me convidam para ir junto na próxima vez? Vou mostrar como é que se faz pra descolar umas bocetas.

— O que você sabe?

— Sou macaco velho. Ainda na semana passada, peguei uma garota chinesa. E você sabe, é bem como eles dizem.

— Como assim?

Chegamos ao subsolo e as portas se abriram.

— As bocetas delas não ficam na vertical, mas sim na horizontal.

Ferris estava me esperando.

— Onde diabos você estava?

— Setor de jardinaria.

— O que você fez, fertilizou as fúcsias?

— É, larguei um cagalhão em cada um dos vasos.

— Escute, Chinaski...

— Sim?

— Aqui sou eu quem faz as piadas. Pegou o espírito?

— Peguei.

— Pois bem, agora pegue este pedido aqui para o setor de roupas masculinas.

Alcançou-me a folha do pedido.

— Localize esses itens, entregue-os, pegue a assinatura e volte.

O setor de roupas masculinas era dirigido pelo sr. Justin Phillips. Ele vinha de bom berço, era polido, tinha cerca de 22 anos. Mantinha-se bastante ereto, tinha cabelos negros, olhos escuros, lábios que lhe davam um aspecto pensativo. Infelizmente, faltava-lhe ossos maiores nas maçãs do rosto, mas era um detalhe pouco perceptível. Sua pele era pálida, e ele usava roupas negras com camisas perfeitamente engomadas. As vendedoras eram apaixonadas por ele. Era sensível, inteligente, talentoso. Era também um pouquinho desagradável, como se tivesse recebido esse direito de seus antepassados. Só rompeu com o sistema de castas uma vez para falar comigo.

– Não é uma pena essas cicatrizes horrorosas no seu rosto?

Enquanto me aproximava com meu carrinho da seção masculina, Justin Phillips permanecia bastante ereto, a cabeça levemente inclinada, olhando, como fazia na maior parte do tempo, perscrutando o espaço como se pudesse ver coisas que não enxergávamos. Ele via além. Talvez eu fosse incapaz de reconhecer a influência de um bom berço apenas pela aparência. Certamente, ele aparentava estar muito acima daqueles que o cercavam. Era um ótimo truque se você conseguisse fazer isso e continuar, ao mesmo tempo, recebendo. Talvez fosse exatamente o que encantasse os gerentes e as vendedoras. Ali estava realmente um homem bom demais para o que estava fazendo, mas, de qualquer modo, ele o fazia.

Aproximei-me.

– Aqui está o seu pedido, sr. Phillips.

Pareceu não ter me visto, o que por um lado era humilhante, mas por outro era bom. Depositei as mercadorias sobre o balcão enquanto ele mantinha os olhos num ponto fixo no espaço, logo acima da porta do elevador.

Então ouvi uma gargalhada sonora e olhei. Era uma turma de caras que tinham se formado junto comigo na

Chelsey. Estavam experimentando uns suéteres, calções, itens variados. Conhecia-os apenas de vista, já que não havíamos trocado uma palavra durante os quatro anos do ensino médio. O líder da turma era Jimmy Newhall. Ele havia jogado de lateral no nosso time de futebol, invicto por três anos. Seu cabelo era de um loiro belíssimo, o sol parecia estar sempre iluminando suas mechas, o sol ou as luzes da sala de aula. Tinha um pescoço grosso e forte e sobre ele se assentava um rosto de traços perfeitos, como se esculpido por um grande escultor. Tudo estava no seu devido lugar: nariz, testa, queixo, toda a obra. E o mesmo se dava com o corpo, plenamente harmônico. Os outros que estavam com Newhall não eram assim tão perfeitos, mas não ficavam muito para trás. Ficaram por ali, experimentando suéteres e dando gargalhadas, aguardando o início do ano letivo na U.S.C. ou na Stanford.

Justin Phillips assinou meu recibo. Estava voltando para o elevador quando ouvi uma voz:

— EI, SKI! SKI, VOCÊ FICA MUITO BEM NESSE UNIFORMEZINHO!

Parei, me voltei, acenei casualmente.

— Olhem para ele! O cara mais durão da cidade desde Tommy Dorsey!

— É, até faz com que Gable pareça um desentupidor de privada.

Deixei meu carrinho e voltei. Não tinha ideia do que iria fazer. Fiquei ali parado olhando para eles. Nunca tinha engolido eles, nunca. Podiam parecer magníficos para os outros, mas para mim não valiam um centavo. Havia algo de feminino no aspecto de seus corpos. Eram frouxos, nunca tinham sido marcados pelo fogo. Não passavam de belezas inúteis. Eles me davam nojo. Eu os odiava. Faziam parte do pesadelo que sempre me perseguira de uma forma ou de outra.

Jimmy Newhall me sorriu.

— Ei, carregador, por que você nunca tentou entrar para o time?

— Não era isso que eu queria.

– Faltou coragem, né?
– Sabe onde fica o estacionamento do telhado?
– Claro.
– Vejo você lá...

Saíram rumo ao estacionamento enquanto eu tirava meu avental e o jogava dentro do carrinho. Justin Phillips Jr. sorriu para mim.

– Meu caro garoto, eles vão comer o seu rabo.

Jimmy Newhall estava esperando, cercado por seus parceiros.

– Ei, vejam, o carregador!
– Vocês acham que ele está usando calcinha e sutiã?

Newhall estava parado sob o sol. Havia tirado a camisa e a camiseta também.

Mantinha a barriga para dentro e o peito estufado. Parecia bem. Onde, diabos, eu tinha me metido? Senti meu lábio inferior tremer. De pé ali, no telhado, senti medo. Olhei para Newhall, a luz do sol dourando ainda mais seus cabelos. Tinha visto ele jogar futebol dezenas de vezes. Tinha visto ele fazer corridas de 45 e 50 metros enquanto eu ficava plantado no time adversário.

Agora estávamos nos encarando, frente a frente. Fiquei de camisa. Permanecemos parados. Eu permaneci parado.

Newhall disse finalmente:

– Certo, vou acabar com a sua raça.

Avançou em minha direção. Naquele exato momento uma velha senhora vestida de preto apareceu carregando muitos pacotes. Usava um pequeno chapéu de feltro verde.

– Olá, garotos! – ela disse.
– Olá, madame.
– Lindo dia...

A pequena senhora abriu a porta do carro e acomodou as compras. Então se voltou para Jimmy Newhall.

– Oh, mas que *belo* corpo você tem, meu garoto! Creio que você poderia ser Tarzan, o rei dos macacos!

— Não, madame – eu disse. – Me perdoe, mas ele é o *macaco* e ali está sua tribo.

— Oh – ela disse.

Entrou no carro e deu a partida. Esperamos ela dar a ré e se afastar.

— Certo, Chinaski – disse Newhall –, durante o ensino médio você teve fama de fazer pouco caso de todo mundo e de não parar de gargantear. Chegou a *hora* de lhe passar um corretivo!

Newhall voou para cima de mim. Ele estava pronto. Eu ainda não. Tudo o que pude ver foi um pedaço de céu azul, um corpo e seus punhos rápidos como relâmpagos. Era mais ágil que um macaco, e maior. Eu não conseguia enxergar o suficiente para lhe acertar um golpe, sentia apenas seus punhos, pesados como rochas. Com a visão turvada por causa dos seus socos, podia ver apenas seus punhos, girando, aterrissando, meu Deus, ele tinha força, aquilo parecia que ia durar para sempre e eu não tinha para onde escapar. Comecei a pensar, talvez você seja um veadinho, talvez devesse ser, talvez você devesse desistir.

Enquanto ele continuava a me socar, porém, meu medo desapareceu. Fiquei apenas espantado com sua força e energia. De onde ele as tirava? Um porco como ele? Ele estava com o tanque cheio. Eu já não conseguia enxergar – meus olhos ofuscados por luzes amarelas e verdes, luzes púrpuras – e, depois, sobreveio uma explosão VERMELHA... Senti que desabava no chão.

É assim que as coisas acontecem?

Caí e me apoiei sobre um joelho. Ouvi um avião rasgar o céu sobre nós. Queria estar lá dentro. Senti algo escorrer pela minha boca e pelo meu queixo... era sangue quente correndo do meu nariz.

— Deixe ele ir, Jimmy, o cara já era...

Olhei para Newhall.

— Sua mãe é uma boqueteira – eu falei.

— VOU MATAR VOCÊ!

Newhall veio para cima de mim antes que eu conseguisse me erguer. Agarrou-me pelo pescoço e começamos a rolar até parar debaixo de um Dodge. Ouvi a cabeça dele bater contra alguma coisa. Não sei no que ele bateu, mas escutei o barulho. Aconteceu rápido demais e os outros não tiveram consciência do ocorrido como eu tive.

Fiquei de pé e depois Newhall se levantou.

– Vou acabar com a sua raça – ele disse.

Newhall começou a girar os punhos. Dessa vez não foi assim tão ruim. Ele batia com a mesma fúria, mas alguma coisa faltava. Ele estava mais fraco. Quando me acertava eu não via as cores brilharem, eu podia ver o céu, os carros estacionados, os rostos dos seus amigos, e ele. Eu sempre demorara a me aquecer. Newhall continuava tentando, mas definitivamente estava mais fraco. E eu tinha minhas mãos pequenas, tinha sido abençoado com mãos pequenas, mãos inferiores.

Que tempos penosos foram aqueles anos – ter o desejo e a necessidade de viver, mas não a habilidade.

Enterrei-lhe uma direita bem no estômago e o ouvi resfolegar. Assim que ele se curvou, dei-lhe uma gravata de esquerda e enfiei outra direita em sua barriga. Então o empurrei e lhe apliquei uma sequência que acertou em cheio seu rosto esculpido. Vi seus olhos e aquilo foi incrível. Estava fazendo com que ele conhecesse algo que nunca havia sentido. Ele estava apavorado. Apavorado porque não sabia como lidar com a derrota. Decidi acabar com ele devagar.

Então alguém acertou minha cabeça por trás. Foi um golpe severo. E virei para olhar.

Era seu amigo ruivo, Cal Evans.

Gritei, apontando para ele.

– Fique longe de mim, seu fodido! Pegarei vocês um por um! Assim que eu terminar com esse cara, você é o próximo.

Não levou muito para acabar com Jimmy. Até tentei fanfarronar com um jogo de pernas. Apliquei uns *jabs*, circulei e então comecei a bater. Ele absorveu bem os golpes e por alguns instantes pensei que não fosse capaz de acabar com ele, mas subitamente me lançou um olhar estranho que dizia, ei, olhe, quem sabe devêssemos ser amigos e ir tomar umas cervejas juntos. Foi quando ele caiu.

Seus amigos entraram em ação e o recolheram, o seguraram e falaram com ele:

– Ei, Jim, você está bem?

– O que esse filho da puta fez com você, Jim? Vamos encher ele de porrada, Jim. É só você nos pedir.

– Me levem pra casa – disse Jim.

Eu os vi descendo escada abaixo, esforçando-se para manter o amigo de pé, um outro carregando sua camisa e sua camiseta...

Desci para pegar meu carrinho. Justin Phillips estava esperando.

– Achei que você não fosse voltar – sorriu de modo desdenhoso.

– Não confraternize com os trabalhadores de segunda classe – eu retruquei.

Segui empurrando. Meu rosto, minhas roupas – eu estava um lixo. Fui até o elevador e apertei o botão. O albino apareceu logo. As portas se abriram.

– A novidade já se espalhou – ele disse. – Ouvi dizer que você é o novo campeão mundial dos pesos pesados.

As notícias se propagam rapidamente em lugares onde não acontece muita coisa.

Ferris da orelha cortada estava esperando.

– Você não pode sair por aí dando porrada em nossos clientes.

– Foi só um.

– Você pode começar a bater nos outros a qualquer momento, não temos como dizer.

– Esse cara me provocou.

– Não damos a mínima pra isso. É assim que funciona. Tudo o que sabemos é que você está despedido.

– E o meu cheque?

– Vai ser enviado pelo correio.
– Tudo bem. A gente se vê por aí...
– Espere, preciso da chave do seu armário.

Puxei o meu chaveiro que só tinha mais uma chave além desta, tirei a do armário e a alcancei para Ferris.

Em seguida, me dirigi para a porta dos funcionários, puxei-a até abrir. Era uma porta pesada de aço, difícil de abrir. Enquanto a puxava, deixando entrar a luz do dia, me virei e fiz um leve aceno para o Ferris. Ele não respondeu. Ficou apenas me encarando. Então a porta se fechou e ele sumiu. De certo modo, eu gostava dele.

## 48

– Então você não consegue ficar num emprego nem por uma semana?

Estávamos comendo almôndegas e espaguete. Meus problemas eram sempre discutidos na hora do jantar. O jantar era quase sempre um momento infeliz.

Não respondi à pergunta do meu pai.

– O que aconteceu? Por que eles chutaram sua bunda?

Não respondi.

– Henry, responda a seu pai quando ele lhe fizer uma pergunta! – disse minha mãe.

– Ele não entenderia, só isso!

– Veja o seu rosto – disse minha mãe –, está todo machucado e cortado. Seu chefe bateu em você, Henry?

– Não, mãe...

– Por que você não come, Henry? Você parece que não tem fome nunca.

– Ele não pode comer – disse meu pai –, não pode trabalhar, não pode fazer nada, não vale sequer uma trepada!

– Você não devia falar desse jeito à mesa, paizinho – minha mãe falou.

– Bem, isso é verdade!

Meu pai tinha formado uma imensa bola de espaguete com o garfo. Enfiou-a na boca e começou a mastigá-la e, enquanto ainda digeria o espaguete, lançou uma almôndega goela abaixo, atacando depois uma fatia de pão.

Lembrei do que Ivan tinha dito em *Os irmãos Karamázov*: "Quem não quer matar o próprio pai?".

Enquanto meu pai mastigava aquela massa de comida, um longo fio de espaguete balançava num dos cantos de sua boca. Ele finalmente se deu conta e o sugou ruidosamente. Então colocou duas colheres cheias de açúcar no café, ergueu a xícara e tomou um golaço, que imediatamente cuspiu no prato e sobre a toalha da mesa.

– Esta merda está *pelando*!

– Você devia ser mais cuidadoso, paizinho – disse minha mãe.

Varri todo o mercado de trabalho, como se costumava dizer, mas era uma rotina aborrecida e inútil. Era preciso conhecer alguém para conseguir um emprego, mesmo que fosse de cobrador de ônibus. Por isso, todos eram lavadores de prato, a cidade inteira estava cheia de desempregados lavando pratos. Sentava-me com eles durante as tardes na praça Pershing. Os evangélicos também apareciam por lá. Alguns usavam tambores, outros, violões, e os arbustos e banheiros estavam infestados de homossexuais.

– Alguns deles têm dinheiro – um jovem vagabundo me disse. – Esse cara me levou para o seu apartamento por duas semanas. Tive tudo o que podia comer e beber e ele me comprou algumas roupas, mas me chupou até a última gota de porra, até que não aguentei mais. Uma noite, enquanto ele dormia, aproveitei para dar o fora de lá. Foi terrível. Ele me beijou uma vez e tive que lhe dar uma porrada que o jogou do outro lado do quarto. "Faça isso comigo de novo", eu disse a ele, "e eu mato você!"

A Cafeteria Clifton era bacana. Se você não tivesse muito dinheiro, deixavam você pagar com o que tivesse. E se você não tinha um puto sequer, não precisava nem pagar. Alguns dos vagabundos iam até lá e comiam bem. O dono do lugar era um velho rico e bondoso, uma pessoa fora do comum. Eu jamais iria lá para me encher de comida. Ia para um café, um pedaço de torta de maçã pelos quais pagava uma moeda de níquel. Às vezes, eu pegava uns cachorros-quentes. Lá dentro era quieto, agradável e limpo. Havia uma enorme fonte d'água e você podia sentar junto a ela e imaginar que tudo estava bem. A Philippe's também era bacana. Por três centavos você conseguia uma xícara de café com quantas reposições quisesse. Você podia ficar o dia inteiro por lá tomando café e eles nunca pediam para que você se retirasse, independentemente de sua aparência. Apenas pediam aos vagabundos que não entrassem com seus vinhos e que não bebessem lá dentro. Lugares como esses davam a você um pouco de esperança quando não havia nenhuma ao seu redor.

Os homens na praça Pershing discutiam o dia inteiro sobre a existência ou não de Deus. Grande parte deles não eram bons debatedores, mas vez ou outra aparecia um religioso ou um ateu bem-versado. Nessas ocasiões, tínhamos um bom espetáculo.

Quando eu tinha algumas moedas, ia a um bar no subterrâneo, debaixo de um grande cinema. Tinha dezoito anos então, mas eles me serviam**. Pela minha aparência eu podia ter qualquer idade. Em certas ocasiões parecia ter 25, em outras, até trinta. O bar era dirigido por chineses que nunca falavam com ninguém. Tudo o que eu precisava era comprar a primeira cerveja e deixar que os homossexuais seguissem pagando as rodadas seguintes. Eu passava para o uísque. Arrancava-lhes as doses e depois, quando começavam a se aproximar de mim, eu me tornava cruel, empurrava-os e dava o fora. Depois de um tempo, sacaram qual era a minha e o lugar perdeu o que tinha de bom.

A biblioteca era o lugar mais deprimente que eu fre-

---

* A maioridade era conquistada aos 21 anos. (N.T.)

quentava. Tinha ficado sem livros para ler. Depois de um tempo, eu pegava um livro grosso e ficava olhando para uma garota jovem nas proximidades. Sempre havia uma ou duas delas. Sentava-me a uma distância de três ou quatro cadeiras, fingindo ler o livro, tentando parecer inteligente, esperando que alguma garota me notasse. Eu sabia que era feio, mas achava que se parecesse suficientemente inteligente talvez tivesse uma chance. Nunca funcionou. As garotas apenas faziam notas em seus cadernos e então se erguiam e iam embora enquanto eu olhava seus corpos se moverem de maneira ritmada e mágica debaixo de seus vestidos limpos. O que Máximo Górki teria feito sob essas circunstâncias?

Em casa era sempre a mesma coisa. A pergunta nunca era feita antes que o jantar tivesse sido iniciado. Então meu pai perguntava:

– Encontrou um trabalho hoje?

– Não.

– Procurou em todos os lugares?

– Em muitos. Cheguei a passar nos mesmos lugares duas ou três vezes.

– Não acredito.

No entanto, era verdade. Como também era verdade que muitas empresas colocavam anúncios de emprego diariamente nos jornais quando, de fato, não havia oferta alguma. Isso dava ao departamento pessoal das empresas algo para fazer. Em contrapartida, isto também fodia com a esperança de um monte de pessoas desesperadas.

– Você vai conseguir um emprego amanhã, Henry – sempre dizia minha mãe...

## 49

Procurei por emprego durante todo o verão e não consegui achar nenhum. Jimmy Hatcher conseguiu um numa fábrica de aviões. Hitler estava agindo na Europa e criando novos empregos para os desempregados. Eu tinha estado com Jimmy naquele dia em que entregamos nossos formulários. Nós os preenchemos de modo semelhante, a única diferença estava no campo que perguntava o *local de nascimento*. Eu preenchi com Alemanha; ele, Reading, Pensilvânia.

– Jimmy conseguiu um emprego. Ele estudou na mesma escola que você e tem a mesma idade – disse minha mãe. – Por que você não conseguiu trabalhar na fábrica de aviões?

– Eles conseguem identificar um homem que não tem disposição para o trabalho – disse meu pai. – Tudo o que o bunda-mole quer é ficar sentado na cama do seu quarto ouvindo música sinfônica!

– Bem, o garoto gosta de música. Já é alguma coisa.

– Mas ele não FAZ nada com isso! Nada de ÚTIL!

– O que ele deveria fazer?

– Poderia ir a uma estação de rádio e dizer que ele gosta desse tipo de música e tentar um trabalho no ramo das comunicações.

– Cristo, não é assim que funciona, não é assim tão fácil.

– O que você sabe sobre isso? Já tentou alguma vez?

– Estou lhe dizendo, não é assim.

Meu pai colocou um pedaço grande de porco dentro da boca. Uma porção pegajosa de gordura ficou exposta entre seus lábios enquanto ele mastigava. Era como se ele tivesse três lábios. Então ele a chupou para dentro e olhou para minha mãe.

– Viu só, mãezinha, o garoto não quer saber de pegar no pesado.

Minha mãe me olhou.

– Henry, por que você não come sua comida?

Finalmente ficou decidido que eu iria para a Faculdade da Cidade de Los Angeles. Não havia taxa de inscrição e livros usados podiam ser adquiridos na livraria da cooperativa. Meu pai estava totalmente envergonhado com o fato de eu estar desempregado, e assim, mandando-me para a universidade, eu poderia ao menos ganhar algum respeito. Eli LaCrosse (Carequinha) já estava lá há um semestre. Ele me aconselhou.

– Qual desses cursos fodidos é o mais fácil de se fazer? – perguntei-lhe.

– Jornalismo. Esses sujeitos especializados em jornalismo não fazem nada.

– Beleza, serei jornalista.

Dei uma olhada no folheto da escola.

– O que é esse Dia de Orientação de que eles falam aqui?

– Oh, esquece isso, é pura merda.

– Obrigado por me avisar, parceiro. Em vez de perdermos nosso tempo com isso, vamos até o bar do outro lado do campus tomar duas geladas.

– Mas que beleza!

– É.

O dia depois do Dia de Orientação era a ocasião em que você precisava se matricular nas disciplinas. As pessoas corriam freneticamente de lá para cá com papéis e folhetos. Eu viera de bonde. Peguei o "W" até Vermont e então o "V-norte" até Monroe. Não sabia aonde todos estavam indo, ou o que devia fazer. Senti-me enjoado.

– Com licença... – abordei uma garota.

Ela virou a cabeça e continuou andando rapidamente. Um cara passou correndo e o agarrei pela parte de trás do cinto, fazendo-o parar.

– Ei, que diabos você está fazendo? – perguntou.

– Fique quieto. Quero saber o que está acontecendo! Quero saber o que preciso fazer!

– Eles explicaram todos os procedimentos na Orientação.

– Oh...

Assim que o soltei, ele saiu correndo. Eu não sabia o que fazer. Eu tinha imaginado que você apenas ia a algum lugar e dizia que queria cursar jornalismo, Jornalismo Básico, e aí eles lhe davam um cartão com todos os horários das suas aulas. Não era nada disso. Essas pessoas sabiam o que tinham que fazer e não iam me explicar. Era como se eu tivesse voltado ao ensino fundamental, sendo mutilado pela multidão que sabia mais do que eu. Sentei-me num banco e fiquei olhando para eles, vendo como iam de lá para cá. Talvez eu devesse armar uma farsa. Simplesmente diria a meus pais que estava frequentando a Faculdade da Cidade de Los Angeles, viria todos os dias e me deitaria no gramado. Então vi aquele cara correndo. Era o Carequinha. Eu o peguei pelo colarinho.

– Ei, Ei, Hank! O que está acontecendo?
– Eu devia fazer você em pedacinhos, seu cuzão!
– Qual é o problema? O que está errado?
– Como faço para conseguir uma cadeira? O que devo fazer?
– Pensei que você soubesse!
– Como? *Como* eu poderia saber? Por acaso eu nasci com esse conhecimento dentro de mim, perfeitamente catalogado, pronto para ser consultado de acordo com a necessidade?

Arrastei-o até um banco, ainda agarrado ao seu colarinho.

– Agora, me explica tudo, em alto e bom som, tudo o que se precisa saber e o que fazer. Faça um bom trabalho e pouparei você desta vez!

Então Carequinha me explicou tudo. Tive meu Dia de Orientação particular, ali mesmo. Seu colarinho ainda estava entre meus dedos.

– Vou deixar você ir agora. Mas um dia vai vir o ajuste de contas por essa que você me aprontou. Você vai pagar por ter me fodido a vida. Você não vai saber quando, mas vou me vingar.

Deixei ele ir. Foi correndo se juntar aos outros. Não havia nenhuma necessidade de eu me apressar ou me preocupar. Eu ia pegar as piores cadeiras, os piores professores e os piores horários. Perambulei preguiçosamente me matriculando nas classes. Eu aparentava ser o único estudante despreocupado naquele campus. Comecei a me sentir superior.

Essa superioridade durou até minha primeira aula de Inglês às sete da manhã. Eram sete e meia e eu estava apoiado contra a porta do lado de fora da sala de aula, ouvindo. Meus pais tinham pagado pelos meus livros e eu os tinha vendido e bebido o dinheiro. Eu tinha deslizado pela janela do meu quarto na noite anterior e ido até o bar mais próximo, enchendo a cara até o local fechar. Ainda tremia em função da ressaca da cerveja. Ainda me sentia bêbado. Abri a porta e entrei. Fiquei ali parado. Sr. Hamilton, o professor de Inglês, estava diante da turma, cantando. Um toca-disco estava ligado, alto, e a turma cantava junto com ele. Era uma música de Gilbert e Sullivan*.

*Agora sou o comandante*
da Marinha da Rainha...

Copiei todas as letras
com uma mão generosa...

Agora sou o comandante
da Marinha da Rainha...

Fiquem grudados às suas classes
e nunca partam para o mar...

E talvez todos vocês possam ser comandantes
*da Marinha da Rainha...*

---

* Dupla de compositores famosa por suas operetas. As estrofes citadas pertencem à canção *I am the ruler of the Queen's Navee*. (N.T.)

Caminhei até o fundo da classe e encontrei um lugar vazio. Hamilton se aproximou do toca-disco e o desligou. Estava vestido com um terno de tecido mesclado branco e preto (sal e pimenta), com uma camisa laranja berrante exposta. Parecia Nelson Eddy*. Então ele encarou a todos, deu uma olhada para o seu relógio de pulso e se dirigiu a mim:

– O senhor deve ser o sr. Chinaski?

Assenti.

– O senhor está trinta minutos atrasado.

– Sim.

– O senhor chegaria trinta minutos atrasado a um casamento ou a um funeral?

– Não.

– Por que não? Tenha a bondade de nos dizer.

– Bem, se fosse o meu funeral, certamente eu chegaria no horário. Se fosse o meu casamento, seria o meu funeral.

Sempre tive a língua rápida. Nunca ia aprender a ficar calado.

– Meu caro cavalheiro – disse o sr. Hamilton –, estávamos ouvindo Gilbert e Sullivan a fim de aprendermos a enunciar de modo adequado. Por favor, fique de pé.

Levantei-me.

– Agora, por favor, cante: *Fiquem grudados às suas classes e nunca partam para o mar e vocês sempre poderão ser os comandantes da Marinha da Rainha.*

Fiquei ali parado.

– Bem, vá em frente, por favor!

Cantei e me sentei.

– Sr. Chinaski, mal consegui ouvi-lo. Será que o senhor não poderia cantar com um pouquinho mais de verve?

Voltei a ficar de pé. Tomei uma grande quantidade de ar e ataquei com tudo.

– SI OCÊS QUER SER OS COMANDÂNTI DA MARINHA DA RAINHA FIQUEM GRUDADO NAS SUAS CRASSE E NUNCA VÃO PRO MAR!

---

* Ator e cantor americano que atingiu o auge de sua popularidade nos anos 1930-1940 e que era considerado muito charmoso. (N.T.)

Fiz isso de propósito.

– Sr. Chinaski – disse o sr. Hamilton, – sente-se, por favor.

Sentei-me. Era tudo culpa do Carequinha.

## 50

Todos tinham aula de ginástica ao mesmo tempo. O armário do Carequinha ficava a quatro ou cinco portas do meu, na mesma fileira. Cheguei mais cedo ao meu armário. Carequinha e eu tínhamos um problema em comum. Odiávamos calças de lã, porque o tecido pinicava nossas pernas, mas nossos pais adoravam que usássemos esse tipo de calça. Eu tinha resolvido o problema, para Carequinha e para mim, colocando-o a par de um segredo. Tudo o que você tinha que fazer era vestir a calça do pijama por baixo da calça de lã.

Abri meu armário e me despi. Tirei as duas calças e então olhei para a de pijama e a escondi no alto do armário. Vesti meu abrigo de ginástica. Os outros caras começavam a entrar.

Carequinha e eu tínhamos histórias fantásticas sobre pijamas, mas as do Carequinha eram as melhores. Ele tinha saído com sua namorada certa noite, tinham ido dançar. Num dos intervalos, sua namorada perguntou:

– O que é isso?

– Isso o quê?

– Tem alguma coisa saindo da bainha da sua calça.

– O quê?

– Santo Deus! Você está usando *pijama* debaixo das calças!

– Hein? Oh, isso... devo ter me esquecido...

– Vou embora já!

Ela nunca mais voltou a sair com ele.

Todos os caras estavam colocando suas roupas de ginástica. Então Carequinha entrou e abriu seu armário.

— Como é que cê tá indo, camaradinha? — perguntei a ele.

— Oh, olá, Hank...

— Tenho uma aula de Inglês às sete da manhã. É pra começar o dia realmente com o pé direito. Só que deviam chamá-la de *Apreciação Musical I*.

— Ah, é. Hamilton. Ouvi falar dele. Rê, rê, rê...

Aproximei-me dele.

O Carequinha tinha desabotoado a calça. Dei um pulo e baixei suas calças com um puxão. Por baixo, ele usava uma calça de pijama com listras verdes. Tentou erguer as calças, mas eu era muito mais forte do que ele.

— EI, MOÇADA, VEJAM SÓ! JESUS CRISTO, TEM UM CARA AQUI QUE VEM DE PIJAMA PRA ESCOLA!

Carequinha se debatia. Seu rosto estava vermelho. Alguns rapazes se aproximaram e olharam. Então eu fiz o pior. Baixei-lhe a calça do pijama.

— E VEJAM ISSO! O DESGRAÇADO ALÉM DE SER CARECA QUASE NÃO TEM PAU! O QUE ESSE FODIDO VAI FAZER QUANDO ESTIVER NA FRENTE DE UMA MULHER?

Um cara grandalhão que estava nas proximidades disse:

— Chinaski, você é realmente um monte de merda!

— Isso mesmo — concordaram outros dois. — É... É... — ouvi outras vozes.

Carequinha ergueu as calças. Estava chorando de verdade. Olhou para os caras.

— Bem, Chinaski também usa pijama! *Ele* foi o cara que me convenceu a usar! Olhem no armário dele, façam isso!

Carequinha correu até o meu armário e puxou a porta. Tirou todas minhas roupas para fora. A calça de pijama não estava lá.

– Ele a escondeu! Está escondida em algum lugar!

Deixei minhas roupas no chão e fui em direção ao campo para a chamada. Fiquei na segunda fila. Fiz algumas flexões de joelho. Percebi outro cara enorme atrás de mim. Já tinha escutado seu nome circulando por aí: Sholom Stodolsky.

– Chinaski – ele disse –, você é um monte de merda.

– Não mexa comigo, homem, tenho uma natureza explosiva.

– Bem, estou mexendo com você.

– Não abuse, gordão.

– Você sabe aquele lugar entre o prédio da Biologia e a quadra de tênis?

– Já vi.

– Espero você lá depois da ginástica.

– Ok – eu disse.

Não apareci. Depois da ginástica, matei as outras aulas e peguei o bonde até a praça Pershing. Sentei num banco e fiquei esperando por alguma ação. Passou-se um longo tempo. Finalmente um religioso e um ateu apareceram. Não eram lá grande coisa. Eu era agnóstico. Agnósticos não tinham muito que discutir. Deixei o parque e caminhei pela Seventh e pela Broadway. Era o centro da cidade. Não parecia estar acontecendo nada de especial por ali também, apenas pessoas esperando que o sinal abrisse para que pudessem atravessar a rua. Então notei que minhas pernas começavam a coçar. Deixara a minha calça de pijama em cima do armário. Que dia mais fodido havia sido aquele, do início ao fim. Catei o bonde "W" e me sentei no fundo, bonde cujos trilhos me levariam de volta para casa.

## 51

Só conheci um estudante da Faculdade da Cidade de quem gostei, Robert Becker. Ele queria ser escritor.

– Vou aprender tudo o que há para ser aprendido sobre a arte de escrever. Será como desmontar um carro peça por peça e depois remontá-lo.

– Parece trabalhoso – eu disse.

– Pois é o que farei.

Becker era um pouco mais baixo que eu, mas era mais entroncado, tinha uma constituição forte, ombros largos e braços grandes.

– Tive uma doença na infância – ele me contou. – Uma vez por ano eu tinha que ficar deitado numa cama, apertando bolinhas de tênis, uma em cada mão. Graças a isso, fiquei desse jeito.

Trabalhava como garoto de recados à noite. Durante o dia, levava a faculdade.

– Como você conseguiu seu emprego?

– Conhecia um cara que conhecia um cara.

– Aposto que posso lhe dar uma surra.

– Talvez sim, talvez não. Só estou interessado em escrever.

Estávamos sentados num recanto observando o gramado. Dois caras estavam me encarando.

Então um deles falou.

– Ei – perguntou-me –, você se importa de me responder uma coisa?

– Prossiga.

– Bem, você costumava ser um veadinho no ensino fundamental, lembro de você. E agora quer bancar o cara durão. O que aconteceu?

– Não sei.

– Você é um cínico?

– Provavelmente.

– É feliz sendo um cínico?

– Sim.

– Então você não é um cínico, porque os cínicos não são felizes!

Os dois caras fizeram uns rapapés de gaiatos imitando nobres e se afastaram, rindo.

— Eles fizeram você parecer mau — disse Becker.
— Não, acabaram forçando demais a barra.
— *Você* é um cínico?
— Sou infeliz. Se eu fosse um cínico, provavelmente me sentiria melhor.

Saímos do recanto. As aulas tinham terminado. Becker queria guardar seus livros no armário. Fomos até lá e ele os despejou lá dentro. Alcançou-me cinco ou seis folhas de papel.

— Aqui, leia isso. É um conto.

Fomos até meu armário. Abri-o e pus em suas mãos um saco de papel.

— Tome um gole...

Era uma garrafa de vinho do Porto.

Becker tomou um gole, depois foi minha vez.

— Sempre tem uma dessas no armário? — perguntou.

— Faço o possível.

— Escute, hoje é minha noite de folga. Por que você não aparece para conhecer alguns dos meus amigos?

— As pessoas não me fazem muito bem.

— Essas pessoas são diferentes.

— É? E onde vai ser? Na sua casa?

— Não. Vai ser nesse lugar aqui, deixa eu te passar o endereço...

Ele começou a rabiscar um papel.

— Escute, Becker, o que essas pessoas fazem?

— Elas bebem.

Coloquei o endereço no bolso.

Aquela noite, após o jantar, li o conto de Becker. Era bom, e fiquei com ciúmes. Era sobre ele andando em sua bicicleta à noite para entregar um bilhete a uma linda mulher. O estilo era objetivo e claro, havia algo decente e delicado ali. Becker dizia ser influenciado por Thomas Wolfe, mas ele não choramingava nem era canastrão como Wolfe. A emoção estava lá, mas não estava escrita com néon. Becker podia escrever, podia escrever melhor do que eu.

Meus pais tinham me arranjado uma máquina de escrever e eu tentara alguns contos, mas eles tinham saído muito amargos e grosseiros. Não que fossem assim tão maus, mas os contos pareciam implorar, não tinham vitalidade própria. Meus contos eram mais sombrios que os de Becker, estranhos, mas não funcionavam. Bem, um ou dois tinham seus méritos – para mim –, mas era mais ou menos como se tivessem sido lançados num lugar em vez de guiados até lá. Becker era visivelmente melhor. Talvez eu devesse tentar a pintura.

Esperei até que meus pais dormissem. Meu pai sempre roncava sonoramente. Quando escutei seu ronco, abri a janela do meu quarto e deslizei para fora, saltando sobre os arbustos. Isto me colocou na entrada de carro do vizinho, e eu caminhei devagar na escuridão. Depois segui pela Longwood até a 23ª, peguei a direita, então subi pela Westview até a rota da linha "W" do bonde. Dobrei as folhas de papel e me sentei no fundo do carro, acendendo um cigarro. Se os amigos de Becker fossem de algum modo tão bons quanto o conto de Becker, a noite ia ser incrível.

Becker já estava lá quando encontrei o endereço na rua Beacon. Seus amigos estavam na mesa da cozinha. Fui apresentado. Aquele era Harry, aquela, Lana, aquele outro, Comilão, o outro, Fedido, lá estava Pássaro do Brejo, aquele era Ellis, o outro, Cara de Cachorro e, finalmente, lá estava O Estripador. Estavam todos sentados ao redor da mesa da cozinha. Harry tinha um emprego de verdade em algum lugar, ele e Becker eram os únicos empregados. Lana era a mulher de Harry; Comilão, o bebê dos dois, estava sentado numa cadeirinha especial. Lana era a única mulher por ali. Quando fomos apresentados, ela me olhou diretamente e sorriu. Todos eles eram jovens, magros e fumavam cigarros enrolados à mão.

– Becker nos falou de você – disse Harry. – Ele disse que você é um escritor.

— Tenho uma máquina de escrever.
— Escreverá sobre a gente? — perguntou Fedido.
— Prefiro beber.
— Ótimo. Faremos uma competição pra ver quem bebe mais. Tem algum dinheiro? — perguntou o Fedido.
— Dois dólares...
— Ok, a aposta vai ser de dois dólares. Vamos lá, pessoal! — disse Harry.

O bolo ficou em dezoito dólares. O dinheiro estava lindo amontoado ali. Uma garrafa apareceu e então copos de martelinho.

— Becker nos disse que você se considera um cara durão. É mesmo durão?
— Sou.
— Bem, é o que vamos ver...

A luz da cozinha era extremamente brilhante. Uísque puro. Um uísque de um amarelo escuro. Harry serviu as bebidas. Beleza pura. Minha boca, minha garganta mal podiam esperar. O rádio estava ligado. Alguém cantava, *Oh, Johnny, oh, Johnny, como você sabe amar*!\* — Goela abaixo! — disse Harry.

Não havia jeito de eu perder. Eu podia beber por dias. Nunca havia bebida suficiente para mim.

Comilão tinha o seu próprio copinho. Quando nós erguíamos os nossos e os entornávamos, ele erguia o seu e bebia. Todo mundo achava aquilo engraçado. Eu não achava nada engraçado um bebê beber, mas não disse nada.

Harry serviu mais uma rodada.

— Você leu meu conto, Hank? — perguntou Becker.
— Sim.
— O que achou?
— Bom. Você já está pronto. Só precisa ter um pouco de sorte.
— Goela abaixo — disse Harry.

---

\* *Oh, Johnny, oh, Johnny, Oh*! Sucesso de 1917. Por volta de 1940, a canção ganhou nova vida com as gravações de Glenn Miller e The Andrews Sisters. (N.T.)

A segunda rodada não foi problema, todos viramos, inclusive Lana.

Harry olhou para mim.

– Você quer trocar uns socos, Hank?

– Não.

– Bem, caso sinta vontade, temos o Cara de Cachorro aqui.

Cara de Cachorro tinha duas vezes o meu tamanho. Como era cansativo viver neste mundo. Toda vez que você olhava em volta, lá estava um cara pronto para pegá-lo sem nem mesmo respirar. Olhei para Cara de Cachorro.

– Oi, camaradinha!

– Camaradinha, um caralho – ele disse. – Cuide apenas de tomar sua próxima dose.

Harry veio com mais uma rodada. Desta vez, porém, não serviu o Comilão na cadeirinha, o que me agradou. Tudo certo, erguemos os copos, viramos. Então Lana desistiu.

– Alguém vai ter que limpar esta bagunça e cuidar para que o Harry tenha condições de trabalhar amanhã de manhã – ela disse.

A próxima rodada foi servida. Nisso a porta se escancarou e um garoto enorme, de boa aparência, que devia ter uns 22 anos, entrou correndo na sala.

– *Merda, Harry* – ele disse –, *me esconda! Acabei de assaltar um posto de gasolina*!

– Meu carro está na garagem – disse Harry. – Fique deitado no piso do banco traseiro do carro. E não saia de lá!

Bebemos. A rodada seguinte foi servida. Uma nova garrafa apareceu. Os dezoito dólares continuavam no centro da mesa. Continuávamos todos na disputa, exceto Lana. Seria preciso muito uísque antes que despontasse um vencedor.

– Ei – perguntei ao Harry –, não corremos o risco de ficar sem bebida?

– Mostra a ele, Lana...

Lana abriu a porta da cristaleira. Pude ver garrafas e mais garrafas de uísque empilhadas, todas da mesma marca.

Parecia mercadoria roubada de algum carregamento, e provavelmente era. E estes eram os membros da gangue: Harry, Lana, Fedido, Pássaro do Brejo, Ellis, Cara de Cachorro e O Estripador, talvez Becker também, e mais do que certo o jovem que agora se escondia no carro de Harry. Sentia-me honrado em estar bebendo com uma parcela tão ativa da população de Los Angeles. Becker não sabia apenas escrever, Becker conhecia sua gente. Eu dedicaria meu primeiro romance a ele. E seria um romance melhor do que *Do tempo e do rio*\*.

Harry continuou servindo as rodadas, e nós seguimos em frente. A cozinha estava azulada em função da fumaça dos cigarros.

Pássaro do Brejo foi o primeiro a cair fora. Ele tinha um narigão e apenas balançou a cabeça, basta, basta, tudo o que você conseguia ver era o seu enorme nariz assinalando "não" entre a fumaça azul.

Ellis foi o próximo a desistir. Tinha bastante cabelo no peito, mas evidentemente não muito nas bolas.

Cara de Cachorro foi o próximo. Ele apenas levantou da cadeira, correu para o banheiro e começou a vomitar. Ao ouvi-lo, Harry teve a mesma ideia, voou até a pia e vomitou lá mesmo.

Assim, sobraram eu, Becker, Fedido e O Estripador.

Becker foi o próximo. Ele apenas cruzou os braços sobre a mesa, mergulhou a cabeça entre eles e foi tudo.

– A noite ainda é uma criança – eu disse. – Costumo beber até o sol raiar.

– É – disse O Estripador –, e caga num balde também.

– É, e tem o formato da sua cabeça.

O Estripador se pôs de pé.

– Seu filho da puta, vou dar um chute nesse seu rabo!

Tentou me acertar com um soco por sobre a mesa. Errou e acabou acertando a garrafa. Lana pegou um pano e secou a bebida. Harry abriu outra.

---

\* *Of time and the river*: livro de Thomas Wolfe, de 1935, inédito no Brasil. (N.T.)

— Fique sentado, Estripa, ou vai perder a aposta – disse Harry.

Harry serviu uma nova rodada. Mandamos para dentro. O Estripador se levantou, caminhou até a porta dos fundos, abriu-a e ficou olhando para a escuridão da noite.

— Ei, Estripa, que diabos você está fazendo? – perguntou Fedido.

— Estou vendo se é noite de lua cheia.

— Bem, e é?

Não houve resposta. Escutamos ele desabar porta afora, degraus abaixo, caindo sobre os arbustos. Deixamos que ficasse ali.

A disputa estava entre mim e o Fedido.

— Até hoje nunca vi ninguém bater o Fedido – disse Harry.

Lana acabara de botar o Comilão na cama. Ela voltou para a cozinha.

— Jesus, há cadáveres por toda parte.

— Sirva, Harry – eu disse.

Harry encheu o copo do Fedido e depois o meu. Eu sabia que não ia ter jeito daquele uísque descer. Fiz a única coisa que podia fazer. Fingir que era uma barbada. Peguei o copo com a convicção e mandei para dentro sem pestanejar. Fedido ficou apenas me olhando.

— Já volto. Tenho que ir ao banheiro.

Ficamos sentados, esperando.

— Fedido é um cara legal – eu disse. – Vocês não deveriam chamá-lo assim. Como ele ganhou esse apelido?

— Sei lá – disse Harry –, alguém simplesmente passou a chamá-lo desse jeito.

— Aquele cara escondido no seu carro. Será que ele vai dar as caras?

— Não antes do amanhecer.

Continuamos sentados e esperando.

— Acho – disse Harry – que é melhor irmos lá dar uma olhada.

Abrimos a porta do banheiro. Fedido não parecia estar lá dentro. Então o vimos. Tinha caído dentro da banheira. Seus pés pendiam para fora da borda. Seus olhos estavam fechados, ele estava fora de combate. Voltamos para a mesa.

– O dinheiro é seu – disse Harry.

– Que tal me deixar pagar por algumas dessas garrafas de uísque?

– Esqueça.

– Tem certeza?

– Sim, claro.

Recolhi o dinheiro e coloquei as cédulas no meu bolso direito. Então olhei para a bebida do Fedido.

– Não tem sentido desperdiçar um trago – eu disse.

– Você está dizendo que ainda vai beber isso? – perguntou Lana.

– Por que não? A saideira...

Tomei num só gole.

– Bem, pessoal, vejo vocês por aí, foi genial!

– Boa noite, Hank.

Saí pela porta dos fundos, saltando por sobre o corpo d'O Estripador. Encontrei uma passagem por lá e peguei a esquerda. Avancei mais um pouco e avistei um Chevy sedã verde. Eu cambaleava um pouco quando o alcancei. Agarrei a maçaneta da porta traseira para recuperar o equilíbrio. A maldita porta estava destravada e abriu, me lançando ao chão. Caí feio, esfolando meu cotovelo esquerdo no pavimento. A lua estava cheia. O efeito do uísque se abatera sobre mim de uma só vez. Senti que não seria capaz de me erguer. Mas eu precisava. Tinha que manter minha fama de durão. Ergui-me, choquei-me contra a porta semiaberta, agarrei-a, segurei-a. Então alcancei a maçaneta da parte de dentro e comecei a me levantar. Consegui me arrastar até o banco traseiro e fiquei sentado ali. Por um bom tempo. Foi quando comecei a vomitar. E foi violento. Parecia que aquilo não ia terminar nunca. O vômito cobriu todo o piso traseiro do carro. Então fiquei sentado por mais uns instantes. Depois dei um jeito de sair do carro. Já não me sentia tão tonto. Peguei meu lenço e limpei o vômito das minhas calças e dos meus sapatos da melhor forma que pude. Fechei a porta do carro e segui adiante. Precisava encontrar a linha "W" do bonde. Eu encontraria.

E encontrei. Subi no carro. Saltei na rua Westview, caminhei pela 21ª, virei ao sul e segui pela avenida Longwood até o número 2.122. Entrei pela casa do vizinho, encontrei o arbusto, subi por ele e entrei pela janela do meu quarto. Tirei a roupa e me deitei na cama. Devia ter bebido mais de um litro de uísque. Meu pai continuava roncando, assim como quando eu o deixara, com a diferença de que agora o som era mais alto e mais horroroso. De qualquer modo, adormeci.

Como sempre, cheguei na aula do Sr. Hamilton com trinta minutos de atraso. Eram sete e meia. Fiquei do lado de fora da porta, escutando. Estavam novamente no Gilbert e Sullivan. E ainda era aquela baboseira sobre a Marinha da Rainha. Hamilton não conseguia se cansar daquilo. No ensino médio eu tivera um professor de Inglês e tinha sido Poe, Poe, Edgar Allan Poe.

Abri a porta. Hamilton foi até o toca-disco e ergueu a agulha. Então anunciou à classe:

– Quando o sr. Chinaski chega, sempre sabemos que são sete e meia. O sr. Chinaski *sempre* é pontual. O único problema é que o horário está *errado*.

Fez uma pausa e olhou para os rostos dos estudantes. Ele era muito, muito digno. Então olhou para mim.

– Sr. Chinaski, se o senhor chegar às sete e meia ou se nem der as caras, não fará a menor diferença. Vou lhe dar um "D" em *Inglês I*.

– Um "D", sr. Hamilton? – perguntei, fazendo brotar meu famoso sorriso de escárnio. – Por que não um "F"?

– Porque "F", às vezes, lembra "foda". E não creio que o senhor valha sequer uma "foda".

A classe aplaudiu e urrou e bateu os pés no chão e as mãos sobre as carteiras. Dei meia-volta, me afastei, fechei a porta às minhas costas. Segui pelo corredor, ouvindo ainda a bagunça que eles faziam lá dentro.

## 52

A guerra estava indo muito bem na Europa, para Hitler. Grande parte dos estudantes não falava muito sobre o assunto. Mas os professores sim, e eram na sua maioria esquerdistas e antigermânicos. Parecia não haver ninguém de direita no corpo docente, com exceção do sr. Glasglow, de Economia, e ainda assim ele era muito discreto.

Era popular do ponto de vista intelectual ser a favor da guerra contra a Alemanha, deter a expansão do fascismo. Quanto a mim, não tinha nenhum desejo de ir à guerra para proteger a vida que eu tinha ou o futuro que eu poderia vir a ter. Eu não tinha nenhuma liberdade. Eu não tinha nada. Com a ameaça de Hitler, talvez eu descolasse um rabo para comer vez ou outra e uma mesada de mais de um dólar por semana. Até onde ia minha capacidade de raciocínio, não enxergava nada que precisasse ser protegido. Além do mais, tendo nascido na Alemanha, havia em mim uma lealdade natural, e não me agradava nem um pouco ver a nação alemã inteira, as pessoas pintadas em todos os lugares como monstros ou idiotas. Nos cinemas, eles alteravam a velocidade dos noticiários para fazer com que Hitler e Mussolini parecessem dois malucos frenéticos. Para completar, com todos os professores sendo antigermânicos, descobri ser impossível, do ponto de vista pessoal, estar do lado deles. Saindo da minha simples alienação e da minha natural contrariedade a tudo, me decidi contra o ponto de vista que propagavam. Eu nunca tinha lido o *Mein Kampf* e nem tinha vontade de fazê-lo. Para mim, Hitler era apenas mais um ditador, com a diferença de que em vez de me dar sermões na hora do jantar provavelmente esmagaria meus miolos e arrancaria minhas bolas se eu fosse à guerra tentar detê-lo.

Às vezes, enquanto os professores matraqueavam a respeito dos horrores do nazismo (éramos instruídos a escrever "nazi" com "n" minúsculo, mesmo no início das frases) e do fascismo, eu me levantava e saía com algo do tipo:

– A sobrevivência da raça humana depende de uma seleção responsável!

O que significava: preste atenção em quem você leva para a cama, mas só eu sabia disso. Todos ficavam realmente irritados.

Não sei de onde eu desencavava aquelas coisas:

– Uma das falhas da Democracia é que o voto das pessoas comuns garante um líder comum que então nos conduz para uma previsibilidade apática e comum!

Evitava qualquer referência direta a judeus e negros, que jamais tinham me criado qualquer tipo de problema. Todos os meus problemas tinham vindo dos gentios brancos. Ainda assim, eu não era um nazi por temperamento ou escolha; os professores mais ou menos me forçavam a sê-lo por pensarem todos do mesmo modo, transbordando seu preconceito contra os alemães. Eu também lera em algum lugar que se um homem não acreditasse piamente ou entendesse a causa que defendia, de certo modo, poderia fazer um trabalho mais convincente, o que me dava uma vantagem considerável sobre os professores.

– Cruze um cavalo de carga com um cavalo de corrida e você conseguirá uma descendência que não é nem veloz nem forte. Uma nova Raça Superior surgirá do cruzamento planejado!

– Não existem guerras boas nem más. A única coisa ruim a respeito de uma guerra é perdê-la. Todas as guerras foram lutadas por uma pretensa Boa Causa, reivindicada por ambos os lados. Mas apenas a Causa do vencedor se torna a Causa Nobre para a História. Não é uma questão de quem está certo ou errado, é uma questão de quem tem os melhores generais e o melhor exército!

Naturalmente, com esse papo eu me afastava mais e

mais de qualquer chance com as garotas. Mas, de qualquer modo, eu nunca estivera muito perto. Imaginei que por causa dos meus discursos violentos estivesse isolado no campus, mas isso não era verdade. Alguns estavam me ouvindo. Um dia, a caminho da classe de Assuntos do Cotidiano, ouvi passos às minhas costas. Nunca gostara da sensação de ter alguém me seguindo, ainda mais de perto. Então me voltei, sem deixar de caminhar. Era o presidente do grêmio estudantil, Boyd Taylor. Ele era bastante popular entre os estudantes, o único homem na história da faculdade a ser eleito duas vezes para o cargo.

– Ei, Chinaski, quero falar com você.

Nunca dei muita bola para o Boyd, pois era o típico representante da juventude americana de boa aparência, com o futuro garantido, sempre vestido de maneira apropriada, casual, gentil, cada fio do seu bigode negro bem aparado. Que apelo tinha sobre os estudantes eu não fazia ideia. Passou a caminhar ao meu lado.

– Você não acha que é ruim para sua imagem, Boyd, ser visto andando comigo?

– Isso é problema meu.

– Está bem. Qual é o assunto?

– Chinaski, isso fica apenas entre nós dois, certo?

– Claro.

– Escute, não acredito naquilo que caras como você defendem ou no que estão tentando fazer.

– E?

– Mas quero que você saiba que se vocês vencerem aqui e na Europa, estou disposto a passar para o lado de vocês.

Só pude olhar para ele e rir.

Ele ficou ali parado enquanto segui meu caminho. Jamais confie num homem com um bigode perfeitamente aparado...

Outras pessoas também tinham me dado ouvidos. Saindo da Assuntos Cotidianos, corri até Carequinha, que estava parado junto a um cara de um metro e meio de altura por um de largura. A cabeça do sujeito estava como que afundada entre os ombros, uma cabeça bem redonda, de orelhas pequenas, cabelo escovinha, olhos que lembravam ervilhas, uma boquinha redonda e úmida.

Um maluco, pensei, um assassino.

– EI, HANK! – gritou Carequinha.

Cheguei perto.

– Achei que estivéssemos rompidos, LaCrosse.

– Oh, não, ainda há *grandes* coisas por fazer!

Merda! O Carequinha era um dos nossos!

Por que o movimento da Raça Superior atraía apenas deficientes físicos e mentais?

– Quero que você conheça Igor Stirnov.

Apertamos as mãos. Ele usou toda força no seu aperto. Machucou de verdade.

– Solte minha mão – eu disse – ou estouro esse seu pescoço fodido que mal dá pra ver!

Igor soltou.

– Não confio em homens que têm um aperto de mão mole. Por que você não aperta a mão de verdade?

– Estou fraco hoje. Queimaram a minha torrada no café da manhã e na hora do almoço derramei o meu leite com chocolate.

Igor se virou para o Carequinha.

– O que há com esse cara?

– Não se preocupe com ele. Esse é o jeito dele mesmo.

Igor voltou a me olhar.

– Meu avô era um Russo Branco. Durante a Revolução, os Vermelhos o mataram. Preciso acertar as contas com esses miseráveis!

– Entendo.

Então outro estudante veio em nossa direção.

– Ei, Fenster! – gritou o Carequinha.

Fenster se aproximou. Apertamos as mãos. Dei-lhe uma mão mole. Não gostava desse negócio de apertar as mãos.

O primeiro nome de Fenster era Bob. Haveria um encontro numa casa em Glendale, os Americanos pelo Partido da América. Fenster era o representante do campus. Ele se afastou. Carequinha chegou junto ao meu ouvido e sussurrou:

– Eles são nazis!

Igor tinha um carro e um galão de rum. Nos encontramos na frente da casa do Carequinha. Igor passou a garrafa. Coisa fina, realmente queimava as membranas da garganta. Igor dirigia seu carro como se fosse um tanque, passando reto nos sinais vermelhos. As pessoas buzinavam e cravavam os pés nos freios, e ele lhes acenava com uma falsa pistola negra.

– Ei, Igor – disse Carequinha –, mostre sua pistola ao Hank.

Igor estava dirigindo. Carequinha e eu estávamos no banco traseiro. Igor me passou sua pistola. Dei uma olhada nela.

– É incrível! – disse Carequinha. – Ele a esculpiu na madeira e cobriu com graxa preta para sapatos. Parece de verdade, não?

– É – respondi. – Furou inclusive um buraco no cano.

Devolvi a arma para Igor.

– Muito bacana – eu disse.

Ele passou de volta o garrafão de rum. Tomei um gole e passei para o Carequinha. Ele me olhou e disse:

– Heil, Hitler!

Fomos os últimos a chegar. Era uma casa grande e bonita. Fomos recebidos na porta por um garoto gordo e sorridente que parecia ter passado a vida inteira junto a uma lareira comendo castanhas. Seus pais não pareciam estar em casa. Seu nome era Larry Kearny. Nós o seguimos dentro da enorme casa e depois descemos uma longa e escura escadaria. Tudo o que eu podia ver era a cabeça e os ombros de Kearny.

Ele era, com certeza, um sujeito bem alimentado e parecia ser muito mais equilibrado do que o Carequinha, Igor e eu. Talvez tivesse alguma coisa para se aprender por aqui.

Então chegamos ao porão. Encontramos algumas cadeiras. Fenster nos cumprimentou com a cabeça. Havia outros sete que eu não conhecia. Havia uma mesa sobre um estrado. Larry seguiu até lá e se pôs atrás da mesa. Atrás dele, na parede, havia uma imensa bandeira americana. Larry se empertigou.

– Agora juraremos fidelidade à bandeira dos Estados Unidos da América!

Meu Deus, pensei, estou no lugar errado!

Ficamos em posição de sentido e fizemos o juramento, mas eu parei depois do "Eu juro fidelidade...". Eu não disse ao quê.

Sentamos. Larry começou a falar lá da sua mesa. Explicou que, sendo esta a primeira reunião, ele iria presidir. Depois de duas ou três reuniões, depois que conhecêssemos uns aos outros, um presidente poderia ser eleito caso desejássemos. Mas, enquanto isso...

– Enfrentamos, aqui na América, duas ameaças à nossa liberdade. Enfrentamos a praga comunista e a ambição de poder dos negros. Na maior parte das vezes, essas duas forças trabalham de mãos dadas. Nós, verdadeiros americanos, nos reunimos aqui para tentar conter essa praga, essa ameaça. A coisa chegou a um ponto em que nenhuma garota branca e decente pode caminhar nas ruas sem ser molestada por um homem negro!

Igor saltou na cadeira.

– Vamos matá-los!

– Os comunistas querem dividir a riqueza pela qual trabalhamos tanto, pela qual nossos pais trabalharam tanto, e os pais dos nossos pais antes deles. Os comunistas querem dar nosso dinheiro para cada negro, homossexual, vagabundo, assassino e molestador de criancinhas que andam em nossas ruas!

– Vamos matá-los!
– Eles precisam ser detidos.
– Vamos nos armar!
– Sim, vamos nos armar! E vamos nos encontrar aqui e formular o grande plano para salvar a América.

Os companheiros aplaudiram. Dois ou três deles gritaram:
– Heil, Hitler!

Então chegou a hora do conheçam-uns-aos-outros.

Larry fez correr cervejas geladas e nos reunimos em pequenas rodas, sem ter muito a dizer, exceto o fato de termos chegado a um acordo geral de que precisávamos praticar tiro a fim de nos tornarmos destros em nossas armas para quando a hora chegasse.

Quando voltamos à casa de Igor, seus pais também pareciam não estar. Igor pegou uma frigideira, e quatro cubos de manteiga e os derreteu. Pegou o rum, despejou numa panela grande e começou a aquecê-lo.

– Isto é o que homens bebem – ele disse. Então olhou para Carequinha. – Você é homem, Carequinha?

Carequinha já estava bêbado. Ficou bastante ereto, as mãos coladas ao lado do corpo.
– SIM, SOU HOMEM.

Começou a chorar. As lágrimas rolavam.
– SOU HOMEM.

Ainda em posição de sentido, gritou:
– HEIL, HITLER! – as lágrimas rolando.

Igor olhou para mim.
– Você é homem?
– Não sei. Esse rum já está pronto?
– Não tenho certeza se confio em você. Não tenho certeza se você é um de nós. Você não é um contraespião? Um agente inimigo?
– Não.
– Você é um de nós?
– Não sei. Só tenho certeza de uma coisa.

– Do quê?

– Não vou com a sua cara. O rum está pronto?

– Está *vendo*? – disse Carequinha. – Eu lhe disse que ele era mau.

– Vamos ver quem tem mais maldade no corpo antes da noite terminar – disse Igor.

Igor despejou a manteiga derretida dentro do rum fervente, então apagou o fogo e mexeu a mistura. Eu não gostava dele, mas ele era, obviamente, diferente dos outros e isso me agradava. Pegou então três copos de bebida, grandes, azuis, com letras russas. Despejou o rum amanteigado nos copos.

– Certo – ele disse –, bebam!

– Merda, já não era sem tempo – eu disse e virei o copo. Estava quente demais e fedia.

Observei Igor beber o seu. Vi seus olhinhos de ervilha através do seu copo. Ele deu um jeito de virar tudo, pequenas quantidades de líquido dourado escorriam pelos cantos de sua boca estúpida. Ele olhava para o Carequinha. Carequinha estava de pé, olhando para dentro do copo. Eu sabia, pelo nosso passado em comum, que Carequinha não tinha um amor natural pela bebida.

Igor encarou o Carequinha.

– Beba!

– Sim, Igor, sim...

Carequinha ergueu o copo azul. Estava enfrentando um momento difícil. Era quente demais para ele, que ainda por cima não apreciava o gosto. Metade da bebida escorreu de sua boca, descendo pelo queixo e molhando sua camisa. Seu copo vazio caiu no chão da cozinha.

Igor se endireitou na frente do Carequinha.

– Você não é homem!

– EU SOU HOMEM, IGOR! EU SOU HOMEM!

– MENTIROSO!

Igor lhe deu um tapa na cara com as costas da mão e quando a cabeça do Carequinha se projetou para o lado, ele a endireitou, acertando um novo tapa na outra face, dessa vez com a palma aberta. Carequinha continuou em posição de sentido, os braços colados ao corpo.

— Eu sou... homem...

Igor continuava parado a sua frente.

— Vou *fazer* de você um homem!

— Basta — eu disse a Igor —, deixe ele em paz.

Igor saiu da cozinha. Servi para mim mais uma dose de rum. Era um negócio pavoroso, mas era o que havia.

Igor retornou. Trazia consigo uma arma, uma de verdade, um velho revólver de seis tiros.

— Agora vamos jogar roleta-russa — anunciou.

— Jogar o rabo da sua mãe! — eu disse.

— Eu jogo, Igor — disse Carequinha. — Eu jogo! Sou *homem*!

— Tudo bem — disse Igor —, há uma bala nesta arma. Vou girar o tambor e entregar a arma a você.

Igor girou o tambor e passou o revólver ao Carequinha. Carequinha pegou a arma e apontou-a para a têmpora.

— Eu sou homem... Eu sou homem... Vou fazer isso!

Começou a chorar novamente.

— Vou fazer... Sou homem...

Carequinha afastou a boca do revólver de sua têmpora. Apontou para longe de seu crânio e apertou o gatilho. Ouviu-se um clique.

Igor tomou-lhe a arma, girou o tambor e a passou para mim. Devolvi-a.

— Você primeiro.

Igor girou o tambor, segurou a arma contra a luz e olhou através do tambor. Depois encostou o cano em sua têmpora e puxou o gatilho. Apenas um clique.

— Bela merda — eu disse. — Você checou o tambor para ver onde a bala estava.

Igor girou o tambor e me passou a arma.

— Sua vez...

Devolvi o revólver.

– Enfia no cu – eu falei.

Fui me servir de mais uma dose de rum. Nisso ouvi um tiro. Olhei para baixo. Próximo ao meu pé, no chão da cozinha, havia um buraco de bala.

Virei-me.

– Volte a apontar esse negócio pra mim e eu acabo com sua raça, Igor.

– É mesmo?

– É.

Ficou ali, sorrindo. Começou vagarosamente a erguer a arma. Esperei. Então ele a baixou. Já era o bastante por uma noite. Fomos até o carro e Igor nos levou em casa. Mas, no meio do caminho, paramos no parque Westlake e alugamos um barco e fomos pescar. Precisávamos terminar o rum. Depois do último drinque, Igor carregou a arma e disparou contra o fundo do barco, abrindo vários buracos. Estávamos a quarenta metros da margem e tivemos que nadar...

Era tarde quando cheguei em casa. Escalei o velho arbusto e entrei pela janela do quarto. Tirei minha roupa e fui para a cama, enquanto no quarto ao lado meu pai roncava.

## 53

Eu voltava para casa depois das aulas pela colina Westview. Nunca tinha livros para carregar. Passei nos exames apenas ouvindo o que diziam durante as aulas e chutando as respostas. Nunca tive que me matar estudando para os exames. Conseguia tirar os meus "C"s. E, enquanto descia a ladeira, bati numa teia de aranha gigante. Estava sempre fazendo isso. Fiquei ali, arrancando os pedaços de teia que se grudaram em mim e procurando pela aranha. Então a avistei: uma filha da puta negra e gorda. Esmaguei-a. Eu tinha aprendido a odiar aranhas. Quando eu fosse para o inferno, seria comido por uma aranha.

Por toda minha vida, naquele bairro, andei batendo em teias de aranha, sendo atacado por melros, vivendo com meu pai. Tudo era eternamente triste, melancólico, detestável. Mesmo o clima era insolente e desgraçado. Ou ficava insuportavelmente quente por semanas a fio, ou chovia, e quando chovia era direto por cinco ou seis dias. A água alagava os gramados e invadia as casas. Quem quer que tivesse planejado o sistema de drenagem certamente tinha sido bem pago por sua ignorância no que diz respeito a esse assunto.

E minhas questões pessoais continuavam tão más e lamentáveis quanto no dia em que nasci. A única diferença era que agora eu podia beber de vez em quando, embora nunca o suficiente. A bebida era a única coisa que impedia um homem de se sentir para sempre atordoado e inútil. Todo o resto ia furando e furando sua carne, arrancando seus pedaços. E nada tinha o menor interesse, nada. As pessoas eram limitadas e cuidadosas, todas iguais. E eu teria que viver com esses fodidos pelo resto da minha vida, pensei. Deus, todos eles tinham cus e órgãos sexuais e bocas e sovacos. Cagavam e tagarelavam, e todos eram tão inertes quanto esterco de cavalo. As garotas pareciam legais a certa distância, o sol resplandecendo em seus vestidos, em seus cabelos. Mas vá se aproximar e ouvir seus pensamentos escorrendo boca afora, você vai sentir vontade de cavar um buraco ao sopé de uma colina e se entrincheirar com uma metralhadora. Eu certamente nunca conseguiria ser feliz, me casar, nunca teria filhos. Inferno, eu nem mesmo conseguia um emprego como lavador de prato.

Talvez eu pudesse me tornar ladrão de banco. Alguma coisa bem fodida. Alguma coisa flamejante, fogosa. Só se vive uma vez. Por que ser um limpador de vidraças?

Acendi um cigarro e segui descendo a ladeira. Será que eu era a única pessoa que perdia tempo pensando nesse futuro sem perspectivas?

Vi outra dessas aranhas grandes e negras. Estava mais ou menos na altura do meu rosto, em sua teia, bem no meu caminho. Peguei meu cigarro e cravei no meio dela. A tremenda teia se balançou e chacoalhou com o pulo da aranha, as folhas e o arbusto tremeram. Ela pulou da teia e caiu na calçada. Assassinas covardes, todas elas. Esmaguei-a com meu sapato. Que dia proveitoso, eu tinha matado duas aranhas, esculhambado o equilíbrio da natureza – agora seríamos todos devorados por percevejos e moscas.

Percorri o resto da descida. Já estava próximo do fim quando um enorme arbusto começou a se mexer. A Aranha Rainha estava atrás de mim. Lancei-me em sua direção para enfrentá-la.

Minha mãe saiu detrás do arbusto.

– *Henry, Henry*, não vá pra casa, não vá pra casa, seu pai vai matá-lo!

– Como ele vai fazer isso? Posso chutar o rabo dele.

– Não, ele está *furioso*, Henry! Não vá para casa, ele vai matá-lo! Estou esperando você aqui há horas!

Os olhos da minha mãe estavam esbugalhados de medo, muito bonitos, grandes e castanhos.

– O que ele está fazendo em casa assim tão cedo?

– Ficou com dor de cabeça e disseram para que ele tirasse a tarde de folga!

– Pensei que você estivesse trabalhando. Você não tinha arranjado um novo emprego?

Ela tinha conseguido um trabalho como doméstica.

– Ele apareceu e me pegou! Está *furioso*! Vai *matar você*!

– Não se preocupe, mamãe, se ele mexer comigo dou um chute naquele seu maldito rabo, eu lhe prometo.

– *Henry, ele encontrou e leu os seus contos!*

– Nunca pedi para que ele lesse.

– *Ele os encontrou na gaveta! E leu todos eles, todos eles!*

Eu tinha escrito dez ou doze contos. Dê uma máquina de escrever a um homem e ele se tornará um escritor. Eu escondera as histórias debaixo do forro de papel da minha gaveta de cuecas e meias.

– Bem – eu disse –, o velho foi brincar com fogo e acabou queimando os dedos.

*– Ele disse que vai matá-lo! Disse que nenhum filho dele poderia escrever aquelas histórias e continuar vivendo sob o mesmo teto que ele!*

Peguei-a pelo braço.

– Vamos para casa, mamãe, e vejamos do que ele é capaz...

*– Henry, ele jogou todas as suas roupas no gramado, toda sua roupa suja, sua máquina de escrever, sua mala e suas histórias!*

– Minhas histórias?

– Sim, elas também...

*– Vou matá-lo!*

Desvencilhei-me dela e caminhei através da 21ª em direção à avenida Longwood. Ela veio atrás de mim.

*– Henry, Henry, não entre lá.*

A pobre mulher se agarrava às costas da minha camisa.

– Henry, escute, alugue um quarto pra você em algum lugar! Henry, tenho aqui dez dólares! Pegue estes dez dólares e arranje um quarto em algum lugar!

Virei-me. Ela segurava a nota de dez.

– Esqueça – eu disse. – Vou-me embora de qualquer jeito.

– Henry, aceite o dinheiro! Faça isso por mim! Faça isso pela sua mãe!

– Bem, está certo...

Peguei os dez dólares, guardei no meu bolso.

– Obrigado, isto é bastante dinheiro.

– Está tudo bem, Henry. Eu te amo, Henry, mas você precisa ir.

Ela corria na minha frente enquanto eu continuava na direção de casa. Então eu vi: minhas coisas estavam todas espalhadas pelo gramado, todas as minhas roupas, as sujas e as limpas, a mala aberta, meias, camisas, pijamas, um velho roupão, tudo jogado ali, sobre o gramado e sobre a rua. E vi meus manuscritos sendo soprados pelo vento, caindo na sarjeta, dispersos por toda parte.

Minha mãe correu pela entrada lateral e foi para dentro de casa. Gritei às suas costas de modo que ele pudesse me ouvir:

– DIGA A ELE PARA VIR AQUI FORA QUE EU VOU ARRANCAR A MALDITA CABEÇA DELE!

Em primeiro lugar, fui atrás dos meus manuscritos. Esse foi o mais baixo dos golpes baixos, fazer isso comigo. Eles eram as únicas coisas que ele não tinha o direito de tocar. Enquanto eu recolhia as páginas do esgoto, do gramado e do meio da rua, comecei a me sentir melhor. Recolhi cada página que pude, coloquei-as dentro da mala e usei um sapato como peso, indo resgatar, então, minha máquina de escrever. Tinha caído para fora de sua caixa, mas parecia estar em boas condições. Olhei meus trapos espalhados. Deixei as roupas sujas, deixei os pijamas, pois os dois tinham sido dele e passados a mim depois de velhos. Não havia muito mais coisa para guardar. Fechei a mala, peguei a máquina e comecei a me afastar. Podia ver dois rostos me espiando por detrás das cortinas. Mas logo me esqueci daquilo, caminhei pela Longwood, cruzei pela 21ª e subi pela velha colina na Westview. Não me sentia muito diferente de como sempre me sentira. Não estava nem exultante nem deprimido; tudo parecia apenas ser uma continuação natural. Eu iria tomar o bonde "W", fazer uma baldeação e ir para algum lugar no centro da cidade.

## 54

Encontrei um quarto na rua Temple, no bairro filipino. Custava três dólares e cinquenta por semana e ficava no segundo andar. Paguei à senhoria – uma loira de meia-idade – uma semana de aluguel. O banheiro e o chuveiro ficavam no corredor, mas havia uma vasilha na qual se podia mijar.

Na minha primeira noite por lá, descobri que havia um bar logo na entrada, apenas um lance de escada abaixo.

Gostei daquilo. Tudo o que eu tinha a fazer era subir a escada e estava em casa. O bar estava cheio de homenzinhos escuros, mas eles não me incomodavam. Tinha ouvido todas as histórias sobre filipinos – que eles gostavam de garotas brancas, loiras em particular, que carregavam estiletes, que, uma vez que todos tinham o mesmo tamanho, sete deles se juntavam e compravam um terno caríssimo, com todos os acessórios, e então se revezavam, cada um usando o terno em um dia da semana. George Raft* havia dito em algum lugar que os filipinos ditavam a moda. Ficavam nas esquinas e giravam correntes de ouro sem parar, correntes fininhas de ouro, com dezoito ou vinte centímetros de comprimento, medida correspondente ao tamanho do pênis do portador.

O atendente do bar era filipino.
– Você é novo por aqui, não? – perguntou.
– Moro no andar de cima. Sou estudante.
– Não vendemos fiado.
Coloquei umas moedas sobre o balcão.
– Me dê uma Eastside.
Ele voltou com a garrafa.
– Onde um camarada pode descolar uma garota? – perguntei.
Ele pegou algumas das moedas.
– Não sei de nada – ele disse, dirigindo-se para a registradora.

Naquela primeira noite, fiquei até o bar fechar. Ninguém me incomodou. Algumas loiras foram embora com os filipinos. Os homens bebiam em silêncio. Sentavam-se em pequenos grupos com as cabeças muito próximas, conversando, vez ou outra sorrindo de maneira muito discreta. Gostava deles. Quando o bar fechou e me levantei para ir embora, o atendente disse:
– Obrigado.

---
* Ator americano famoso nas décadas de 1930 e 1940. (N.T.)

Essa gentileza não existia em bares americanos, ao menos não para mim.

Gostava da minha nova situação. Tudo o que eu precisava era arranjar dinheiro.

Decidi continuar frequentando a faculdade. Isto me daria um lugar para estar durante o dia. Meu amigo Becker havia desistido. Não havia ninguém com quem eu me importasse, exceto, talvez, o professor de Antropologia, um conhecido comunista. Ele não ensinava muito Antropologia. Era um homem grande, normal e simpático.

– Agora vamos ao modo correto de se fritar um bom bife de chuleta – ele falou à classe. – Esquentem a frigideira, bebam uma dose de uísque e despejem uma fina camada de sal na frigideira. Aí coloquem o bife e deixem ele dar uma dourada, mas não por muito tempo. Então vocês devem virar a carne, dar mais uma tostada, beber outra dose de uísque, tirar a carne da frigideira e devorá-la imediatamente.

Certa vez, quando eu estava deitado no gramado, ele se aproximou, parou e se esticou ao meu lado.

– Chinaski, você não acredita em toda essa baboseira nazi que anda espalhando por aí, acredita?

– Não estou dizendo nada. Você acredita nas suas merdas?

– Claro que sim.

– Boa sorte.

– Chinaski, você não passa de um comedor de chucrute.

Ele se levantou, espanou os pedaços de grama e as folhas da roupa e se foi...

Acabei ficando na pensão da rua Temple por mais alguns dias. Foi quando Jimmy Hatcher me encontrou. Ele bateu à porta certa noite, eu a abri e ali estava ele com mais dois caras, colegas da fábrica de aviões, um de nome Delmore, o outro, Ligeirinho.

– Como ele ganhou esse apelido, "Ligeirinho"?
– Empreste seu dinheiro a ele alguma vez e descobrirá.
– Entrem... Como, em nome de Deus, você me localizou?
– Seus coroas colocaram um detetive particular atrás de você.
– Maldição, eles sabem como arruinar a alegria de um homem.
– Talvez estejam preocupados, não?
– Se estão preocupados, tudo o que têm que fazer é mandar mais dinheiro.
– Eles dizem que você vai gastar tudo em trago.
– Então deixe que eles fiquem preocupados...

Os três entraram e se acomodaram na cama e no chão. Traziam um pouco de uísque e copos de papel. Jimmy serviu uma rodada.

– Você tem um lugar bacana aqui.
– É incrível. Posso ver a Câmara Municipal se ponho o pescoço pra fora da janela.

Ligeirinho tirou um baralho do bolso. Estava sentado no tapete. Olhou para mim.

– Você joga?
– Todo dia. Esse seu baralho é de cartas marcadas?
– Ei, seu filho da puta!
– Não me diga palavrão senão penduro seu escalpo sobre minha lareira.
– Honestidade, meu velho, estas cartas estão limpas!
– Só jogo pôquer ou 21. Qual é a aposta?
– Dois paus.
– Vamos sortear para ver quem dá as cartas.

Coube a mim e escolhi o pôquer tradicional. Não gostava de jogar o pôquer aberto, era preciso contar demais com a sorte. Vinte cinco centavos para entrar. Enquanto eu dava as cartas, Jimmy serviu mais uma rodada.

– Como você está se sustentando, Hank?

— Tenho escrito trabalhos para os outros.
— Brilhante.
— É...
— Ei, caras – disse Jimmy –, falei pra vocês que esse cara era um gênio.
— É – disse Delmore. Ele estava à minha direita. Abriu.
— Vinte e cinco centavos – ele disse.
Cobrimos.
— Três cartas – disse Delmore.
— Uma – disse Jimmy.
— Três – disse Ligeirinho.
— Nenhuma – eu disse.
— Vinte e cinco centavos – disse Delmore.
Todos cobrimos e então eu disse.
— Pago seus 25 e aumento a aposta em dois paus.
Delmore passou, Jimmy passou. Ligeirinho olhou para mim.
— O que mais você vê quando estica o pescoço para fora da janela além da Câmara Municipal?
— Apenas continue jogando. Não estou aqui pra falar de ginástica ou sobre a paisagem.
— Tudo bem – ele disse –, estou fora.
Recolhi o dinheiro e embaralhei as cartas deles, deixando as minhas viradas para baixo.
— O que você tem aí? – perguntou Ligeirinho.
— Pague para ver ou chore para sempre – eu disse, misturando minhas cartas às outras e as embaralhando todas juntas, com estilo, me sentindo como Gable antes de ser arruinado por Deus quando do terremoto em San Francisco*.

O baralho mudou de mãos, mas continuei com sorte, a maior parte do tempo. Tinha sido dia de pagamento na fábrica de aviões. Nunca traga muito dinheiro para o covil

---

* Aqui Bukowski se refere ao filme *San Francisco* (1936), no qual Clark Gable fazia o papel de Blackie Norton, dono de uma famosa casa de jogos, completamente destruída durante o famoso terremoto que assolou a cidade em 1906. (N.T.)

de um homem pobre. Ele só tem a perder o pouco que lhe resta. Por outro lado, é matematicamente possível que ele venha a ganhar qualquer coisa que você tenha trazido. O que se deve fazer, com o pobre e o dinheiro, é nunca deixar que os dois fiquem muito próximos um do outro.

Por algum motivo, senti que a noite seria minha. Delmore logo ficou pelado e abandonou o jogo.

– Companheiros – eu disse –, tive uma ideia. Jogar cartas é muito lento. Vamos apenas jogar moedas. Dez paus por jogada. Quem tiver o lado diferente ganha.

– Ok – disse Jimmy.

– Ok – disse Ligeirinho.

O uísque já tinha acabado. Atacamos uma garrafa de vinho barato que eu tinha.

– Tudo bem – eu disse –, joguem as moedas bem alto! Fiquem com elas nas suas palmas. E quando eu disser "abram", nós vemos o resultado.

Jogamos as moedas para cima e as pegamos.

– Abram! – eu disse.

Eu tinha a face diferente. Merda. Ganhar vinte paus assim, sem nenhum esforço.

Meti as notas no meu bolso.

– Joguem! – eu disse.

Jogamos.

– Abram! – eu disse.

Venci novamente.

– Joguem! – eu disse.

Jogamos.

– Abram! – eu disse.

Ligeirinho levou.

Ganhei a próxima.

Então Jimmy venceu uma.

As duas seguintes foram minhas.

– Esperem – eu disse –, tenho que mijar!

Fui até o vaso e mijei. Tínhamos secado a garrafa de vinho. Abri a porta do armário.

– Tenho outra garrafa de vinho aqui – disse a eles.

Peguei a maior parte das notas do meu bolso e as joguei dentro do armário. Retornei, abri a garrafa, servi uma rodada.

– Merda – disse o Ligeirinho, olhando para sua carteira –, estou quase falido.

– Eu também – disse Jimmy.

– Quem será que ficou com o dinheiro? – perguntei.

Não eram bons bebedores. Misturar vinho com uísque lhes fez mal. Estavam cambaleando um pouco.

Ligeirinho chocou-se contra a cômoda, derrubando um cinzeiro que se partiu ao meio no chão.

– Junte – eu disse.

– Não junto essa merda – ele disse.

– Eu disse: junte!

– Já disse que não junto merda.

Jimmy foi até ali e recolheu o cinzeiro quebrado.

– Caiam fora, caras – eu disse.

– Você não pode me obrigar a ir – disse Ligeirinho.

– Tudo bem – eu disse –, volte a abrir mais *uma* vez essa sua boca, diga mais *uma* palavra sequer e você não vai ser capaz de tirar sua cabeça do olho do seu cu!

– Vamos embora, Ligeirinho – disse Jimmy.

Abri a porta, e eles saíram em fila, trôpegos. Segui-os até o corredor em direção à escada. Paramos ali.

– Hank – disse Jimmy –, vejo você outra hora. Pega leve.

– Pode deixar, Jim...

– Escute – disse Ligeirinho para mim –, você...

Acertei-lhe um soco de direita bem na boca. Ele caiu escada abaixo, rolando e batendo. Ele tinha mais ou menos a minha altura, um metro e oitenta e cinco, e dava para ouvir o estrondo provocado pelas batidas de seu corpo a uma quadra de distância. Dois filipinos e a senhoria loira estavam no saguão. Eles viram o Ligeirinho caído ali, mas não se moveram em sua direção.

— Você o matou! — disse Jimmy.

Ele desceu correndo os degraus e virou o corpo de Ligeirinho para que ficasse com o rosto voltado para cima. A boca e o nariz de Ligeirinho tinham virado uma poça de sangue. Jimmy segurou sua cabeça. Jimmy olhou para mim.

— Isso não está certo, Hank...

— É, e o que cê vai fazer?

— Acho — disse Jimmy — que vamos voltar pra pegar você...

— Espere um minuto — eu disse.

Voltei para meu quarto e me servi de vinho. Não tinha gostado dos copos de papel que Jimmy trouxera e tinha usado um copo que antes fora de geleia. O rótulo do vidro ainda estava colado, manchado de sujeira e vinho. Retornei.

Ligeirinho recobrava os sentidos. Jimmy o amparava para que pudesse se pôr de pé. Então colocou o braço de Ligeirinho ao redor de seu pescoço. Ficaram ali parados.

— E agora, o que foi que você disse? — perguntei.

— Você é um homem horrível, Hank. Precisava de uma lição de verdade.

— Você quer dizer que não sou uma belezura?

— Quero dizer que sua *atitude* é horrível...

— Leve seu amigo daqui antes que eu desça essa escada e acabe de vez com ele!

Ligeirinho ergueu a cabeça ensanguentada. Ele usava uma camisa florida havaiana, cuja variedade de cores fora anulada pela predominância do vermelho.

Olhou para mim. Depois falou. Eu mal podia ouvi-lo. Mas ouvi. Ele disse:

— Vou matá-lo...

— É — disse Jimmy —, vamos pegar você.

— É, SEUS FODIDOS? — gritei. — NÃO ESTOU INDO A LUGAR NENHUM! QUANDO QUISEREM ME ENCONTRAR ESTAREI AQUI, QUARTO 5! ESTAREI ESPERANDO! QUARTO 5, ENTENDERAM? E A PORTA VAI ESTAR ABERTA!

Ergui o copo de geleia cheio de vinho e o sequei num gole. Depois o lancei na direção deles. Joguei o filho da puta com força. Mas minha pontaria estava ruim. Acabou atingindo a parede ao lado da escada, rolou e se espatifou no saguão, entre a senhoria e os dois amigos filipinos.

Jimmy deu meia-volta com o Ligeirinho em direção à saída e começou a arrastá-lo. Era um percurso tedioso e agonizante. Ouvi Ligeirinho outra vez, meio que gemendo, meio que chorando:

– Vou acabar com ele... Eu mato...

Então Jimmy conseguiu passar com ele pela porta. Eles se foram.

A senhoria loira e os dois filipinos continuavam no saguão, olhando para mim. Eu estava de pés descalços, e há uns cinco ou seis dias não fazia a barba. Precisava de um corte de cabelo. Só penteava meu cabelo uma vez ao dia, pela manhã, depois deixava de qualquer jeito. Meus professores de ginástica sempre reclamavam da minha postura: "Mantenha os *ombros* erguidos! Por que está olhando para o *chão*? O que há *ali* para se olhar?".

Nunca me vestiria de acordo com a moda ou com elegância. Minha camiseta branca estava manchada de vinho, queimada, cheia de buracos de cigarro e charuto, marcada com sangue e vômito. E ainda por cima era muito pequena, deixando minha barriga e umbigo expostos. E minhas calças também eram muito pequenas. Comprimiam minhas pernas e mal chegavam aos tornozelos.

Os três ficaram parados e continuaram me olhando. Olhei para eles lá embaixo.

– Ei, caras, subam até aqui para tomar uma bebida!

Os dois homenzinhos olharam para mim e sorriram sem graça. A senhoria, uma Carole Lombard decadente, me olhou de modo impassível. Chamavam-na de Sra. Kansas. Será que ela poderia estar apaixonada por mim? Calçava sapatos de salto alto, cor-de-rosa, e um vestido negro de lantejoulas cintilantes. Pequenos pontos de luz se refletiam em mim. Seus peitos eram algo que um mero mortal jamais poderia ver – estavam reservados apenas para reis, ditadores, governantes e filipinos.

– Alguém tem um cigarro? – perguntei. – Estou sem nenhum.

O pequeno sujeito escuro parado num dos lados da sra. Kansas fez um movimento sutil com uma das mãos em direção ao bolso de sua jaqueta e um maço de Camel cortou o ar do saguão. Habilmente, pegou o maço com a outra mão. Com um piparote invisível no fundo do maço, um cigarro se ergueu, comprido, verdadeiro, único e exposto, pronto para ser puxado.

– Ei, mas que merda, muito obrigado – eu disse.

Comecei a descer a escada, dei um passo em falso, investi, quase caí, agarrei-me ao corrimão, recuperei o equilíbrio e continuei descendo. Eu estava bêbado? Fui até o carinha que segurava o maço. Inclinei-me um pouquinho.

Puxei o Camel. Então o joguei para cima, peguei-o, enfiei na boca. Meu amigo escuro permaneceu sem expressão, o sorriso artificial desaparecera de seu rosto enquanto eu descia a escada. Meu amiguinho se curvou, fez uma concha com uma mão para proteger o fogo e acendeu meu cigarro.

Inalei, exalei.

– Escutem, por que não subimos lá pro meu quarto e tomamos umas bebidas?

– Não – disse o camaradinha que tinha acendido meu cigarro.

– Talvez a gente consiga sintonizar algum Bee ou um Bach no meu rádio! Sou *culto*, vocês sabem. Sou estudante...

– Não – disse o outro carinha.

Dei uma boa tragada no cigarro e olhei para Carole Lombard – sra. Kansas.

Então olhei para meus dois amigos.

– Ela é de *vocês*. Não quero nada com ela. Ela é de vocês. Não custa nada. Vamos dar uma chegada lá em cima. Beber um pouco de vinho. No velho quarto número 5.

Não houve resposta. Troquei um pouco as pernas enquanto o uísque e o vinho disputavam o domínio do meu corpo. Deixei o cigarro deslizar um pouco para o canto direito da minha boca enquanto expelia uma nuvem de fumaça. Continuei deixando o cigarro pender daquele jeito.

Eu sabia a respeito dos estiletes. No curto tempo em que eu estivera ali, tinha visto duas vezes os estiletes em ação. Uma noite, da minha janela, alertado pelo som das sirenes, eu avistara um corpo bem debaixo da minha janela, na calçada da Temple, sob o brilho do luar e do poste de luz. Outra vez, outro corpo. Noites de estilete. Numa das vezes um homem branco; na outra, um deles. Em cada ocasião, sangue correndo sobre o calçamento, sangue de verdade, bem assim, correndo pela calçada e descendo pelo esgoto, sem sentido, pura estupidez... quase não dando para acreditar que *tanto* sangue pudesse sair de um só homem.

– Está certo, meus amigos – disse para eles –, sem ressentimentos. Beberei sozinho...

Virei-me e comecei a subir a escada.

– Sr. Chinaski – ouvi a voz da sra. Kansas.

Voltei-me em sua direção, ladeada por seus dois amiguinhos.

– Vá para seu quarto e durma. Se o senhor causar mais algum tipo de perturbação, vou ligar para o Departamento de Polícia da cidade de Los Angeles.

Olhei novamente na direção da escada e terminei de subi-la.

*Nenhuma vida em nenhum lugar, nenhuma vida nesta cidade ou neste lugar ou nesta existência deprimente...*

Minha porta estava aberta. Entrei. Havia ainda um terço de vinho barato na garrafa.

Poderia haver mais uma garrafa no armário?

Abri a porta do móvel. Nenhuma garrafa. Mas havia notas de dez e de vinte espalhadas por toda parte. Havia uma de vinte enrolada entre um par de meias sujas e furadas nos dedos; no colarinho da camisa, uma de dez pendurada; e no bolso de uma velha jaqueta, outra de dez. A maior parte do dinheiro estava no chão.

Peguei uma nota, enfiei no bolso lateral das calças, fui até a porta, passei a chave e segui para o bar escada abaixo.

## 55

Duas noites depois, Becker apareceu. Acho que meus pais lhe deram o endereço ou ele o conseguiu por meio da faculdade. Tinha meu nome e endereço na lista dos desempregados da faculdade na seção dos "sem experiência". Havia escrito na minha ficha: "Faço qualquer coisa, honesta ou não". Nenhuma chamada.

Becker sentou numa cadeira enquanto eu servia o vinho. Estava com um uniforme da Marinha.

– Já vi que eles pegaram você – eu disse.

– Perdi meu trabalho na Western Union. Não tive outra opção.

Alcancei-lhe sua bebida.

– Então você não é um patriota?

– Diabos, claro que não.

– Por que a Marinha?

– Ouvi falar sobre o campo de treinamento. Queria ver se era capaz de aguentar.

– E aguentou.

– Sim. Há uns caras malucos por lá. Quase toda noite há pancadaria. Ninguém se mete. Eles quase matam uns aos outros.

– Isso parece legal.

– Por que você não se alista?

– Não gosto de me levantar cedo e não sou de receber ordens.

– E o que vai fazer, então?

– Não sei. Quando consumir meu último centavo, saio porta afora e me mudo para um cortiço.

– Há uns caras realmente malucos por lá.
– Eles estão em toda parte.
Servi mais vinho a Becker.
– O problema é que não há muito tempo para escrever – ele disse.
– Você ainda quer ser escritor?
– Claro. E você?
– Sim – eu disse –, mas é um tanto desesperador.
– Você quer dizer que não é bom o suficiente?
– Não, eles não são bons o suficiente.
– O que você quer dizer?
– Você lê as revistas? Livros intitulados *Os melhores contos do ano*? Há pelo menos uma dúzia deles.
– Sim, eu leio...
– Você lê *The New Yorker*? *Harper's*? *The Atlantic*?
– Claro...
– Estamos em 1940. Eles continuam publicando coisas do século XIX, pesadas, rebarbativas, pretensiosas. Ou você fica com uma dor de cabeça horrível lendo essas merdas ou pega no sono.
– Do que você está falando?
– É um blefe, uma fraude, uma ação entre amigos.
– Até parece que você foi rejeitado.
– Eu sabia que isso *iria* acontecer. Para que gastar com selos? Preciso de vinho.
– Vou vencer essas barreiras – disse Becker. – Um dia você verá meus livros nas estantes das bibliotecas.
– Não vamos falar sobre escrever.
– Andei lendo suas coisas – disse Becker. – Você é amargo demais, sem falar que seu ódio não tem limites.
– Não vamos falar sobre escrever.
– Agora, pegue por exemplo Thomas Wolfe...
– À puta que pariu com Thomas Wolfe! Ele soa como uma velha ao telefone!
– Está bem, quem é o seu favorito?

— James Thurber*.
— Toda aquela lenga-lenga de classe média alta...
— Ele *sabe* que está todo mundo louco.
— Thomas Wolfe fala das coisas da terra...
— Apenas otários perdem tempo falando sobre escrever...
— Você está me chamando de otário?
— Sim...
Servi mais vinho em nossos copos.
— Você parece um idiota nesse uniforme.
— Você me chama de otário e depois de idiota. Pensei que fôssemos amigos.
— E somos. Só acho que você não está se preservando.
— Toda vez que o vejo, você está com um copo na mão. Você chama *isso* de se preservar?
— É a melhor maneira que conheço. Sem a bebida eu já teria cortado minha maldita garganta.
— Merda pura.
— Se fosse merda pura não funcionava. Os pastores da praça Pershing têm seu Deus. Eu tenho o sangue do meu deus!
Ergui meu copo e matei numa talagada.
— Isso é apenas fuga da realidade – disse Becker.
— E por que não?
— Você jamais será um escritor se fugir da realidade.
— Do que você está falando? Isso é justamente o que os escritores *fazem*!
Becker se pôs de pé.
— Quando falar comigo, não erga a voz.
— O que você quer que eu erga, meu cacete?
— Você nem tem um cacete!

---

* James Thurber (1894-1961). Escritor, humorista e cartunista americano. Colaborador assíduo de *The New Yorker* a partir de 1927, alcançou notoriedade por seus contos e aforismos. Sua obra mais famosa talvez seja *My Life and Hard Times*, de 1933. (N.T.)

Peguei-o desprevenido com uma direita que o acertou bem atrás da orelha. O copo voou de sua mão e ele cambaleou pelo quarto. Becker era um homem forte, muito mais forte do que eu. Chocou-se contra a quina da cômoda, virou-se e eu apliquei mais um direto de direita na sua cara. Cambaleou até junto à janela, que estava aberta, e tive medo de acertá-lo outra vez, pois ele poderia cair lá embaixo no meio da rua.

Becker se recompôs e balançou a cabeça para desanuviar a visão.

– Agora basta – eu disse –, vamos tomar um trago. Violência me deixa nauseado.

– Ok – disse Becker.

Ele se aproximou e pegou seu copo. Os vinhos vagabundos que eu bebia não tinham nem rolha, apenas tampas comuns de rosca. Abri uma nova garrafa. Becker esticou o copo e lhe servi uma dose. Servi outra para mim e depus a garrafa. Becker esvaziou o seu. Esvaziei o meu.

– Sem ressentimentos – eu disse.

– Diabo, camarada, claro que não – disse Becker, colocando o copo no chão. Então disparou uma direita no meu estômago. Curvei-me e ele aproveitou que eu tinha abaixado a cabeça para me agarrar pela nuca e aplicar uma joelhada na cara. Caí de joelhos, sangue escorrendo do meu nariz e encharcando minha camisa.

– Me serve uma bebida aí, camarada – eu disse –, vamos pôr um fim nisso.

– Levante-se – disse Becker –, isto foi apenas o primeiro capítulo.

Me ergui e fui em direção a Becker. Bloqueei seu *jab*, aparei sua direita com o cotovelo e acertei um golpe curto bem no meio do seu nariz. Becker retrocedeu. Ambos estávamos com os narizes estourados.

Parti para cima dele. Lutávamos de modo cego. Acertei uns bons golpes. Ele encaixou outra ótima direita na minha barriga. Outra vez me curvei, mas dessa vez consegui contra-atacar com um gancho. Acertei em cheio. Foi um golpe belíssimo, um golpe de sorte. Becker se desequilibrou e despencou para trás, chocando-se na cômoda. Sua nuca acertou o espelho. O espelho se despedaçou. Ele estava atordoado. Era meu. Agarrei-o pela frente da camisa e lhe acertei uma direita violenta atrás da orelha esquerda. Caiu sobre o tapete e ficou ali de quatro. Afastei-me e me servi, meio desequilibrado, de outro copo de vinho.

– Becker – eu disse –, duas vezes por semana sou obrigado a chutar o rabo de alguém por aqui. Você cometeu o erro de aparecer no dia errado.

Esvaziei meu copo. Becker se levantou. Ficou um tempo parado, apenas me olhando. Então avançou.

– Becker – eu disse –, escute...

Começou com uma pancada de direita, recuou e me acertou uma esquerda na boca. Começamos novamente. Não havia praticamente movimentos de defesa. Era somente porrada e mais porrada. Ele me empurrou sobre uma cadeira que se espatifou. Levantei-me e o peguei enquanto se aproximava. Ele patinou para trás e consegui encaixar outro direto de direita. Ele voou contra a parede, fazendo todo o quarto tremer. Recuperou o equilíbrio, disparou uma direita que me acertou em cheio na testa. Vi luzes: verdes, amarelas, vermelhas... Então ele soqueou minhas costelas com a esquerda e desceu a direita em meu rosto. Tentei um contragolpe, mas errei.

Maldição, pensei, será que ninguém *escutava* todo esse barulho? Por que ninguém intervinha? Por que não chamavam a polícia?

Becker veio novamente para cima de mim. Errei um mata-cobra de direita e assim pus fim à minha noite...

Quando recobrei os sentidos, estava escuro, era noite. Eu estava debaixo da cama, só a cabeça para fora. Devo ter rastejado até lá. Eu era um covarde. Tinha me vomitado todo. Arrastei-me para fora.

Olhei para o espelho partido e a cadeira desconjuntada. A mesa estava de cabeça para baixo. Fui até ela e tentei ajeitá-la. Caiu novamente. Duas das pernas estavam avariadas. Tentei arrumá-las da melhor maneira possível. Equilibrei a mesa. Por um tempo ela ficou no lugar, mas novamente desabou. O tapete estava úmido de vinho e vômito. Encontrei uma garrafa de vinho, caída de lado. Havia ainda um pouco de bebida no interior dela. Bebi o resto e fui à procura de mais. Seca total. Não havia nada para beber. Passei a corrente na porta. Encontrei um cigarro, acendi, fui até a janela e fiquei ali parado, contemplando a rua Temple. Fazia uma bela noite lá fora.

Houve, então, uma batida na porta.

– Sr. Chinaski?

Era a sra. Kansas. Ela não estava sozinha. Ouvia o sussurro de outras vozes. Ela estava acompanhada de seus amiguinhos escuros.

– Sr. Chinaski?

– Sim?

– Quero entrar no seu quarto.

– Por quê?

– Quero trocar os lençóis.

– Não estou me sentindo bem. Não posso deixar você entrar.

– Quero apenas trocar os lençóis. É coisa rápida.

– Não, não posso deixar você entrar. Venha amanhã de manhã.

Ouvi seus cochichos. Então ouvi seus passos pelo corredor. Aproximei-me da cama e me sentei. Eu precisava urgentemente de uma bebida. Era sábado à noite, a cidade inteira estava bêbada.

E se eu saísse de fininho?

Caminhei até a porta e abri uma fresta, mantendo a corrente no lugar, e dei uma espiada. No topo da escada estava um filipino, um dos amigos da sra. Kansas. Tinha um martelo na mão. Estava de joelhos. Olhou para mim, sorriu forçado, e então cravou um prego no tapete do corredor. Fingia fazer um conserto por ali. Fechei a porta.

Eu precisava desesperadamente de um trago. Caminhei pelo quarto. Por que as pessoas do mundo inteiro podiam encher a cara e eu não? Por quanto tempo eu teria que esperar neste maldito quarto? Voltei a abrir a porta. Tudo continuava igual. Olhou para mim, o mesmo sorriso escarninho, cravou mais um prego no chão com o martelo. Fechei a porta.

Peguei minha mala e comecei a jogar minhas poucas roupas dentro dela.

Ainda tinha um pouco do dinheiro que eu ganhara no jogo, mas sabia que o valor jamais poderia cobrir os estragos feitos no quarto. Realmente não tinha sido minha culpa. Eles deveriam ter apartado a briga. E Becker havia quebrado o espelho...

Terminei de guardar minhas coisas. Tinha a mala numa das mãos e minha máquina de escrever portátil na outra. Fiquei junto à porta por algum tempo. Espiei novamente o lado de fora. Ele continuava lá. Tirei a corrente da porta. Escancarei-a e me lancei para fora. Corri em direção à escada.

– EI! *Aonde você vai?* – perguntou o homenzinho. Ele continuava ajoelhado. Começou a erguer seu martelo. Girei a máquina de escrever e o acertei no lado da cabeça. O som do impacto foi horrível. Eu já descia a escada e cruzava o saguão e saía porta afora.

Talvez eu tivesse matado o cara.

Comecei a correr pela rua Temple. Então avistei um táxi. Estava vazio. Saltei para dentro.

– Bunker Hill – eu disse –, *depressa*!

## 56

Vi um sinal de vagas disponíveis na janela da frente de uma pensão, fiz o táxi parar. Paguei o motorista e caminhei até a varanda, toquei a campainha. Tinha um olho roxo por causa da briga, um supercílio aberto, um nariz inchado e meus lábios pareciam um botão de rosa. Minha orelha esquerda estava completamente vermelha e cada vez que eu a tocava uma descarga elétrica corria pelo meu corpo.

Um velho veio abrir a porta. Estava de camiseta toda suja de *chili* e feijão. Seu cabelo era grisalho e desgrenhado, precisava fazer a barba e dava baforadas num cigarro úmido e fedido.

– É o senhorio? – perguntei.
– Sim.
– Preciso de um quarto.
– Tem emprego?
– Sou escritor.
– Não tem jeito de escritor.
– E que jeito eles têm?
Não respondeu.
Depois ele disse:
– Dois dólares e cinquenta por semana.
– Posso dar uma olhada?
Ele arrotou e então disse:
– Siga-me...

Caminhamos por um longo corredor. Não havia nenhum tapete sobre o piso. Os tabuões se curvavam e estalavam sob o peso de nossas passadas. Escutei a voz de um homem que vazava de um dos quartos.

– Chupe meu pau, sua puta imunda!
– Três dólares – ouvi uma mulher dizer.
– Três dólares? Por três dólares como seu cu até tirar sangue!

Bateu nela com força. Ela gritou. Seguimos em frente.

– O lugar é nos fundos – disse o cara –, mas você pode usar o banheiro principal da casa.

Havia um barracão nos fundos com quatro portas. Ele seguiu até a número 3 e a abriu. Entramos. Havia um beliche, um cobertor, uma pequena cômoda e um estradinho. Sobre o estrado tinha um fogareiro.

— Aqui temos até um fogareiro – ele disse.
— Está legal.
— Dois dólares e cinquenta adiantados.
Paguei-o.
— Darei o recibo pela manhã.
— Tudo certo.
— Qual é o seu nome?
— Chinaski.
— Sou Connors.
Tirou uma chave de seu molho e me entregou.
— Nossa pensão é tranquila e pacata. Quero que ela continue assim.
— Claro.

Fechei a porta assim que ele saiu. Havia apenas um bico de luz pendendo do teto. A bem da verdade, o lugar era limpo. Nada mal. Abri a porta e dei uma espiada lá fora, fechei a porta às minhas costas e caminhei em direção ao pátio dos fundos, tomei uma ruela que passava por ali.

Não deveria ter dado meu nome verdadeiro ao senhorio, pensei. Era possível que tivesse matado meu amiguinho escuro lá da rua Temple.

Havia uma longa escadaria de madeira que descia o morro e desembocava em uma outra rua lá embaixo. Muito romântico. Caminhei até encontrar uma loja de bebidas. Finalmente ia conseguir meu trago. Comprei duas garrafas de vinho e, como também sentia fome, comprei um saco enorme de batatas fritas.

De volta ao meu canto, me despi, subi no meu beliche, encostei-me contra a parede, acendi um cigarro e me servi de vinho. Eu me senti bem. Fazia bastante silêncio ali nos fundos. Não conseguia ouvir nenhuma das pessoas que ocupavam os outros quartos do barracão. Precisava mijar. Assim, vesti minhas cuecas, contornei o barracão e deixei a urina correr ali mesmo. Dali eu podia ver as luzes da cidade. Los Angeles era um lugar legal, havia muitas pessoas pobres, seria fácil desaparecer no meio delas. Voltei para meu quarto, subi novamente no beliche. Enquanto um homem tivesse vinhos e cigarros à sua disposição, ele poderia resistir. Esvaziei meu copo e servi outra dose.

Talvez eu pudesse viver da minha esperteza. Um trabalho convencional de oito horas diárias era algo intolerável, ainda que a maioria das pessoas se submetesse a isso. E a guerra, todo mundo só falava da guerra na Europa. Eu não estava interessado na história mundial, apenas na minha própria. Que lixo. Seus pais controlavam você durante toda a sua infância e adolescência, cagavam na sua cabeça. Depois, quando você já estava crescido e pronto para viver por conta própria, os outros queriam enfiá-lo num uniforme para que você pudesse levar um tiro no rabo.

O vinho estava excelente. Tinha mais outra garrafa.

A guerra. Aqui estava eu, virgem. Já imaginou o que é ser varrido do mapa pelo bem da história antes mesmo de saber o que era uma mulher? Ou ter um carro? Quem eu estaria protegendo? Um outro qualquer. Alguém que não dava a mínima para a minha existência. Morrer na guerra nunca havia evitado que novas guerras acontecessem.

Eu podia me virar sozinho. Podia vencer concursos de bebida, podia viver do jogo. Talvez eu pudesse fazer alguns assaltos. Isso não era pedir muito. Queria apenas que me deixassem em paz.

Terminei a primeira garrafa de vinho e comecei a segunda.

Na metade da segunda garrafa, parei, me estiquei. Minha primeira noite no meu novo lar. Tudo estava certo. Dormi.

Fui acordado pelo som de uma chave na fechadura. Então a porta se abriu. Sentei-me no beliche. Um homem começou a entrar.

– TIRE SEU RABO FODIDO DAQUI! – gritei.

Ele saiu correndo. Pude ouvir seus passos.

Levantei-me e bati a porta.

As pessoas faziam isso. Alugavam um lugar, paravam

de pagar o aluguel e ficavam com a chave, voltando na calada da noite para dormir por ali se o local ainda estivesse vago ou então para roubar as coisas se o ocupante estivesse fora. Bem, *ele* não iria voltar. Sabia que se tentasse mais uma vez eu ia enchê-lo de porrada.

Voltei para meu beliche e tomei mais um trago.

Eu estava um pouco nervoso. Ia ter que arrumar uma faca.

Terminei minha bebida, servi mais uma dose, bebi e logo em seguida voltei a dormir.

## 57

Um dia, depois da aula de Inglês, a sra. Curtis pediu para eu ficar mais um pouco.

Ela possuía pernas espetaculares e a língua presa, e havia algo nessa combinação de pernas e língua presa que me enchia de tesão. Devia ter uns 32 anos, era culta e tinha classe; mas, como a maioria das pessoas, era uma maldita liberal e para isso não precisava ser original ou combativa, precisava apenas ser devota de Franky Roosevelt. Eu gostava de Franky por causa dos seus programas para os pobres durante a Depressão. Ele também tinha estilo. Não creio que ele desse a mínima para os pobres, mas era um grande ator, e que voz!, além de ter um ótimo redator de discursos. Entretanto, queria que fôssemos à guerra. Isto o colocaria nos livros de História. Presidentes em período de guerra tinham mais poder e, mais tarde, mais páginas nos manuais. A sra. Curtis não passava de uma versão barata do velho Franky, mas tinha a seu favor um par de pernas muito melhor\*. O pobre Franky

---

\* Há aqui uma ironia crudelíssima de Bukowski. Em inglês é usado o comparativo "better", o que permite que a relação entre as pernas se estabeleça não apenas por meio do caráter estético (neste caso a opção teria sido "more beautiful"), mas também leve em consideração o fato de que Roosevelt era paralítico. (N.T.)

tinha pernas inúteis, mas tinha um cérebro maravilhoso. Em algum outro país teria dado um ditador poderoso.

Quando o último estudante saiu, fui até a mesa da sra. Curtis. Ela sorriu para mim. Eu estivera olhando para suas pernas durante horas e ela sabia. Sabia o que eu queria, que não tinha nada para me ensinar. Ela havia dito apenas uma coisa da qual eu me lembrava. Não era ideia sua, obviamente, mas mesmo assim gostei: "Nunca se pode superestimar a estupidez do público geral".

– Sr. Chinaski – ela olhou para mim –, temos alguns estudantes nesta turma que se acham inteligentes demais.

– É mesmo?

– O sr. Felton é nosso estudante mais inteligente.

– Ok.

– O que é que incomoda você?

– Como?

– Existe algo... que o incomoda.

– Talvez.

– Este é o seu último semestre, não?

– Como você sabe?

Eu andara dando um olhar de despedida para aquelas pernas maravilhosas. Eu tinha decidido que o campus era apenas um lugar para me esconder. Havia alguns malucos naquele campus que ficavam lá para sempre. O universo da faculdade era brando, um faz de conta. Jamais lhe diziam o que esperar do mundo real lá fora. Apenas entupiam você com teorias e nunca o alertavam sobre a infinita dureza dos calçamentos. Uma educação universitária poderia destruir um indivíduo para sempre. Os livros podiam fazer de você um frouxo. Quando você os deixa de lado e vai ver como realmente são as coisas do lado de *fora*, então é preciso ter o conhecimento que não está naquelas páginas. Eu tinha decidido desistir do curso assim que o semestre terminasse e me enturmar com o pessoal do Fedido, talvez conhecer alguém que tivesse coragem suficiente para assaltar uma loja de bebidas ou, ainda melhor, um banco.

— Eu sabia que você ia desistir do curso — ela disse com delicadeza.

— "Começar" é uma palavra melhor.

— Uma guerra está a caminho. Você já leu *Marinheiro fora de Bremen**?

— Essas porcarias do *New Yorker* não me dizem nada.

— Você precisa ler esse tipo de coisa se quiser entender o que está acontecendo aí fora.

— Discordo.

— Você apenas se rebela contra *tudo*. Como vai sobreviver?

— Não sei. O que sei é que já estou de saco cheio.

A sra. Curtis olhou para o tampo da mesa por um longo tempo. Então voltou a me encarar.

— De uma forma ou de outra, entraremos na guerra. Você vai?

— Não faz a menor diferença. Posso ir, posso não ir.

— Você daria um bom marinheiro.

Sorri, saboreando a ideia de ser marinheiro, mas então a descartei.

— Se você ficar mais um período — ela disse —, poderá ter tudo o que deseja.

Olhou para mim e eu sabia exatamente o que ela queria dizer com aquilo, assim como ela sabia que eu sabia de suas exatas intenções.

— Não — eu disse —, estou de saída.

Caminhei em direção à porta. Parei ali, me voltei, fiz-lhe um aceno de despedida, um aceno rápido e discreto de adeus. Do lado de fora, caminhei debaixo das árvores do campo. Em todo lugar, parecia, havia um garoto e uma garota juntos. A sra. Curtis estava sozinha em sua mesa enquanto eu caminhava sozinho. Que grande triunfo que teria sido. Beijar aquela linguinha presa, laborar para manter aquelas

---

* *Sailor off the Bremen*. Conto de Irwin Shaw, publicado em 1939. Um libelo antinazista. (N.T.)

pernas fantásticas abertas, enquanto Hitler engolia a Europa e olhava na direção de Londres.

Depois de um tempo, segui em direção ao ginásio. Ia esvaziar meu armário. Não haveria mais exercícios para mim. As pessoas sempre falavam do cheiro limpo e gostoso de suor fresco. Deviam era pedir desculpas por dizerem tanta bobagem. Ninguém nunca falava do cheiro limpo e gostoso de merda fresca. Não havia nada mais glorioso que uma boa merda fruto da cerveja – digo, aquela merda que se caga depois de uma noite bebendo 20 ou 25 copos. O odor de um cocô de cerveja dessa categoria se espalha pelo ar e fica vivo por uma boa hora e meia. Faz com que você se dê conta de que realmente está vivo.

Encontrei o armário, abri e despejei meu uniforme de ginástica e meus sapatos no lixo. E também duas garrafas vazias de vinho. Boa sorte ao próximo ocupante do meu armário. Talvez ele terminasse como prefeito de Boise, Idaho. Joguei o cadeado fora também. Nunca gostara daquela combinação: 1, 2, 1, 1, 2. Nada muito elaborado. O endereço da casa dos meus pais era 2.122. Tudo era mínimo. No R.O.T.C. meu segredo tinha sido 1, 2, 3, 4; 1, 2, 3, 4. Talvez algum dia eu consiga chegar no 5.

Saí do ginásio e tomei um atalho pelo campo de futebol. Estava acontecendo uma partida de futebol de toque, mais uma linha de passe. Afastei-me para o lado para não atrapalhar.

Então ouvi o Carequinha:

– Ei, Hank!

Olhei em sua direção e ele estava sentado na arquibancada com Monty Ballard. Não havia muito a dizer sobre Ballard. Uma coisa boa a seu respeito é que ele nunca falava nada a não ser que você perguntasse algo. Nunca lhe fiz nenhuma pergunta. Ele apenas contemplava a vida por debaixo de seu cabelo loiro e sujo e queria ser biólogo.

Acenei para eles e continuei caminhando.

— Venha até aqui, Hank! — gritou Carequinha. — É importante.

Fui até lá.

— O que é?

— Sente aí e dá uma olhada naquele cara entroncado vestindo uma roupa de ginástica.

Sentei. Só havia um cara usando roupa de ginástica. Usava sapatos de atletismo com travas. Era baixinho mas largo, muito largo. Tinha bíceps impressionantes, ombros enormes, um pescoço de touro, pernas pesadas e curtas. Seu cabelo era preto; as feições de seu rosto eram como que achatadas; uma boca pequena, um nariz quase inexistente, e os olhos, os olhos estavam lá em algum lugar.

— Ei, ouvi falar desse cara — eu disse.

— Veja — disse Carequinha.

Havia quatro jogadores em cada time. A bola foi lançada. O lançador negou o passe. King Kong Jr. estava na defesa. Ele jogava meio recuado. Um dos caras do time que atacava disparou numa corrida profunda, enquanto outro deu um pique curto. O centro foi bloqueado. King Kong Jr. baixou os ombros e se lançou em direção ao cara que dera o pique curto. Chocou-se contra ele, enterrando um de seus ombros na parte lateral e no estômago, lançando o adversário no chão. Então, o gorila deu meia-volta e se afastou correndo. O lançador acertou o passe para o corredor avançado, que faturou um *touchdown*.

— Viu só? — perguntou Carequinha.

— King Kong...

— O King Kong não está jogando futebol. Ele apenas acerta os caras, jogada após jogada, sempre com força máxima.

— Você não pode acertar o cara que vai receber o passe antes que a bola esteja com ele — eu disse. — Isso é contra as regras.

— Quem vai dizer isso a ele? — perguntou Carequinha.

— Você vai dizer? — perguntei a Ballard.

— Não.

O time do King Kong deu o pontapé inicial. Agora ele podia bloquear dentro das regras. Veio com tudo e barbarizou contra o menor dos caras em campo. Levou o cara a nocaute, erguendo-o por entre as pernas e lançando-o ao chão. O carinha levou um tempo para começar a se levantar.

– Esse King Kong é um retardado – eu disse. – Como ele conseguiu passar no exame de admissão?

– Esqueceu que eles não fazem isso por aqui?

O time do King Kong se alinhou. Joe Stapen era o melhor jogador do outro time. Queria ser psicanalista. Ele era alto, 1,89 metro, magro e corajoso. Joe Stapen e King Kong marcavam um ao outro. Stapen fez o certo. Conseguiu não ser derrubado. Na jogada seguinte, continuaram se marcando. Dessa vez Joe foi atingido e, desequilibrado, caiu no chão.

– Merda – disse Carequinha –, Joe está afrouxando.

Na vez seguinte, Kong acertou Joe com ainda mais força, fazendo-o girar, avançando, então, uns cinco ou seis metros pelo campo, seus ombros enterrados nas costas de Joe.

– Isso é muito nojento! Esse cara não passa de um *sádico* fodido! – eu disse.

– Ele é sádico? – Carequinha perguntou para Ballard.

– É um sádico fodido – respondeu Ballard.

Na jogada seguinte, Kong voltou a atacar o menor de todos. Só fazia correr para cima dele, derrubando-o e ficando por cima. O carinha não se moveu por alguns instantes. Depois conseguiu se sentar, levando as mãos à cabeça. O coitado parecia estar fora de combate. Me pus de pé.

– Bem, lá vou eu – eu disse.

– Pegue aquele filho da puta! – disse Carequinha.

– Claro – eu disse.

Caminhei até o campo.

– Ei, moçada, precisam de um jogador?

O carinha se levantou e começou a se afastar do gramado. Parou ao se aproximar de mim.

– Não entre aí. Tudo que esse cara quer é matar alguém.

– É apenas futebol de toque – eu disse.

A bola era nossa. Fechei a roda juntamente com Joe Stapen e os outros dois sobreviventes.

– Qual é o plano para a jogada?

– É simples. Conseguir permanecer vivo – disse Joe Stapen.

– Quanto está o placar?

– Acho que eles estão ganhando – respondeu Lenny Hill, o central.

Rompemos o círculo. Joe Stapen ficou atrás para esperar pela bola. Fiquei plantado, olhando para o Kong. Nunca o tinha visto pelas redondezas do campus. Ele provavelmente ficava ao redor do banheiro masculino no ginásio. Tinha cara de quem gostava de cheirar merda. Além de ter todo o jeito de que comeria até fetos.

– Tempo – pedi.

Lenny Hill segurou a bola. Olhei para Kong.

– Me chamo Hank. Hank Chinaski, Jornalismo.

Kong não respondeu. Ficou apenas me encarando. Tinha a pele de uma palidez cadavérica. Não havia qualquer brilho ou vivacidade em seus olhos.

– Qual seu nome? – perguntei.

Continuou na mesma, me encarando.

– Qual é seu problema? Está com algum pedaço de placenta grudado nos dentes?

Kong ergueu lentamente o braço direito. Então o esticou e apontou um dedo para mim. Depois baixou o braço.

– Bem, chupa aqui – eu disse –, qual é o significado *dessa* porra de dedo apontado pra mim?

– Vamos lá, vamos jogar – disse um dos parceiros de Kong.

Lenny se curvou sobre a bola e a passou para trás. Kong veio para cima de mim. Não consegui visualizá-lo. Vi apenas a arquibancada e algumas árvores e uma parte do prédio de Química tremerem quando ele se chocou contra mim. Me fez cair de costas e depois ficou andando em círculos ao meu redor, balançando os braços como se fossem asas. Fiquei de pé, me sentindo tonto. Primeiro Becker me nocauteava, agora esse macaco sádico. O desgraçado tinha morrinha, fedia; um verdadeiro e maldito filho da puta.

Stapen tinha lançado um passe que não se completou. Nos reunimos.

– Tenho uma ideia – eu disse.
– Qual é? – perguntou Joe.
– Eu jogo a bola. Você bloqueia.
– Vamos deixar as coisas como estão – disse Joe.

Rompemos o círculo. Lenny se agachou e jogou a bola entre as pernas para Stapen. Kong veio para cima de mim. Baixei um dos ombros e fui para cima dele. Ele era muito forte. Meio que perdi o equilíbrio com o choque, me recuperei, mas assim que consegui me estabilizar o Kong veio com uma nova carga, enfiando seu ombro na minha barriga. Caí. Levantei bem depressa, embora não me sentisse nada bem. Estava com dificuldade para respirar.

Stapen conseguira acertar um passe curto. Estávamos na terceira tentativa. Não nos reunimos. Quando a bola foi para as mãos do lançador, Kong e eu corremos um em direção ao outro. No último momento, dei um salto para cair sobre ele. O peso do meu corpo atingiu seu pescoço e sua cabeça, fazendo com que ele perdesse o equilíbrio. Quando ele caiu, acertei-lhe um chute bem no meio do queixo com toda força que eu tinha. Nós dois fomos ao chão. Consegui me erguer primeiro. Assim que Kong se levantou, podia-se ver uma enorme mancha vermelha no lado da sua cara, além do filete de sangue que lhe escorria da boca. Retornamos correndo para nossas posições.

Stapen lançara um passe errado. Quarta tentativa. Stapen se afastou para dar o chute. Kong recuou para proteger seu homem de segurança. O homem de segurança apanhou o chute, e eles vieram avançando em conjunto, Kong abrindo caminho para seu atacante. Corri na direção deles. Kong estava esperando outro golpe por cima. Dessa vez mergulhei e o peguei pelos tornozelos. Caiu feio, batendo com a cara direto no chão. Ele estava atordoado, ficou ali estendido, os braços abertos. Corri até ele e me ajoelhei. Agarrei-o pela nuca, com força. Apertei seu pescoço enquanto enterrava meu joelho nas suas costas.

– Ei, Kong, amigão, você está bem?

Os outros vieram correndo.

– Acho que ele se machucou – eu disse. – Vamos, alguém me ajude a tirá-lo do campo.

Stapen o ergueu por um braço e eu pelo outro. Removemos Kong para a lateral do campo. Quando estávamos chegando perto da linha, fingi um tropeço e aproveitei para lhe dar um botinaço no tornozelo.

– Oh – disse Kong –, por favor, me deixem em paz...

– Estou apenas dando uma força pra você, amigão.

Quando chegamos com ele à linha lateral, nós o jogamos. Kong se sentou e enxugou o sangue da boca. Então se curvou e tentou sentir o tornozelo. Estava esfolado e logo começaria a inchar. Cheguei junto a ele.

– Ei, Kong, vamos terminar a partida. Estamos perdendo de 42 a 7 e precisamos de uma chance para tentar uma recuperação.

– Esqueça, preciso assistir à próxima aula.

– Não sabia que eles ensinavam a caçar cachorros por aqui.

– É Literatura Inglesa I.

– Faz sentido. Bem, veja só, vou ajudar você a chegar até o ginásio para que você possa tomar uma ducha quente. O que me diz?

– Não, fique longe de mim.

Kong se levantou. Estava bastante abatido. Os grandes ombros, caídos. Seu rosto estava coberto de sangue e sujeira. Manquejou por alguns passos.

– Ei, Quinn – ele disse para um de seus camaradas –, me dê uma mão aqui.

Quinn apoiou Kong por um dos braços, e os dois cruzaram vagarosamente o campo em direção ao ginásio.

— Ei, Kong — gritei —, espero que você consiga chegar a tempo na sua aula! Diga a Bill Saroyan que lhe mandei saudações!

Os outros ficaram de pé ali em volta, incluindo Carequinha e Ballard, que tinham descido da arquibancada. E ali estava eu, autor recente da maior e melhor façanha que já fizera na vida, e não havia nenhuma garota bonita num raio de quilômetros para apreciá-la.

— Alguém tem um cigarro? — perguntei.

— Tenho uns Chesterfields — disse Carequinha.

— Você continua fumando esses cigarros de bichona? — perguntei.

— Aceito um — disse Joe Stapen.

— Vá lá — eu disse —, já que só resta essa opção.

Ficamos por ali, fumando.

— Ainda temos gente suficiente para montar dois times — alguém disse.

— Pra puta que o pariu! — eu disse. — Odeio esportes.

— Bem — disse Stapen —, você realmente deu um jeito no Kong.

— É — disse Carequinha —, vi a coisa toda. Só estou confuso com uma coisa.

— O que é? — perguntou Stapen.

— Estou em dúvida sobre quem é o mais sádico.

— Bem — interrompi —, tenho que ir. Tem um filme do Cagney* hoje à noite. Vou levar a boceta que estou comendo pra assistir.

Comecei a cruzar o campo.

— Você quer dizer que vai levar sua mão direita ao cinema, não? — um dos caras gritou para mim.

— As duas — respondi, sem me voltar.

Saí do campo, passei pelo prédio de Química e alcancei o gramado da frente. Lá estavam eles, os garotos e as

---

* James Cagney, ator da era dourada de Hollywood. (N.T.)

garotas com seus livros, sentados nos bancos, debaixo das árvores, esparramados sobre a grama. Livros verdes, livros azuis, livros marrons. Falavam uns com os outros, sorriam, chegavam inclusive a gargalhar. Tomei o caminho lateral do campus que levava ao final da linha "V" do bonde. Embarquei, peguei meu tíquete, fui para o fundo do carro, sentei no último banco, como sempre, e esperei.

## 58

Realizei várias incursões educativas pelos cortiços da cidade a fim de me preparar para o meu futuro. Não gostei nada do que vi por lá. Aqueles homens e aquelas mulheres não tinham qualquer tipo especial de ousadia ou brilho. Queriam apenas o que todo o resto do mundo queria. Havia também alguns desequilibrados mentais clássicos que podiam andar com tranquilidade naquelas redondezas. Eu tinha notado que em ambos os extremos da sociedade, tanto entre os ricos quanto entre os pobres, frequentemente se permitia que os loucos se misturassem livremente entre as pessoas. Eu sabia que era não inteiramente são. Também sabia, uma percepção que eu tinha desde a infância, que havia algo de estranho em mim. Era como se meu destino fosse ser um assassino, um ladrão de banco, um santo, um estuprador, um monge, um ermitão. Precisava de um lugar isolado para me esconder. Os cortiços eram lugares nojentos. A vida das pessoas sãs, dos homens comuns, era uma estupidez pior do que a morte. Parecia não haver alternativa possível. A educação também parecia uma armadilha. A pouca educação que eu tinha me permitido havia me tornado ainda mais desconfiado. O que eram médicos, advogados, cientistas? Apenas homens que tinham permitido que sua liberdade de pensamento e a capacidade de agir como indivíduos lhes fosse retirada. Voltei para meu barracão e enchi a cara...

Sentado ali, bebendo, considerei a opção do suicídio, mas me senti estranhamente apaixonado pelo meu corpo, pela minha vida. Apesar das cicatrizes que marcavam meu corpo e minha existência, ambos eram propriedades minhas. Eu podia me levantar agora e sorrir com escárnio para meu reflexo no espelho da cômoda: se você tem que ir, que leve ao menos uns oito junto, uns dez, uns vinte...

Era uma noite de dezembro, um sábado. Estava no meu quarto e tinha bebido muito mais que o de costume, acendendo um cigarro no outro, pensando nas garotas e na cidade e nos empregos e nos anos que ainda viriam. Olhando para o devir, eu gostava muito pouco do que via. Eu não era um misantropo ou um misógino, mas gostava de estar sozinho. Era bom estar solitário num lugarzinho, sentado, fumando e bebendo. Sempre tinha sido uma boa companhia para mim mesmo.

Então escutei o som do rádio que vazava do quarto ao lado. O cara tinha posto o volume muito alto. Era uma canção de amor de embrulhar o estômago.

– Ei, camarada! – gritei. – Abaixa essa coisa!

Não houve resposta.

Fui até a parede e bati com força

– EU DISSE PARA ABAIXAR ESSA MÚSICA DE MERDA!

O volume continuou o mesmo.

Saí e fui até a porta vizinha. Eu estava só de cueca. Ergui minha perna e meti o pé na porta. Ela se escancarou. Havia duas pessoas na cama, um velho gordo e uma velha gorda. Eles estavam trepando. Havia uma pequena vela acesa. O velho estava por cima. Parou, voltou sua cabeça e me olhou. A velha também me deu uma olhada por sobre o ombro dele. O lugar era muito bem-arrumado, com cortinas e um pequeno tapete.

– Oh, me desculpem...

Fechei a porta e voltei para o meu quarto. Senti-me péssimo. Os pobres tinham o direito de foder como quisessem para vencer seus pesadelos. Sexo e bebida, e talvez amor, era tudo o que eles tinham.

Sentei-me novamente e servi um copo de vinho. Deixei a minha porta aberta. A luz do luar entrou trazendo consigo os sons da cidade: vitrolas, automóveis, palavrões, latidos, rádios... Estávamos todos juntos nisso. Todos juntos num grande vaso cheio de merda. Não havia escapatória. Todos desceríamos juntos com a descarga.

Um gatinho que passava do lado de fora parou na frente da minha porta e olhou para dentro. Os olhos brilhavam sob a luz da lua: olhos de um vermelho vivo como fogo. Que olhos maravilhosos.

– Venha, gatinho...

Estiquei minha mão como se houvesse comida dentro dela.

– Gatinho, gatinho...

O gato seguiu adiante.

Ouvi o rádio na peça ao lado ser desligado.

Terminei meu vinho e fui até ali fora. Continuava só de cueca. Puxei e ajeitei minhas partes. Fiquei parado na frente da outra porta. Eu havia destruído o trinco. Podia ver a luz da vela lá dentro. Eles mantinham a porta fechada pela ação de algum móvel, provavelmente uma cadeira.

Bati discretamente.

Não houve resposta.

Bati outra vez.

Ouvi alguma coisa. Então a porta se abriu.

O velho gordo ficou ali plantado. Seu rosto era todo sulcado, transmitindo uma ideia de profunda amargura. Era todo sobrancelhas e bigode e dois olhos tristonhos.

– Ouça – eu disse –, sinto profundamente o que fiz. Você e sua garota não querem dar uma chegada no meu quarto para tomarmos alguma coisa?

– Não.

– Ou quem sabe eu possa trazer algo para vocês beberem?

— Não — ele disse —, apenas nos deixe em paz.
Ele fechou a porta.

Acordei com uma das minhas piores ressacas. Normalmente dormia até o meio-dia. Naquele dia não consegui. Pus uma roupa, fui até o banheiro na casa principal e fiz minha higiene. Voltei, saí pela ruela e tomei a escadaria, desci o barranco e segui pela rua de baixo.

Domingo, o pior, o mais desgraçado entre todos os dias da semana.

Caminhei pela rua Principal, passei pelos bares. As acompanhantes* se sentavam perto da entrada, as saias bem erguidas, balançando as pernas, usando saltos altos.

— Ei, doçura, venha aqui!

Main Street, East 5th Street, Bunker Hill. Os cus da América.

Não havia lugar para ir. Entrei num fliperama. Andei entre as máquinas, olhando para os jogos, mas sem desejo de jogar nenhum. Então vi um marinheiro numa máquina de *pinball*. Suas duas mãos apertavam as laterais da máquina, enquanto ele tentava guiar a bolinha como se estivesse usando o próprio corpo para fazê-lo. Caminhei até ele e o agarrei pela parte de trás do colarinho e pelo cinto.

— Becker, eu exijo uma maldita duma revanche!

Soltei-o e ele se virou.

— Não, está fora de questão — ele disse.

— Uma melhor de três.

— Caralho — ele disse —, deixa eu te pagar uma bebida.

Saímos do fliperama e descemos a Main Street. Uma acompanhante gritou de um dos bares:

— Ei, marinheiro, venha cá!

Becker parou.

— Vou entrar — ele disse.

— Não faça isso — eu disse —, elas são baratas humanas.

---

* No original, *B-girls*. Mulheres contratadas pelos bares para atrair fregueses e lhes fazer companhia. (N.T.)

— Acabei de receber.

— As garotas bebem chá, e eles põem água na sua bebida. Cada dose é o dobro do preço, e depois a garota desaparece.

— Estou entrando.

Becker entrou. Um dos melhores escritores inéditos da América, vestido para matar e morrer. Segui-o. Ele foi até uma das garotas e falou com ela. Ela puxou a saia mais para cima, girou em seus saltos altos e sorriu. Foram para um reservado no fundo. O atendente foi até lá pegar o pedido deles. A outra garota junto ao bar me olhou.

— Ei, doçura, quer brincar um pouquinho?

— Claro, desde que a gente brinque do meu jeito.

— Tem medo ou é veado?

— Os dois — eu disse, sentando no canto mais afastado do bar.

Havia um cara entre nós, a cabeça apoiada no balcão. Sua carteira já era. Quando ele acordasse e começasse a reclamar, das duas uma: ou seria jogado no meio da rua pelo atendente, ou seria entregue nas mãos da polícia.

Depois de servir Becker e a acompanhante, o atendente voltou para trás do balcão e caminhou em minha direção.

— Sim?

— Nada.

— É? Então o que cê tá fazendo aqui?

— Esperando por um amigo — gesticulei com a cabeça na direção do reservado.

— O negócio aqui é sentou pediu.

— Beleza. Uma água.

O atendente se afastou, voltou, deixou o copo d'água.

— Vinte e cinco centavos.

Paguei-o.

A garota junto ao bar disse ao atendente:

— Ele é veado ou medroso.

O atendente não disse nada. Então Becker lhe fez um sinal e ele foi lá pegar o pedido.

A garota olhou para mim.

– Como você não tá de uniforme?

– Não gosto de me vestir como todo mundo.

– Não existem outras razões?

– As outras razões só dizem respeito a mim.

– Então vá se foder – ela disse.

O atendente voltou.

– Você precisa de outro copo.

– Tá – eu disse, mandando outro quarto de dólar na sua direção.

Do lado de fora, Becker e eu seguimos pela Main Street.

– Como foi? – perguntei.

– Cobraram pelo uso da mesa, além dos dois drinques. Chegou a 32 pratas.

– Cristo. Eu podia ficar bêbado por duas semanas com essa grana.

– Ela agarrou meu pau debaixo da mesa, ficou tocando uma.

– O que ela disse?

– Nada. Apenas tocou uma punheta pra mim.

– Prefiro eu mesmo me bater uma punheta e ficar com os 32 contos.

– Mas ela era tão linda.

– Maldição, homem. Estou andando ao lado de um perfeito idiota.

– Algum dia vou escrever sobre essas coisas. Estarei nas prateleiras das bibliotecas: BECKER. Os "Bs" são muito fracos, precisam de ajuda.

– Você fala demais sobre escrever – eu disse.

Encontramos um outro bar perto do terminal de ônibus. Não era uma espelunca movimentada. Havia apenas o dono do bar e cinco ou seis viajantes, todos homens. Becker e eu nos sentamos.

– É por minha conta – disse Becker.

– Uma Eastside na garrafa.

Becker pediu duas. Olhou para mim.

– Vamos lá, seja homem, aliste-se. Seja um marinheiro.

– Não fico nem um pouco empolgado com essa coisa de ser machão.

– Nem parece o mesmo sujeito que está sempre trocando uns sopapos com alguém.

– Faço isso por puro entretenimento.

– Aliste-se. Isso vai lhe dar algo sobre o que escrever.

– Becker, sempre há algo sobre o que escrever.

– E o que você vai fazer, então?

Apontei para minha garrafa e a ergui.

– Como vai conseguir sobreviver? – Becker perguntou.

– Tenho a impressão de ter ouvido essa pergunta ao longo de toda minha vida.

– Bem, não sei quanto a você, mas vou tentar de tudo! Guerra, mulheres, viagens, casamento, os trabalhos. O primeiro carro que eu comprar quero desmontar completamente! Para depois remontá-lo! Quero entender as coisas, o que faz elas funcionarem! Gostaria de ser um correspondente na capital do país, Washington. Quero sempre estar onde as grandes coisas estão acontecendo.

– Washington é um lixo, Becker.

– E mulheres? Casamento? Crianças?

– Lixo.

– É? Mas o que você quer, afinal?

– Me esconder.

– Seu pobre fodido. Você precisa de outra cerveja.

– Tudo bem.

A cerveja chegou.

Ficamos sentados em silêncio. Pude perceber que Becker estava imerso em seus próprios pensamentos, pensando em ser marinheiro, em ser escritor, em trepar. Era provável que desse um bom escritor. Estava explodindo de entusiasmo. Provavelmente ele amava uma porção de coisas: um falcão em pleno voo, o maldito oceano, a lua cheia, Balzac, pontes, peças de teatro, o Prêmio Pulitzer, o piano, a maldita Bíblia.

Havia um pequeno rádio no bar. Uma canção popular estava tocando. Então, no meio da música houve uma interrupção. O locutor disse:

– Um boletim acaba de chegar. Os japoneses bombardearam Pearl Harbor. Repito: os japoneses acabam de bombardear Pearl Harbor. Todos os militares devem retornar imediatamente para suas bases!

Olhamos um para o outro, ainda aturdidos e sem o total entendimento do que acabávamos de ouvir.

– Bem – disse Becker em voz baixa –, é isso.

– Termine sua cerveja – eu falei.

Becker tomou tudo num só gole.

– Jesus, imagine se um filho da puta qualquer aponta uma metralhadora pra mim e resolve apertar o gatilho?

– Isso pode muito bem acontecer.

– Hank...

– Fala.

– Você me acompanha no ônibus até a base?

– Não posso fazer isso.

O dono do bar, um homem duns 45 anos, com uma barriga que parecia uma melancia e olhos miúdos, aproximou-se de nós. Olhou para Becker:

– Bem, marinheiro, parece que você tem que voltar para sua base, não?

Aquilo me deixou puto da cara.

– Ei, gordão, deixe-o terminar sua bebida, certo?

– Claro, claro... Quer uma por conta da casa, marinheiro? Que tal uma dose de um bom uísque?

– Não – disse Becker –, está tudo bem.

– Aceite – falei a Becker –, tome a dose. Ele pensa que você vai morrer para salvar o bar dele.

– Tudo bem – disse Becker –, vou aceitar seu uísque.

O dono do bar olhou para Becker.

– Você tem um amigo desprezível...

– Apenas sirva a bebida – eu disse.

Os outros poucos clientes tagarelavam freneticamente sobre Pearl Harbor. Antes, não tinham trocado uma palavra. Agora estavam mobilizados. A Tribo estava em perigo.

Becker pegou sua bebida. Era uma dose dupla de uísque. Tomou num talagaço.

– Nunca contei para você – ele disse –, mas sou órfão.

– Caralho – eu disse.

– Você vai comigo pelo menos até o terminal de ônibus?

– Claro.

Levantamos e fomos em direção à saída.

O dono do bar estava esfregando as mãos no avental. Trazia o avental todo amarrotado e não parava de esfregar as mãos nele, tomado de excitação.

– Boa sorte, marinheiro! – ele gritou.

Becker saiu. Fiquei ainda lá dentro e olhei para o dono do bar.

– Primeira Guerra Mundial, não?

– É, é... – ele disse, cheio de alegria.

Juntei-me a Becker. Nós meio que corremos até o terminal. Militares uniformizados já começavam a chegar. A euforia se espalhava no ar. Um marinheiro passou correndo.

– VOU MATAR UM JAPA COM MINHAS PRÓPRIAS MÃOS! – gritou.

Becker ficou na fila para comprar o bilhete. Um dos soldados tinha a namorada consigo. A garota falava, chorava, agarrada a ele, beijando-o sem parar. O pobre Becker só tinha a mim. Fiquei de lado, esperando. Foi uma espera longa. O mesmo marinheiro que antes passara gritando se aproximou de mim.

– Ei, companheiro, você não vai nos ajudar? Por que você está aí parado? Por que não se alista?

Seu hálito recendia a uísque. Ele tinha sardas e um nariz enorme.
– Você vai perder seu ônibus – eu falei.
Ele se afastou em direção ao terminal de saída.
– *Fodam-se esses malditos japas fodidos!* – ele disse.

Becker finalmente conseguiu comprar uma passagem. Caminhei com ele até o ônibus. Ele ficou numa outra fila.
– Algum conselho? – perguntou.
– Não.
A fila entrava devagar no ônibus. A garota estava chorando e falando rápido e baixinho com seu soldado.
Becker chegou à porta. Dei-lhe um soco no ombro.
– Você é o melhor que eu já conheci.
– Obrigado, Hank...
– Adeus...

Caminhei para longe dali. Subitamente, as ruas ficaram cheias. As pessoas dirigiam horrivelmente, cruzando sinais, gritando umas com as outras. Voltei para a Main Street. A América estava em guerra. Olhei para minha carteira: tinha um dólar. Contei as moedas: 67 centavos.
Segui pela Main Street. Hoje não haveria muito trabalho para as acompanhantes. Fui em frente. Então entrei no fliperama. Não havia ninguém lá dentro. Apenas o dono, sentado dentro de sua cabine elevada. Estava escuro lá dentro, e o lugar todo fedia a mijo.
Caminhei pelas galerias entre as máquinas quebradas. No anúncio diziam "jogos a um centavo", mas a maioria custava cinco, quando não dez centavos. Parei junto à máquina de boxe, minha favorita. Dois homenzinhos de aço ficavam dentro de uma caixa de vidro, com botões nos seus queixos. Havia dois controles para as mãos, que pareciam coronhas, com gatilhos, e quando você os comprimia, os braços do seu lutador começavam a executar ganchos a toda velocidade. Você podia movimentar o lutador para frente e para trás e de

um lado a outro. Quando você acertava o botão no queixo do outro lutador, ele caía pesadamente de costas, nocauteado. Quando eu era mais jovem e Max Schmeling nocauteou Joe Louis, saí correndo pela rua procurando meus camaradas e gritando: "*Ei, Max Schmeling nocauteou Joe Louis!\**". E ninguém me respondeu, ninguém disse nada, apenas se afastaram de mim, cabisbaixos.

Eram necessárias duas pessoas para jogar, e eu não iria jogar com o pervertido que era dono do lugar. Então avistei um garotinho mexicano, de oito ou nove anos. Ele veio caminhando pelo corredor. Um menino mexicano inteligente e de boa aparência.

– Ei, garoto?
– Sim, senhor?
– Quer jogar comigo?
– De graça?
– Claro. Estou pagando. Escolha seu lutador.

Ele deu a volta, olhando através do vidro. Parecia bastante compenetrado. Então ele disse:

– Está bem, vou escolher o cara de calção vermelho. Ele parece melhor.

– Beleza.

O garoto foi para seu lado e olhou através do vidro. Olhava para seu lutador e então olhou para mim.

– Senhor, não sabe que tem uma guerra acontecendo?
– Sim.

Ficamos ali.

– O senhor precisa colocar uma moeda – disse o garoto.

– O que você está fazendo num lugar destes? – perguntei a ele. – Como você não está na escola?

– Hoje é domingo.

Coloquei uma moeda de dez centavos. O garoto começou a mexer seus controles e eu os meus. O garoto tinha

---

\* Famoso combate de pesos pesados, ocorrido em 1936, no qual o lutador alemão Max Schmeling venceu o norte-americano Joe Louis. (N.T.)

feito uma má escolha. O braço esquerdo do seu lutador estava quebrado e só subia até a metade. Jamais chegaria no botão do queixo do meu lutador. Tudo que o garoto tinha era uma mão direita. Decidi não me apressar. Meu cara usava calção azul. Movia-o em todas as direções, fazendo alguns ataques de surpresa. O garoto mexicano era incrível, ele seguia tentando. Deixou de lado o braço esquerdo e apenas apertava o gatilho do braço direito. Lancei o calção azul num ataque mortal, apertando os dois gatilhos. O garoto continuava atacando com o braço direito do calção vermelho. Subitamente o calção azul caiu. Desabou com tudo, emitindo um ruído metálico.

– Peguei o senhor – disse o garoto.

– Você ganhou – eu disse.

O garoto ficou faceiro. Não tirava os olhos do calção azul ali estendido.

– Quer repetir a luta, senhor?

Fiquei calado, não sei por quê.

– Está sem dinheiro, senhor?

– Oh, não.

– Certo, então vamos lutar.

Coloquei outra moeda e o calção azul ficou de pé. O garoto começou a apertar seu gatilho e o braço do calção vermelho não parava de socar. Deixei o calção azul afastado por um momento, apenas contemplando. Então fiz um aceno com a cabeça para o garoto. Entrei em ação com o calção azul, os dois braços socando com tudo. Senti que eu precisava ganhar. Senti que aquilo era muito importante. Não sabia por que era importante e fiquei pensando, por que acho que isso é tão importante?

Enquanto outra parte de mim respondia, é porque é.

Então o calção azul voltou a cair, estatelado, emitindo o mesmo ruído metálico. Olhei para ele lá, caído de costas sobre o pequeno tablado de veludo verde.

Depois disso, dei meia-volta e saí caminhando.

# Coleção **L&PM** POCKET

1100. **Hamlet (Mangá)** – Shakespeare
1101. **A arte da guerra (Mangá)** – Sun Tzu
1104. **As melhores histórias da Bíblia (vol.1)** – A. S. Franchini e Carmen Seganfredo
1105. **As melhores histórias da Bíblia (vol.2)** – A. S. Franchini e Carmen Seganfredo
1106. **Psicologia das massas e análise do eu** – Freud
1107. **Guerra Civil Espanhola** – Helen Graham
1108. **A autoestrada do sul e outras histórias** – Julio Cortázar
1109. **O mistério dos sete relógios** – Agatha Christie
1110. **Peanuts: Ninguém gosta de mim... (amor)** – Charles Schulz
1111. **Cadê o bolo?** – Mauricio de Sousa
1112. **O filósofo ignorante** – Voltaire
1113. **Totem e tabu** – Freud
1114. **Filosofia pré-socrática** – Catherine Osborne
1115. **Desejo de status** – Alain de Botton
1118. **Passageiro para Frankfurt** – Agatha Christie
1120. **Kill All Enemies** – Melvin Burgess
1121. **A morte da sra. McGinty** – Agatha Christie
1122. **Revolução Russa** – S. A. Smith
1123. **Até você, Capitu?** – Dalton Trevisan
1124. **O grande Gatsby (Mangá)** – F. S. Fitzgerald
1125. **Assim falou Zaratustra (Mangá)** – Nietzsche
1126. **Peanuts: É para isso que servem os amigos (amizade)** – Charles Schulz
1127(27). **Nietzsche** – Dorian Astor
1128. **Bidu: Hora do banho** – Mauricio de Sousa
1129. **O melhor do Macanudo Taurino** – Santiago
1130. **Radicci 30 anos** – Iotti
1131. **Show de sabores** – J.A. Pinheiro Machado
1132. **O prazer das palavras** – vol. 3 – Cláudio Moreno
1133. **Morte na praia** – Agatha Christie
1134. **O fardo** – Agatha Christie
1135. **Manifesto do Partido Comunista (Mangá)** – Marx & Engels
1136. **A metamorfose (Mangá)** – Franz Kafka
1137. **Por que você não se casou... ainda** – Tracy McMillan
1138. **Textos autobiográficos** – Bukowski
1139. **A importância de ser prudente** – Oscar Wilde
1140. **Sobre a vontade na natureza** – Arthur Schopenhauer
1141. **Dilbert (8)** – Scott Adams
1142. **Entre dois amores** – Agatha Christie
1143. **Cipreste triste** – Agatha Christie
1144. **Alguém viu uma assombração?** – Mauricio de Sousa
1145. **Mandela** – Elleke Boehmer
1146. **Retrato do artista quando jovem** – James Joyce
1147. **Zadig ou o destino** – Voltaire
1148. **O contrato social (Mangá)** – J.-J. Rousseau
1149. **Garfield fenomenal** – Jim Davis
1150. **A queda da América** – Allen Ginsberg
1151. **Música na noite & outros ensaios** – Aldous Huxley
1152. **Poesias inéditas & Poemas dramáticos** – Fernando Pessoa
1153. **Peanuts: Felicidade é...** – Charles M. Schulz
1154. **Mate-me por favor** – Legs McNeil e Gillian McCain
1155. **Assassinato no Expresso Oriente** – Agatha Christie
1156. **Um punhado de centeio** – Agatha Christie
1157. **A interpretação dos sonhos (Mangá)** – Freud
1158. **Peanuts: Você não entende o sentido da vida** – Charles M. Schulz
1159. **A dinastia Rothschild** – Herbert R. Lottman
1160. **A Mansão Hollow** – Agatha Christie
1161. **Nas montanhas da loucura** – H.P. Lovecraft
1162(28). **Napoleão Bonaparte** – Pascale Fautrier
1163. **Um corpo na biblioteca** – Agatha Christie
1164. **Inovação** – Mark Dodgson e David Gann
1165. **O que toda mulher deve saber sobre os homens: a afetividade masculina** – Walter Riso
1166. **O amor está no ar** – Mauricio de Sousa
1167. **Testemunha de acusação & outras histórias** – Agatha Christie
1168. **Etiqueta de bolso** – Celia Ribeiro
1169. **Poesia reunida (volume 3)** – Affonso Romano de Sant'Anna
1170. **Emma** – Jane Austen
1171. **Que seja em segredo** – Ana Miranda
1172. **Garfield sem apetite** – Jim Davis
1173. **Garfield: Foi mal...** – Jim Davis
1174. **Os irmãos Karamázov (Mangá)** – Dostoiévski
1175. **O Pequeno Príncipe** – Antoine de Saint-Exupéry
1176. **Peanuts: Ninguém mais tem o espírito aventureiro** – Charles M. Schulz
1177. **Assim falou Zaratustra** – Nietzsche
1178. **Morte no Nilo** – Agatha Christie
1179. **Ê, soneca boa** – Mauricio de Sousa
1180. **Garfield a todo o vapor** – Jim Davis
1181. **Em busca do tempo perdido (Mangá)** – Proust
1182. **Cai o pano: o último caso de Poirot** – Agatha Christie
1183. **Livro para colorir e relaxar** – Livro 1
1184. **Para colorir sem parar**
1185. **Os elefantes não esquecem** – Agatha Christie
1186. **Teoria da relatividade** – Albert Einstein
1187. **Compêndio da psicanálise** – Freud
1188. **Visões de Gerard** – Jack Kerouac
1189. **Fim de verão** – Mohiro Kitoh
1190. **Procurando diversão** – Mauricio de Sousa
1191. **E não sobrou nenhum e outras peças** – Agatha Christie
1192. **Ansiedade** – Daniel Freeman & Jason Freeman
1193. **Garfield: pausa para o almoço** – Jim Davis
1194. **Contos do dia e da noite** – Guy de Maupassant

1195. O melhor de Hagar 7 – Dik Browne
1196.(29). Lou Andreas-Salomé – Dorian Astor
1197.(30). Pasolini – René de Ceccatty
1198. O caso do Hotel Bertram – Agatha Christie
1199. Crônicas de motel – Sam Shepard
1200. Pequena filosofia da paz interior – Catherine Rambert
1201. Os sertões – Euclides da Cunha
1202. Treze à mesa – Agatha Christie
1203. Bíblia – John Riches
1204. Anjos – David Albert Jones
1205. As tirinhas do Guri de Uruguaiana 1 – Jair Kobe
1206. Entre aspas (vol.1) – Fernando Eichenberg
1207. Escrita – Andrew Robinson
1208. O spleen de Paris: pequenos poemas em prosa – Charles Baudelaire
1209. Satíricon – Petrônio
1210. O avarento – Molière
1211. Queimando na água, afogando-se na chama – Bukowski
1212. Miscelânea septuagenária: contos e poemas – Bukowski
1213. Que filosofar é aprender a morrer e outros ensaios – Montaigne
1214. Da amizade e outros ensaios – Montaigne
1215. O medo à espreita e outras histórias – H.P. Lovecraft
1216. A obra de arte na era de sua reprodutibilidade técnica – Walter Benjamin
1217. Sobre a liberdade – John Stuart Mill
1218. O segredo de Chimneys – Agatha Christie
1219. Morte na rua Hickory – Agatha Christie
1220. Ulisses (Mangá) – James Joyce
1221. Ateísmo – Julian Baggini
1222. Os melhores contos de Katherine Mansfield – Katherine Mansfield
1223.(31). Martin Luther King – Alain Foix
1224. Millôr Definitivo: uma antologia de *A Bíblia do Caos* – Millôr Fernandes
1225. O Clube das Terças-Feiras e outras histórias – Agatha Christie
1226. Por que sou tão sábio – Nietzsche
1227. Sobre a mentira – Platão
1228. Sobre a leitura *seguido do* Depoimento de Céleste Albaret – Proust
1229. O homem do terno marrom – Agatha Christie
1230.(32). Jimi Hendrix – Franck Médioni
1231. Amor e amizade e outras histórias – Jane Austen
1232. Lady Susan, Os Watson e Sanditon – Jane Austen
1233. Uma breve história da ciência – William Bynum
1234. Macunaíma: o herói sem nenhum caráter – Mário de Andrade
1235. A máquina do tempo – H.G. Wells
1236. O homem invisível – H.G. Wells
1237. Os 36 estratagemas: manual secreto da arte da guerra – Anônimo
1238. A mina de ouro e outras histórias – Agatha Christie
1239. Pic – Jack Kerouac
1240. O habitante da escuridão e outros contos – H.P. Lovecraft
1241. O chamado de Cthulhu e outros contos – H.P. Lovecraft
1242. O melhor de Meu reino por um cavalo! – Edição de Ivan Pinheiro Machado
1243. A guerra dos mundos – H.G. Wells
1244. O caso da criada perfeita e outras histórias – Agatha Christie
1245. Morte por afogamento e outras histórias – Agatha Christie
1246. Assassinato no Comitê Central – Manuel Vázquez Montalbán
1247. O papai é pop – Marcos Piangers
1248. O papai é pop 2 – Marcos Piangers
1249. A mamãe é rock – Ana Cardoso
1250. Paris boêmia – Dan Franck
1251. Paris libertária – Dan Franck
1252. Paris ocupada – Dan Franck
1253. Uma anedota infame – Dostoiévski
1254. O último dia de um condenado – Victor Hugo
1255. Nem só de caviar vive o homem – J.M. Simmel
1256. Amanhã é outro dia – J.M. Simmel
1257. Mulherzinhas – Louisa May Alcott
1258. Reforma Protestante – Peter Marshall
1259. História econômica global – Robert C. Allen
1260.(33). Che Guevara – Alain Foix
1261. Câncer – Nicholas James
1262. Akhenaton – Agatha Christie
1263. Aforismos para a sabedoria de vida – Arthur Schopenhauer
1264. Uma história do mundo – David Coimbra
1265. Ame e não sofra – Walter Riso
1266. Desapegue-se! – Walter Riso
1267. Os Sousa: Uma família do barulho – Mauricio de Sousa
1268. Nico Demo: O rei da travessura – Mauricio de Sousa
1269. Testemunha de acusação e outras peças – Agatha Christie
1270.(34). Dostoiévski – Virgil Tanase
1271. O melhor de Hagar 8 – Dik Browne
1272. O melhor de Hagar 9 – Dik Browne
1273. O melhor de Hagar 10 – Dik e Chris Browne
1274. Considerações sobre o governo representativo – John Stuart Mill
1275. O homem Moisés e a religião monoteísta – Freud
1276. Inibição, sintoma e medo – Freud
1277. Além do princípio de prazer – Freud
1278. O direito de dizer não! – Walter Riso
1279. A arte de ser flexível – Walter Riso

280. **Casados e descasados** – August Strindberg
281. **Da Terra à Lua** – Júlio Verne
282. **Minhas galerias e meus pintores** – Kahnweiler
283. **A arte do romance** – Virginia Woolf
284. **Teatro completo v. 1: As aves da noite** *seguido de* **O visitante** – Hilda Hilst
285. **Teatro completo v. 2: O verdugo** *seguido de* **A morte do patriarca** – Hilda Hilst
286. **Teatro completo v. 3: O rato no muro** *seguido de* **Auto da barca de Camiri** – Hilda Hilst
287. **Teatro completo v. 4: A empresa** *seguido de* **O novo sistema** – Hilda Hilst
289. **Fora de mim** – Martha Medeiros
290. **Divã** – Martha Medeiros
291. **Sobre a genealogia da moral: um escrito polêmico** – Nietzsche
292. **A consciência de Zeno** – Italo Svevo
293. **Células-tronco** – Jonathan Slack
294. **O fim do ciúme e outros contos** – Proust
295. **A jangada** – Júlio Verne
296. **A ilha do dr. Moreau** – H.G. Wells
297. **Ninho de fidalgos** – Ivan Turguêniev
298. **Jane Eyre** – Charlotte Brontë
299. **Sobre gatos** – Bukowski
300. **Sobre o amor** – Bukowski
301. **Escrever para não enlouquecer** – Bukowski
302. **222 receitas** – J. A. Pinheiro Machado
303. **Reinações de Narizinho** – Monteiro Lobato
304. **O Saci** – Monteiro Lobato
305. **Memórias da Emília** – Monteiro Lobato
306. **O Picapau Amarelo** – Monteiro Lobato
307. **A reforma da Natureza** – Monteiro Lobato
308. **Fábulas** *seguido de* **Histórias diversas** – Monteiro Lobato
309. **Aventuras de Hans Staden** – Monteiro Lobato
310. **Peter Pan** – Monteiro Lobato
311. **Dom Quixote das crianças** – Monteiro Lobato
312. **O Minotauro** – Monteiro Lobato
313. **Um quarto só seu** – Virginia Woolf
314. **Sonetos** – Shakespeare
315.(35). **Thoreau** – Marie Berthoumieu e Laura El Makki
316. **Teoria da arte** – Cynthia Freeland
317. **A arte da prudência** – Baltasar Gracián
318. **O louco** *seguido de* **Areia e espuma** – Khalil Gibran
319. **O profeta** *seguido de* **O jardim do profeta** – Khalil Gibran
320. **Jesus, o Filho do Homem** – Khalil Gibran
321. **A luta** – Norman Mailer
322. **Sobre o sofrimento do mundo e outros ensaios** – Schopenhauer
323. **Epidemiologia** – Rodolfo Sacacci
324. **Japão moderno** – Christopher Goto-Jones
325. **A arte da meditação** – Matthieu Ricard
326. **O adversário secreto** – Agatha Christie
327. **Pollyanna** – Eleanor H. Porter
328. **Espelhos** – Eduardo Galeano
1329. **A Vênus das peles** – Sacher-Masoch
1330. **O 18 de brumário de Luís Bonaparte** – Karl Marx
1331. **Um jogo para os vivos** – Patricia Highsmith
1332. **A tristeza pode esperar** – J.J. Camargo
1333. **Vinte poemas de amor e uma canção desesperada** – Pablo Neruda
1334. **Judaísmo** – Norman Solomon
1335. **Esquizofrenia** – Christopher Frith & Eve Johnstone
1336. **Seis personagens em busca de um autor** – Luigi Pirandello
1337. **A Fazenda dos Animais** – George Orwell
1338. **1984** – George Orwell
1339. **Ubu Rei** – Alfred Jarry
1340. **Sobre bêbados e bebidas** – Bukowski
1341. **Tempestade para os vivos e para os mortos** – Bukowski
1342. **Complicado** – Natsume Ono
1343. **Sobre o livre-arbítrio** – Schopenhauer
1344. **Uma breve história da literatura** – John Sutherland
1345. **Você fica tão sozinho às vezes que até faz sentido** – Bukowski
1346. **Um apartamento em Paris** – Guillaume Musso
1347. **Receitas fáceis e saborosas** – José Antonio Pinheiro Machado
1348. **Por que engordamos** – Gary Taubes
1349. **A fabulosa história do hospital** – Jean-Noël Fabiani
1350. **Voo noturno** *seguido de* **Terra dos homens** – Antoine de Saint-Exupéry
1351. **Doutor Sax** – Jack Kerouac
1352. **O livro do Tao e da virtude** – Lao-Tsé
1353. **Pista negra** – Antonio Manzini
1354. **A chave de vidro** – Dashiell Hammett
1355. **Martin Eden** – Jack London
1356. **Já te disse adeus, e agora, como te esqueço?** – Walter Riso
1357. **A viagem do descobrimento** – Eduardo Bueno
1358. **Náufragos, traficantes e degredados** – Eduardo Bueno
1359. **Retrato do Brasil** – Paulo Prado
1360. **Maravilhosamente imperfeito, escandalosamente feliz** – Walter Riso
1361. **É...** – Millôr Fernandes
1362. **Duas tábuas e uma paixão** – Millôr Fernandes
1363. **Selma e Sinatra** – Martha Medeiros
1364. **Tudo que eu queria te dizer** – Martha Medeiros
1365. **Várias histórias** – Machado de Assis
1366. **A sabedoria do Padre Brown** – G. K. Chesterton
1367. **Capitães do Brasil** – Eduardo Bueno
1368. **O falcão maltês** – Dashiell Hammett
1369. **A arte de estar com a razão** – Arthur Schopenhauer
1370. **A visão dos vencidos** – Miguel León-Portilla

lepmeditores
**www.lpm.com.br**
o site que conta tudo

IMPRESSÃO:

**PALLOTTI**
GRÁFICA

Santa Maria - RS | Fone: (55) 3220.4500
*www.graficapallotti.com.br*